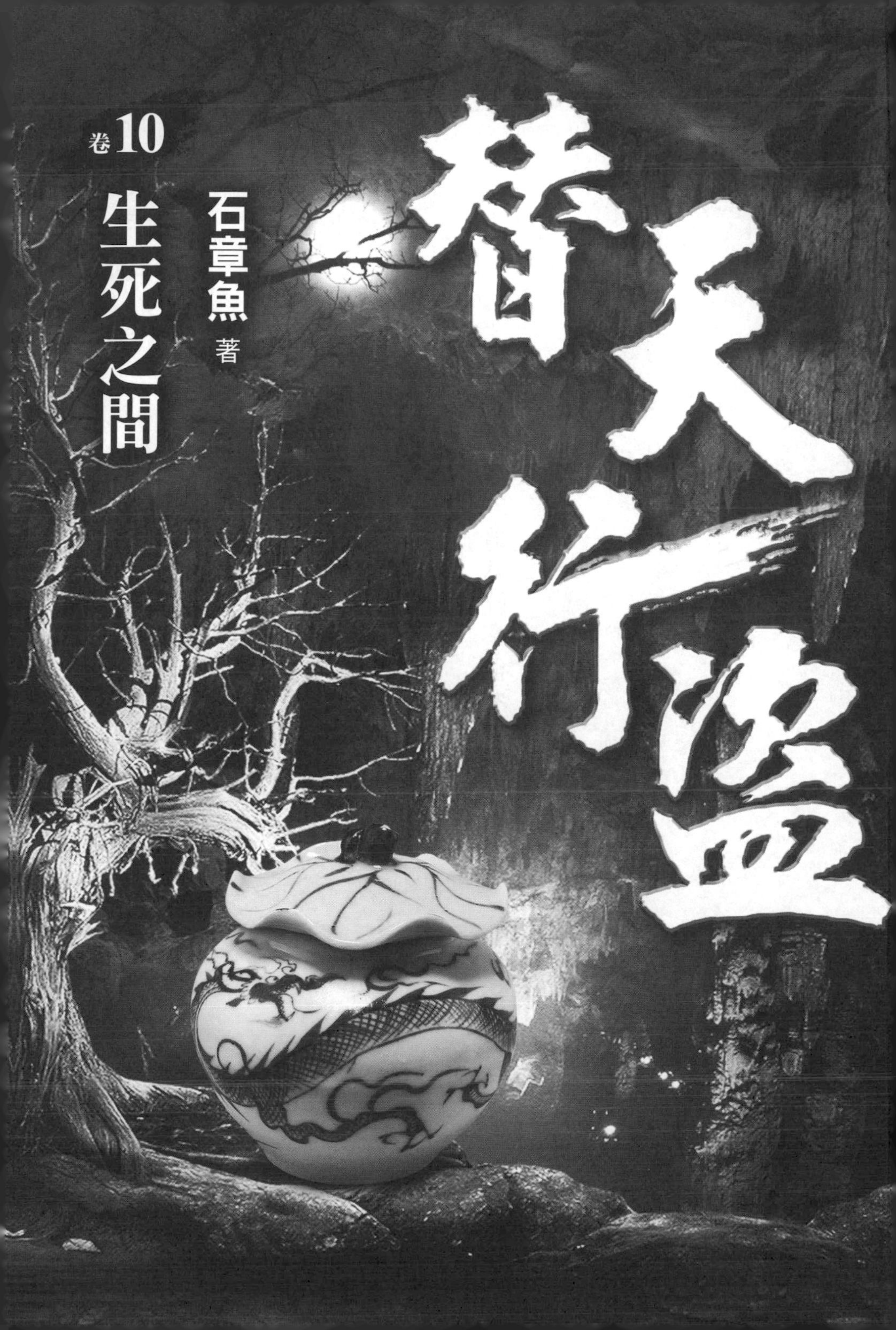
替天行盜
卷10
生死之間
石章魚 著

人生就是這樣
越是想得到的
偏偏就是得不到

目錄

CONTENTS

第一章

智慧型怪物

倒不是吳傑樂意冒險，因為他從怪物的行徑，
發現這些怪物極其狡猾，牠們擁有著不凡的智慧，
在意識到他們的武器擁有強大殺傷力後，
開始有意識地保護牠們軟弱的部分，
進行攻擊也是利用牠們強橫的身體。

如果他們所在的這金屬巨物就是九鼎之一，那麼上方的水源早已乾涸，也就是說根本無法隔絕其中的信號，父親他們想盡一切辦法回到過去想要阻止的災難看來已經失敗了，或許父親口中的外星入侵者已經在前來的路上。

整個建築的上半部分開始緩慢轉動起來，原本看似青銅的結構全都變成了三稜對外的亮銀結構，上方如同增添了一道巨大的光環，光環雖然並不是特別明亮，卻足以照亮原本的黑暗空間。羅獵不知這光源來自何方，撿起剛才顏天心因惶恐而丟掉的手電筒，將之熄滅。

腳下的白沙開始緩慢流動，羅獵抓住顏天心的手臂，他啟動機關之時也不知道會產生何種的後果，不過無論怎樣都要一搏，總好過在這裡活活困死。

顏天心道：「發生了什麼事情？」

羅獵道：「來不及向你請示，我就啟動了開關，不過，我不知道後果。」

顏天心螓首一歪靠在羅獵的肩頭，柔聲道：「再壞又能怎樣？」

張長弓幾人也發現了他們面前的銅牆正開始緩慢的移動，移動的是上半部分，因為不知會出現怎樣的狀況，他們開始選擇後退一段距離，可他們很快就意識到麻煩又來了，三隻獨目獸從黑暗中緩緩向他們逼近。

張長弓第一個發現了獨目獸，這次並非是因為看到了獨目獸發光的眼睛，而是他們身後的銅牆泛起了藍色幽光，光芒驅逐了黑暗，讓三頭意圖突然襲擊的獨目獸無所遁形。

張長弓彎弓射箭，瞄準的是正中那頭獨目獸，羽箭以迅雷不及掩耳之勢射向獨目獸正中的眼睛，可在羽箭還未射中目標之前，獨目獸已經閉合了眼睛，鏃尖撞擊在牠閉合的眼瞼上，發出金石相撞的聲音，這次張長弓的大力施射並沒有能夠穿透獨目獸的肌膚。

出現在他們面前的三頭獨目獸表面的膚色已經變成了深灰色，牠們的身體周圍覆蓋了大片的鱗甲，在從血池內現身之後，獨目獸開始迅速成長，剛開始牠們的肌膚極其嬌嫩，防禦力相對薄弱，可是在短時間內已經迅速蛻變，隨著防禦力的增強，想要對付牠們也變得越來越難。

左側的獨目獸率先發動，牠選擇的目標是吳傑，深灰色的身軀化成一道深灰色的閃電衝向吳傑，吳傑冷冷道：「每人對付一個。」

張長弓大聲道：「好！」他衝向中間的那頭獨目獸，大步衝出之時已經射出了一箭，這支箭矢乃是用地玄晶鑄造，張長弓相信能夠成功射穿獨目獸堅韌的鱗甲和肌膚。箭矢射中獨目獸面門，撞擊在牠的鱗甲上，卻沒有能夠成功穿透，張長弓吃了一驚，想不到這怪物居然能夠抵禦地玄晶鑄造的武器。

獨目獸騰空向張長弓撲了過去，張長弓身體前衝，然後雙膝屈起，整個身體近乎躺倒在沙面上，眼看著獨目獸凌空從自己的頭頂越過，近距離彎弓瞄準獨目獸的肚臍眼就是一箭。

這一箭仍然沒能奏效，獨目獸撲了個空，粗長的尾巴於空中向下甩落，這長鞭一般的尾巴有開山裂石之力量。張長弓不敢硬抗，向右側打滾躲過一擊，長尾抽打在白沙之上，一時間沙塵四起。

宋昌金看到那右側的獨目獸朝自己衝了過來，他哪有對付獨目獸的本事，想到的第一個念頭就是逃跑，這貨轉身就逃，可他的速度根本無法和獨目獸相提並論，沒跑兩步腳下一個踉蹌就跌倒在地，宋昌金嚇得屁股一縮，那獨目獸頭頂裂開，滿是獠牙的巨口向宋昌金咬了過去，宋昌金魂飛魄散，只想到我命休也，情急之中，竟然接連放了兩個臭屁。

獨目獸張大了嘴巴正準備去咬他的屁股，這下聞了個正著，獨目獸被熏得發出一聲怪叫，身體後仰站直了身子，一張大嘴張到了極致，顯然是想把噴入嘴裡的臭氣給儘快散盡。

張長弓看得真切，這種良機可不多見，抽出一支羽箭瞄準那獨目獸的嘴巴就射了進去，這下射了個正著，那獨目獸的弱點一個是眼睛，還有一個就是嘴巴，張長弓射出的又是用地玄晶鑄造的羽箭，羽箭射入獨目獸的咽喉，獨目獸整個喉頭開始變藍變亮，迅速融化。

宋昌金本以為自己必死無疑，卻想不到居然能夠用兩個臭屁擊退了獨目獸，更間接導致了這怪物的死亡，心中又是害怕又是慶幸。

剛才攻擊張長弓的那頭獨目獸原本已經接近了宋昌金，可能是聞到了他身上未散的臭味兒，轉身又向張長弓衝去。

宋昌金嚇出了一身的冷汗，憋足勁想醞釀一個殺器，可這玩意兒也不是說來就來。

吳傑面對那隻獨目獸毫不畏懼，接連兩次閃避後竟趁機跳到獨目獸的背上，獨目獸顯然料不到這個人會如此大膽，頸部一轉張開大嘴想去咬吳傑，其實吳傑等待的就是這個機會，在怪物張開大嘴的剎那，手中細劍猛然捅入牠的咽喉。

倒不是吳傑樂意冒險，因為他從怪物的種種行徑之上已經發現這些怪物極其狡猾，牠們擁有著不凡的智慧，在意識到他們的武器擁有強大殺傷力之後，就開始有意識地保護牠們軟弱的部分，尤其是眼睛和嘴巴，進行攻擊也是利用牠們強橫的身體。

如果怪物堅持不睜眼，不張嘴，對付牠們可不容易，還好宋昌金兩個臭屁將怪物熏得張開了大嘴，張長弓及時射殺了其中一隻。吳傑藝高人膽大，貼身進攻逼迫怪物張嘴，一劍又刺殺了另外一隻。

現在剩下的只有追擊張長弓的那頭。

張長弓正在有意識地將怪物向宋昌金引去，宋昌金心中叫苦不迭，知道張長弓的目的是什麼，這貨是想利用自己的終極武器呢，張長弓一邊跑一邊叫：「老宋，再來一個！」

宋昌金哭笑不得道：「你自己也有啊！」話雖然這麼說，也知道這種時候張長弓是認定了自己，宋昌金把臉都憋紅了總算擠出了一個響屁，這聲響屁真可謂是驚天動地，原本追擊張長弓不放的獨目獸，聽到這聲響屁突然來了個急剎，四蹄在沙地上拖出數道長長的剎車痕跡。

宋昌金看到這一屁奏效，也是樂得眉開眼笑，冷不防吳傑出現在他身邊抓著他的手臂向獨目獸衝去，宋昌金嚇得大叫起來，這瞎子根本是要讓自己送死。他這一害怕，感覺頓時就來了，一時間嚇得屁滾尿流。

想不到獨目獸比他更加害怕，也顧不上發動進攻了，拖著尾巴就向遠處逃去，一會兒功夫就逃了個無影無蹤。

張長弓確信周圍再無獨目獸現身，這才轉向宋昌金看了一眼，宋昌金剛才嚇尿了一褲子，正在尷尬之中，遇到張長弓的眼神，不由得老臉一熱，張長弓看出了他的尷尬，率先笑了起來，宋昌金也笑了，無心插柳柳成蔭，剛才這一仗自己無疑居功至偉。

腳下的沙面不斷下降，羅獵和顏天心抓住了牆壁的浮雕紋飾，以免被流沙帶走，約莫一個小時的光景，周圍的白沙已經流逝得差不多了，他們可以看到了建築物的底部，底部是宛若蜂巢一般的孔洞，每一個孔洞直徑都在五寸左右，冷氣從下方不停冒升起來，兩人幾乎同時聽到了水流注入的聲音，羅獵沿著牆壁下滑，來到底部，利用手電筒的光束向下方望去，看不到底，可耳邊水流飛濺的聲音卻清晰傳來。

顏天心道：「是不是水聲？」

羅獵點了點頭，在這乾涸的戈壁大漠的地下居然會有水源，這件事很可能和雍州鼎相關，他馬上想到了另外一個可能，不知下方的水面是否會繼續上升？

羅獵的想法很快就被證實了，來自地底的水面正在迅速上漲，很快就經由蜂巢般的孔洞進入了他們所在的建築物內部，羅獵嘗試將下方踹開，可構成蜂巢的金屬異常堅固。他們不得不重新向上攀爬，而水流上漲的速度超乎他們的想像，不一會兒功夫室內的水面已經深達半米，照這樣下去，用不了太久整個室內就會被水充滿，而他們賴以呼吸的空氣將會全部被隔絕。

他們並非是第一次面對這樣的場面，兩人決定分頭尋找出口，對他們而言時間就意味著生命。

其實羅獵心中明白設計者在最初設計這樣的機關結構，就不會在周圍留下出口，現實也驗證了羅獵的猜測，他們並未從四周找到任何可供離開的出口，這會兒功夫水面上漲的速度又開始加快了。

羅獵認為從下方滲入的水流應當和中心漂浮的橄欖核形狀的棺槨有關，現在他唯一能夠斷定的就是他們所處的並非是一個完全封閉的空間，想起最初發現的裂縫，水流應當可以從裂縫中向外排出，可是那道縫隙細窄，水流排出的速度肯定遠遠不及滲入的速度，最終的結果可以想像。

水面不停上漲，距離那橄欖核形狀的黑色棺槨只剩下不到一米的距離，這為羅獵和顏天心接近它創造了絕佳的條件。

「下雨了！」這是宋昌金產生的第一個念頭，因為頭頂有水滴落下，張長弓一把拖住宋昌金將他拉到一旁，雖然張長弓並不喜歡宋昌金的為人，可現在大家同仇敵愾，不知不覺中已經相互倚重相互扶持。

張長弓很快就意識到從空中落下的不過是普通的水罷了，吳傑伸出手去，高處落下的水流很細，落在掌心沁涼一片，因為水流的衝擊掌心產生了一絲絲的酥麻感覺。

「怎麼會有水？」張長弓充滿迷惑道。

吳傑道：「水流應當來自於這堵牆後。」

張長弓點了點頭道：「羅獵和顏天心會不會有麻煩？」

宋昌金道：「一定會有，剛才沒有水滲出，證明水面不高，水從裡面滲透出來，只可能是因為水面上升，如果裡面被水灌滿，你們想想會是怎樣的後果？」

他轉向張長弓道：「我侄子會游泳嗎？」

張長弓沒好氣道：「你侄子的事情我怎麼知道？」他心中並不相信宋昌金和羅獵的關係，對這廝出口就佔便宜的做法有些反感，可心中又不免為羅獵他們感到擔心。如果裡面當真被水灌滿，那麼羅獵和顏天心很可能會活活溺死在水中。

吳傑道：「你們還有多少彈藥？」事到如今，連他也沒有了辦法，只能集合所有的彈藥嘗試砸破這堵銅牆，只要能破開一個大洞，就能讓水流出來，興許可以救裡面兩人的性命。

羅獵的手終於能夠觸摸到那橄欖核形狀的物體，一開始他認為是一具漂浮的棺槨，可現在又覺得不像，觸手處冰冷非常，應當是一種金屬，可這種金屬羅獵從未見過，他的觸摸並未讓物體停止旋轉。顏天心提醒他小心機關，在羅獵手指觸摸那物體之後，物體轉動的速度似乎有所加快。

水面很快就已經浸沒了物體的尾端，奇異的一幕發生了，尾端和水接觸的部分開始發亮，古怪的紋路從下至上開始擴展，物體表面的紋飾和圖案因亮起而變得清晰。物體不停的旋轉讓周圍的圖案猶如走馬燈一般活動起來，在羅獵和顏天心的眼中變得動感十足，羅獵看到一場盛大祭祀的場景。

他們的身體隨著水面上浮，當水完全將那轉動的橄欖核狀的物體淹沒之後，物體轉動的速度開始變緩，然後停了下來，短暫的停頓之後，那巨大的橄欖核狀的物體向下方墜落。

羅獵並沒有來得及探索這奇怪的物體，在物體墜落的刹那，羅獵想到了一件事，他牽了牽顏天心的手臂，示意她向下方潛去。

那黑色的物體墜落產生的衝擊力果然將下方蜂巢樣的底部撞出一個大洞，羅獵和顏天心兩人從底部破損的洞口向下方游去，他們無暇去留意那黑色物體最終沉到何方，根據周圍潛流湧入判斷出水流的方向，逆行游了過去，並沒有游出太遠就感覺到上方有水流直衝而下，兩人向上浮起，上浮許久方才浮出水面，幸虧兩人內力渾厚，換成其他人未必能夠堅持憋氣那麼久。

水面上漆黑一片，上方有兩道水流不停注入，羅獵和顏天心游到附近的石壁，抓住石壁休息了一會兒，然後開始沿著石壁向上攀爬，爬升十餘米後，發現了一個橫向的洞穴，羅獵率先爬入洞穴，然後伸手將顏天心拉了進去。

顏天心始終沒捨得將手電筒丟下，可手電筒經過水的浸泡已經失去了作用，其實即便是沒有泡水電量也所剩無幾，歎了口氣將手電筒丟棄。耳邊傳來清脆的聲響，橘黃色的火苗在眼前亮了起來，卻是羅獵打著了自己的打火機，火光照亮了他的面龐，一如既往的陽光燦爛。

顏天心真是服了他，這種時候還能夠笑得出來的恐怕只有羅獵了。指了指外面道：「你猜咱們還出不出得去？」

羅獵道：「當然出得去。」

「我信你！」顏天心嬌柔一笑，挽住羅獵的手臂。不過這次羅獵選錯了路，向前走了二十餘米就已經到了盡頭，盡頭處只有一具骸骨，看來在他們之前早有人來過這裡。羅獵借著火苗微弱的光芒望去，卻見那人的肉體已全部腐爛，身上黑色的衣服卻仍然完好無損，他仍然保持著死時的坐姿，在他的右手邊有一把手槍，外形和常見的武器不同，顏天心撿起手槍，卻發現這手槍並沒有彈匣，從手槍的銘牌可以看出這是一支勃朗寧手槍，可是以顏天心對武器的瞭解，勃朗寧系列並沒有這樣的手槍，她在編碼上找到了手槍的出廠日期——西元二〇三〇年。

顏天心以為是自己理解錯誤，還是將這奇怪的發現告訴了羅獵，羅獵接過手槍看了看，確信手槍的出廠日期的確是一百多年以後，內心中對死者的身分頓感好奇，他向死者抱了抱拳，檢查死者身上的衣服，從死者的口袋中找到了一個塑膠盒子，一隻鋼筆，死者的脖子上有一個掛件，按照常理來說，貼身佩戴的東西總是極其重要的。

羅獵將掛件取下，吊墜是一個圓形的琺瑯盒，鴿子蛋般大小，打開後發現裡面有一張照片，照片上是一男一女的合影，羅獵發現男子的面容有些熟悉，仔細回憶了一下，父親曾經出示給他一張七人的合影，這男子就是七人中的一個。

看來這死去的男子就是父母昔日的隊友之一，他被困在了這裡，找不到出路，最終死在了這黑暗的地洞中。

男子的左腕上帶著一塊手錶，手錶並非指標顯示，羅獵猶豫了一下還是將手錶從男子的手腕上摘下。

羅獵檢查男子身上物品的時候，顏天心仍在研究那把手槍，她找到了應當是保險的位置，將保險打開，手槍突然震動起來，顏天心吃了一驚，卻見手槍的尾部一盞藍色的亮點閃爍，然後迅速擴展成為五道藍色的光柵。

羅獵抬起頭來，望著顏天心手中的那把槍，他也沒想到塵封許久的武器居然還有效用。

顏天心不敢輕易嘗試，回到洞口處，瞄準了對側的牆壁開了一槍，扣下扳機的剎那，一道紅色的光芒筆直向對側射去，在接觸到對側牆壁的時候竟然將對面的砂岩射出了一個洞口，顏天心從未想過光也可以擁有如此強大的威力。

羅獵來到她的身邊，輕聲道：「鐳射槍！」

顏天心充滿詫異地望著羅獵。

羅獵心中頗為無奈，其實這槍的名字也是突然就浮現於他的腦海中，這鐳射槍根本就是來自未來的武器，父母和隊員們回到過去的同時也帶來了本不應該出現在這個時代的物品，鐳射槍就是其中之一，根據羅獵的瞭解，鐳射理論目前剛剛被愛因斯坦提出，世界上第一台雷射器要到西元一九六〇年方才被發明出來。

而現在，顏天心卻撿到了一把本不屬於這個時代的武器，羅獵不由得又想起了蝴蝶效應，父親特地提醒他，一定不要嘗試用智慧種子帶給他的超前知識和資訊去改變這個世界，否則只會給這個世界帶來更大的災難。

可父親明明說過，他們帶來的高科技武器和裝備因為時空穿梭而失去了效用，但是顏天心手中的這把鐳射槍為何突然可以正常發射？父親應當不會欺騙自己，難道是導致武器失效的外因已經消失了？

顏天心道：「這把槍很厲害。」

羅獵點了點頭，內心中已經轉換了多個念頭，他雖然相信父親絕非危言聳聽，可如果說改變，從父親他們來到這個時代一切就已經改變了，更何況父母還是生下了自己，自己應當才是最大的變數，比起任何的武器和裝備對時代的影響或許更大吧。於是輕聲向顏天心道：「你若是喜歡，就把槍留下，記住，一定不要讓它落在壞人的手裡。」

顏天心溫婉一笑道：「不問自取總是不好。」

羅獵道：「有這些東西在手，興許咱們能夠逃出去。」

顏天心道：「反正也出不去，不如看看你手中的幾樣東西。」

「這裡恐怕要塌了！」宋昌金充滿惶恐道，他們現在能夠看出面前的銅牆只是某個巨大建築的一部分，現在那物體正在順時針的轉動，因為巨大物體的轉動，地面開始顫抖起來。上方縫隙中噴出的水流因為物體的不停轉動，在空中飄灑，宛如下起了一場雨。

三人渾身濕透，宋昌金道：「走吧，咱們救不了他們了。」找了那麼半天還是找不到進入這銅牆的入口，宋昌金總覺得眼前的龐然大物很可能會爆炸，一旦爆炸，連他們三個也逃不出去了。

張長弓怒道：「要走你走，我留下！」

宋昌金吞了口唾沫，真要是讓他一個人走他可不敢，別的不說，如果途中不巧遇到了獨目獸，單靠體內的五穀之氣是不可能將牠們消滅的，人不會永遠走運。他向吳傑道：「吳先生，您怎麼看？」這時尋找盟友才是最可靠的辦法。

吳傑道：「回去一樣走不出去，留下來或許還有機會，真要是這東西炸了，興許破而後立，咱們能夠逃出生天。」

羅獵和顏天心已經無暇觀察他們找到的東西，因為地面開始劇烈震動起來，頭頂沙塵簌簌而落，一種大廈將傾的感覺突然到來，羅獵果斷做出了決定，和顏天心一起重新跳入了水中，如果他們所處的地方當真山崩地裂，那麼水中無疑是最安全的地方，水可以最大限度地緩衝墜落物體的衝擊力。

羅獵和顏天心躍入水中之後，羅獵戴在左腕的手錶卻突然亮了起來，照亮了他們周圍的小範圍區域，這樣的亮光猶如黑夜中的明燈，照亮周圍水域的同時，也點亮了羅獵腦海中的記憶，他在手錶的側面按壓了幾下，手錶的錶面出現了一些色彩不同的圖案。

人在生死存亡的關頭往往會激發起內在的潛力，因為智慧種子的緣故，羅獵的潛力比起常人要大得多，如果不是特定的條件下產生了特定的刺激，有些貯存在大腦深處的記憶或許一輩子都不會被想起。

這並非一只單純的手錶，手錶能夠分析出水流的方向溫度，甚至能夠通過光譜測出周圍物質的成分，通過一系列的分析，在最短的時間內給出逃生的最佳方案，羅獵早就知道這是一只神奇的手錶，他所欠缺的只是關於手錶的使用方法，而現在他關於這方面的知識已經完全甦醒了。

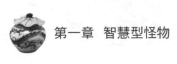

羅獵帶著顏天心向前方游去，手錶上的資料根據環境在變化，光波通過不斷掃描分析著周圍的環境，及時給出最佳的逃生方案。

在水中潛游了五分鐘之後，羅獵帶著顏天心再度浮出水面，地面仍然在不停的震動，讓他們擔心的山崩地裂始終都未發生。顏天心一邊喘息一邊望著羅獵手腕上那神奇的手錶，今天她已經見到了太多不可思議的東西。

手錶射出一道綠色的光線，以手錶為中心在緩慢旋轉，在手錶螢幕的中心可以看到一紅一藍兩個小點，羅獵向顏天心解釋道：「這兩個小點代表著我們，藍色的是我，紅色的是你。」

顏天心眨了眨明眸，美眸中流露出充滿崇拜的目光，羅獵簡直是無所不能，再複雜的東西只要落到他的手中分分鐘就能搞定，現在如果說羅獵是神仙下凡，她也一定不會反對。

顏天心發現除了一紅一藍兩個小點之外，螢幕上又出現了三個紅色的小點，好奇道：「這三個呢？」

羅獵也發現了螢幕上的變化，想了想道：「可能是張大哥他們，也可能是那些血池內爬出來的怪物。」停頓了一下道：「是張大哥他們，一定是！」

這只手錶的強大功能逐漸被他們挖掘出來，手錶不但能夠測出周圍的材質，甚至能夠測出附近岩層的厚度，通過手錶給出的最合理路線，他們逐漸向那三個紅點的所在處靠近。

就在即將接近的時候，他們遇到了一道屏障，這是一堵約有一尺厚度的金屬牆壁，顏天心看到這面金屬牆之後，滿懷的希望變成了失望，雖然同伴近在咫尺，可是他們想要通過這道金屬牆也沒有任何的可能。

羅獵卻道：「你的鐳射槍！」

顏天心舉起鐳射槍，準備瞄準牆壁發射，羅獵搖了搖頭，從她手中拿過鐳射槍，撥動一側的轉盤，那是鐳射槍的功能鍵，通過撥盤可以更改發射的方式。在選擇好合適的模式之後，羅獵啟動鐳射槍，利用雷射光束在金屬牆壁之上緩緩劃出一個圓圈，纖細的雷射光束宛如無堅不摧的利刃，將金屬牆壁切開一個大洞，羅獵一腳將圓圈內的部分踢倒在地。

顏天心目瞪口呆地望著眼前的一切，羅獵對鐳射槍使用如此熟練，顯然他過去就有過瞭解，他究竟是誰？顏天心忽然意識到自己對心上人的瞭解實在太少。

羅獵轉身看了看顏天心，不出意外地看到她驚詫莫名的表情，其實別說是顏天心，就連羅獵自己都被自己的行為驚到了。一切要拜父親所賜，如果不是他植入自己體內的那顆智慧種子，自己根本就不會擁有如此豐富的知識，更不用說掌握從未見過的來自未來的武器裝備的使用。當然還有運氣的成分，如果不是遇到了父親當年的隊友，也不會得到這些塵封多年的設備，並利用它們逃出絕境。

只是當年這位不幸殉難的前輩同樣擁有這麼多的武器裝備，他對武器裝備的熟悉更甚於自己，卻不知為何仍然被困死在地洞裡面，看來父親並沒有欺騙自己，在他們來到這個時代之後，所有的武器裝備都出了問題。

至於現在又為何突然恢復了作用，在父親去世之後，這個問題恐怕再也沒人能夠解答了。

張長弓仍然沒有放棄進入牆內的想法，宋昌金改變不了他的念頭，只能選擇幫忙，圍繞這面銅牆鐵壁來來回回走了好幾趟，仍然沒能夠找到任何的入口，而地面的震動變得越來越劇烈，他們甚至立足不穩，宋昌金認為自己繼續待下去只能死在這裡了，他做不到像張長弓一樣甘心為朋友赴湯蹈火，也做不到吳傑那樣泰山崩於前不動聲色，留下來必死無疑，現在逃走或許還有一線生機。

宋昌金終於決定還是要離開，這次他沒有徵求兩人的意見，轉身向後方走去，可走了幾步，就看到遠處有兩道黑影朝著這邊靠近，宋昌金的內心頓時被恐懼佔據，脊背處冷颼颼的一股涼氣躥升起來，首先反應過來的是兩頭獨角獸，正準備舉槍射擊，卻聽到遠處一個熟悉的聲音道：「三叔，是我們！」

宋昌金馬上分辨出那聲音來自於羅獵，他又驚又喜，內心恐懼頓時散去，可雙腿卻突然一軟，噗通一屁股坐在了沙地上，他想說話，卻什麼都說不出來，臉上居然流出了兩行熱淚，宋昌金也不知道是感動還是激動，總之，這唯一的侄子仍然活在這個世界上挺好。

吳傑拍了拍張長弓的肩膀，在羅獵發聲的剎那他就已經聽到，這小子果然福大命大造化大，他們在外面焦急不已的時候，人家卻已經輕輕鬆鬆逃出牢籠，這本事不服不行。

老友劫後重逢，內心中自然激動非常，然而他們並沒有太多時間寒暄，眼前的銅牆鐵壁在不停旋轉，因此而連帶地面不停震動，且震動比起此前變得越來越強烈了。

宋昌金道：「好了，好了，現在人齊了，大家都沒事，咱們得儘快離開這個地方，君子不立危牆之下。」

張長弓剛才堅持不走就是為了營救羅獵，現在羅獵和顏天心既然已經平安脫困，自然也就沒有了堅持留下的必要，他點了點頭道：「走，咱們這就離開。」

吳傑道：「說得容易，如何離開？」

顏天心將目光投向羅獵，她相信羅獵一定有辦法。

羅獵道：「走一步看一步，既然能夠進得來，就一定能夠出得去。」他沒有將剛才的那些發現告訴其他人，畢竟此事太過不可思議，更何況其中還有宋昌金在，若是讓宋昌金知道了這些事，難保他不會產生覬覦之心，縱然他沒有能力將東西從他們的手中弄走，可成功脫困以後，這廝十有八九會將這個秘密透露出去，不怕賊偷，就怕賊惦記。

雖然吳傑也認為羅獵說得很有些道理，可是留給他們從容離去的時間已經不多了，地面突然就停止了轉動，一切在瞬間寂靜了下去。

幾人面面相覷，宋昌金咽了口唾沫，轉身朝後方的銅牆望去，低聲道：「不轉了，停了……」他的話還未說完，就聽到一聲驚天動地的炸裂聲，銅牆在頃刻間四分五裂，裡面容納的水流噴湧而出。

張長弓看到眼前一幕嚇得面色慘白，他雖然勇武，可是並不識水性，看到眼前洪水鋪天蓋地而來，頓時六神無主，羅獵向顏天心道：「照顧好自己。」他知道顏天心水性不弱，而張長弓卻是一個旱鴨子，如果自己不出手相助，張長弓十有八九會遇到危險。

羅獵剛剛抓住張長弓的手臂，水流就衝了過來，羅獵道：「千萬不要掙扎，我會幫你。」張長弓力大無窮，如果在水中胡亂掙扎，非但他自己，甚至連羅獵都會被連累，所以羅獵先提醒張長弓這一點。

還好張長弓的內心素質極其強大，對羅獵這位老友更是信任，洪水沖來反倒冷靜了下來。

幾人被迅猛的洪水沖倒，先後浸沒在水中，顏天心特地留意吳傑，發現吳傑水性居然絕佳，反倒是宋昌金正在附近緩慢下沉，卻是他不幸被一塊沖來的石塊撞在了後背暈了過去。

總不能見死不救，更何況這個人是羅獵的叔叔，顏天心順著水流潛游過去，從後方抓住宋昌金的衣領，等到水流稍微平穩之後，就拖著他向上方游去。浮出水面，發現羅獵帶著張長弓就在不遠處，洪水來得雖然凶猛可是周遭都是白沙，又並非是一個完全封閉的空間，水勢下得也很快，在最初的澎湃噴湧之後，水位很快就下降。張長弓雖然不懂水性，可是直立站在水中，最深處也只能淹到他的胸口，張長弓內心稍安，讓羅獵不用管自己了，去給顏天心幫忙。

宋昌金被撞得不輕，這會兒仍未甦醒，羅獵游到顏天心的身邊，將宋昌金接了過來，吳傑也來到他們身邊會合，幾人一起將宋昌金帶到高處。因為水位的迅速下降和滲入白沙，已經有部分沙地露出了水面。

羅獵本想對宋昌金進行心肺復甦，不等他開始，吳傑已經拿起竹杖在宋昌金的身上點了幾下，然後在他胸口抽了一記，啪的一聲，宋昌金如同從夢中驚醒，猛然坐起，接連噴出了兩口黃水。叫苦不迭道：「把我肋骨都抽斷了。」他當然不會抱怨，知道吳傑抽打自己可不是趁機報復，是為了救他。

捂著胸口喘了幾口氣道：「謝了，我還以為這次必死無疑了。」

其實何止是宋昌金，其他人也一樣是這般想法。

水位仍在不停下降之中，吳傑道：「大家不可耽擱，分頭行動，看看周圍有沒有可供離開的出口。」此時阻擋他們的那道銅牆已經從中裂開一條寬約五米的巨大縫隙，剛才的洪水就是從這條縫隙中洶湧而出。隨同洪水湧出的還有裡面的光芒，淡淡的光線驅走了伸手不見五指的黑暗，這也為他們的行動提供了方便。

宋昌金短時間內還沒有行動的能力，於是讓他原地等待，其餘四人分成兩組，吳傑和張長弓一組，羅獵和顏天心一組，分別搜尋有沒有可以離開的通路。

羅獵和顏天心剛才一路走來，首先排除了他們來時的那條道路，通過羅獵得到的手錶，分析附近的環境，讓兩人失望的是，他們並未找到可行的通路，兩組人再度會首，還沒說話就已經從對方的臉上看到了失望。

宋昌金打量著他們的表情，猜到他們的搜索並不樂觀，他乾咳了一聲道：「其實這事兒明擺著，如果有出口，出口就應當在那裡面。」他指了指銅牆裂開的巨大縫隙，內外的水面已經達到了平衡，外面的水已經被吸收得差不多，裡面的水也已經和外界的沙地一平。

羅獵和宋昌金抱著相同的想法，他總覺得剛才一路走來應當是忽略了什麼，剛才漂浮在青銅建築內部的橄欖核或許才是解開問題的關鍵。

張長弓看了看裡面蕩漾的水波搖了搖頭道：「就算出路在裡面，我也出不去。」他不懂水性，在羅獵的幫助下浮出水面已經是他所能做到的極限，至於潛入水中尋找出口，根本就沒有任何可能。

宋昌金呸了一聲道：「又沒讓你去，咱們可以選出人去探路，興許能夠找到機關將裡面的水進一步排空，興許能夠找到一條捷徑，天知道呢。」說這話的時候他望著羅獵，顯然認為羅獵就是做這件事的最佳人選。

吳傑道：「剛才你們不是被困在裡面？」

羅獵點了點頭道：「剛才水突然從底部漫了上來，我們急於逃生，所以沒顧得上觀察周圍的環境。我覺得三叔說得有道理，這樣吧，我再進去看看。」

顏天心馬上道：「我和你一起過去。」

吳傑道：「兩個人多個照應，我們三個就在這裡等著。」

吳傑雖然雙目失明，可心裡卻非常清楚，剛才他們尋找出路之時發現了一處金屬牆壁上的切口，吳傑根據切口的痕跡推斷出應當是羅獵和顏天心留下，認為他們可能有些事情做了隱瞞，吳傑倒不是因為他們的隱瞞而生出芥蒂，他對羅獵和顏天心的為人絕對信得過，認為他們既然隱瞞就有隱瞞的道理。

第二章

無路可逃

羅獵從顏天心抱著自己猛然增加的力量
感到了她此刻的恐慌，內心中默默感動著，
其實顏天心可以拋下自己獨自逃離，然而她不會這樣做，
三頭獨目獸的後方又出現了十餘個灰色的亮點，
顏天心的內心幾近崩潰，他們這次真的無路可逃了。

羅獵和顏天心向那銅牆中心的裂縫走去，裂縫並不規則，呈倒三角的形狀，兩人進入水中，向裡面展臂游動，顏天心入水之後馬上加快了速度，明顯要和羅獵一拚高低，羅獵笑了笑，在後方追逐起來，兩人很快就游入水面的中心，顏天心終究還是快上一步，她知道羅獵在有意相讓，小聲道：「我看吳先生應當有所覺察。」

羅獵點了點頭，吳傑為人機警，雖然很少說話，並不代表他沒有發現兩人有事隱瞞，其實羅獵也是不得已的決定，畢竟這些來自未來的東西關係重大，如果事情傳出去，他和顏天心極有可能會成為眾矢之的，匹夫無罪懷璧其罪。

顏天心道：「不到必要的時候，那支槍我不會使用。」

羅獵笑了起來，顏天心啐道：「笑什麼？像個悶瓜一樣，今兒都很少聽到你說話。」

羅獵道：「那槍防水。」

顏天心歎了口氣：「咱們出得去嗎？」

羅獵道：「應該可以。」他觀察了一下四周，除了裂開的那個三角形的缺口，這裡的佈局和他們離開的時候已經有了天翻地覆的變化，首先就是原本漂浮在半空中的橄欖核一樣的黑色物體，羅獵認為極可能是棺槨的東西，姑且稱之為懸棺吧。因為他啟動了內部的控制部分，導致那黑色物體失去平衡，從而破壞了它的懸浮狀態。

如果不是懸棺墜落，砸穿下方的蜂巢狀地板，羅獵和顏天心是無法順利從中脫困的，就算他們內功深厚，最後仍免不了氧氣耗盡窒息而亡的下場。

羅獵並不認為一切都是自己的運氣和偶然的原因，這一切都應當在設計者的計算之中。那口懸棺撞開底部的蜂巢狀甲板，然後直墜而下，剛才他們急於逃生，並未追尋那懸棺的蹤跡，此番再度而來，自然要一探究竟。

羅獵和顏天心商量了一下，決定潛入水中尋找懸棺，他有種預感，那口懸棺內一定隱藏著極大的秘密，只要解開懸棺的秘密，興許困擾他們的難題就會迎刃而解。

兩人充分準備之後向水下潛去。

宋昌金的身體漸漸恢復，他傷得並不算重，身體好受了之後，嘴巴就閑不下來了，神神秘秘向張長弓道：「我總覺得他們兩人有事情瞞著咱們？」

張長弓橫了他一眼，顯然對宋昌金這樣說話很不滿意。

吳傑離開他們有一段距離，似乎對他們之間的對話沒有任何的興趣。

宋昌金道：「他們究竟是如何逃出來的？難道你一點兒都不奇怪？」

張長弓沒好氣道：「別忘了剛才是誰救了你的性命，我看就活該讓你這種人在水裡淹死。」他對羅獵沒有任何的懷疑，也討厭任何人質疑自己的兄弟。他們之間的友情是經過生死考驗的，宋昌金的這番話是對羅獵的侮辱。

宋昌金看到張長弓生氣了，呵呵笑了起來道：「別生氣嘛，我只是隨口說說，別忘了他是我親侄子，我當然不會詆毀他，羅獵是個好孩子，我就說說。」

張長弓再也不願和這種人為伍，心中暗罵宋昌金忘恩負義，起身向一旁走去，大有要和宋昌金劃清界限的意思。

下潛之後，羅獵打開手錶的光源，發光只是手錶最簡單最基本的功能之一，羅獵真正看重的還是手錶內含的掃描功能，手錶可以通過一種不知名的光波掃描，分析周圍的地形和生物成分，掃描範圍在適當的條件下能夠達到一百米，即便是在水中，也可以掃描二十米以內的物體。

通過蜂巢地板的缺口，進入下方的水域，從手錶螢幕的顯示能夠看出，在他們的周圍仍有四道水流，在他們下方二十米的深度，有一個能量源正在向周圍輻射，羅獵認定那就是懸棺。

在水中向顏天心做了個手勢，顏天心表示自己的身體並無任何問題，兩人繼續下潛，潛入二十米左右的位置看到了那具棺槨，黑色猶如橄欖核一般的棺槨豎立在水中，下方三分之一都已經沒入水底的泥沙中，整個棺槨周邊溢彩流光，金色的字元和圖案閃爍不停。

羅獵嘗試用手錶的光線來分析懸棺的內部，可是幾經嘗試卻發現這懸棺擁有很強的遮罩功能，光線無法透入其中，自然談不上什麼分析。

顏天心將鐳射槍在羅獵的面前晃了晃，她當然不會忘記這威力巨大的武器，羅獵剛才就用這把鐳射槍切開了金屬牆壁，他們完全可以運用同樣的方法將這口懸棺打開。

羅獵搖了搖頭，感覺時間已經差不多了，他們有必要浮上去換氣，做了個手勢，指了指上方，和顏天心一起向水面浮去。

回到水面之上，兩人深呼吸了幾口，此時宋昌金也來到了三角入口處，鬼鬼祟祟地觀望著裡面，看到羅獵和顏天心露出了水面，故作驚喜道：「你們出來了，我正擔心你們呢。」

羅獵才不相信這廝的鬼話，宋昌金這個人生性狡詐，對他不能不防。

宋昌金看到兩人都不理會自己，仍然厚著臉皮道：「有什麼發現？有沒有找到出口？」

羅獵笑道：「目前還沒有，你這麼著急，不如進來看看。」

宋昌金搖了搖頭道：「我不成，年紀大了，身體比不上你們，更何況我水性不怎麼樣。」

顏天心道：「那可麻煩了，就算我們找到了出口，您老也出不去？」

宋昌金呵呵笑道：「若是出不去，我就和張長弓留在這裡等死，反正有個伴兒也不算寂寞。」他聽出顏天心是故意挖苦自己呢，不過宋昌金的水性可不差，剛才之所以差點淹死在水裡，是因為被一塊激流沖來的砂岩擊中了背部，當即他被砸得背過氣去，再好的水性也施展不出來，沒有來得及施展可不是沒本事，水性最差的那個是張長弓，要死也是他死。

宋昌金想到這裡難免得意，不過他很快又想到如果這五個人中挑選一個人去死，無疑其他幾人會全都投給自己，包括自己的親侄子在內，剛才的那點兒慶幸又變成了悲哀，自己做人實在是太失敗了，因悲哀又感到惶恐，自己還是夾著尾巴做人才對。

宋昌金道：「這青銅大屋到底是什麼人的墓穴？」

羅獵一邊踩水道：「誰說是墓穴啊？你那本三泉圖上面是否有這方面的記載？」他心思縝密，聽出宋昌金在試探自己。

宋昌金暗笑小子狡猾，居然反將自己一軍，他搖了搖頭道：「我若是沒有猜錯，這裡應當才是百靈祭壇的核心，轉生陣的中心，你們好好找找看，興許能找到昊日大祭司的棺槨呢。」

顏天心道：「找到棺槨又如何？能出得去嗎？」

聽話聽音，宋昌金從顏天心的話音中還是得到了一些資訊，卻不知顏天心是故意這樣說。他有些緊張道：「當真被你們發現了棺槨？」

顏天心道：「我問你的話還沒有回答呢。」

宋昌金道：「若是發現了昊日的棺槨，你們……」他的話沒有說完，感覺水波蕩動了一下，周圍無風無浪，水波來自於地底深層的震動。宋昌金下意識地抓住入口的邊緣，剛剛站穩，第二次震動又已來臨，他都尚且如此，更何況身處在水面中心的羅獵和顏天心。

羅獵和顏天心的表情都變得嚴肅起來，他們判斷出這震動應該來自水底深處，極有可能是那口懸棺所發，他們才離開這會兒功夫竟然發生了這樣的變化，他們彼此交遞了一個眼神，正準備下潛之時，卻聽宋昌金大聲道：「大侄子，若是有棺務必不能見血，切記不能見血……」

水面之上已經看不到羅獵和顏天心的身影，兩人先後向水深處潛游而去。

吳傑和張長弓因這次的震動幾乎同時來到入口處，張長弓向宋昌金道：「怎麼了？」

宋昌金的臉上已經失了血色，他低聲道：「只怕麻煩了，昊日大祭司的遺體可能就在水中。」

張長弓並不相信，冷哼一聲道：「一個死人又有什麼好怕！」

羅獵下潛的速度要比顏天心快得多，可見他在剛才游泳速度的競賽中故意相讓，有危險的時候他卻率先衝在前面，可現在並不是誇讚羅獵君子風度的時候。

羅獵下潛一段距離之後發現那口懸棺仍在水底，只不過懸棺的角度有些傾斜，應當是因為剛才的震動所致，此時手錶的螢幕顯示出一個紅點正以驚人的速度迅速向這邊靠攏。

羅獵心中一怔，這樣的速度不可能是人類，他在水中的目力有限，當他看到遠處灰銀色閃光的時候，那東西距離他已經不到五米，想要躲避已經來不及了。

顏天心位置較羅獵稍淺，反倒比羅獵看得更加清楚，那灰銀色的光團竟然是一頭獨目獸，獨目獸拖著長尾在水中猶如離弦利箭一般快速遊動，比起陸地上的速度要成倍增加。

顏天心慌忙掏出鐳射槍，可畢竟是在水中，任何的動作都要比平時慢上一拍，等她將鐳射槍掏出來的時候，獨目獸的頭顱已經撞擊在羅獵身上，幸運的是，獨目獸並沒有張開牠讓人望而生畏的大嘴，饒是如此，羅獵的身體也被撞得在水中倒飛了出去，後背撞在懸棺之上方才止住了後退的趨勢。

顏天心手中的鐳射槍已蓄能完畢，瞄準二度向羅獵突襲的獨目獸就是一槍。紅色的雷射光束直奔獨目獸的身體射去，獨目獸動如脫兔，龐大的身軀在水中表現出超人一等的靈活，轉身逃避光束，逃開了第一槍，可是顏天心發射的第二槍卻射中了牠的長尾，獨目獸堅韌的鱗甲在鐳射槍面前不堪一擊，被燒灼出一個大洞，痛得牠不敢繼續在原地逗留，快速向遠方逃去。

顏天心盡力向羅獵的身邊游去，羅獵被獨目獸的這次撞擊幾乎撞暈，他的後腦碰撞在堅硬的懸棺之上，一團黑色的血霧如煙塵一般散開。

顏天心知道羅獵受了傷，從後面將他抱起，帶著他向上方浮去，剛剛離開那懸棺，就看到三道灰銀色的身影分從不同的方向靠近他們。現在想要逃離已經來不及了，顏天心緊咬櫻唇，就算是死她也要和羅獵死在一起，決不能將他丟下，手中鐳射槍來回發射，她發現鐳射槍並非無往不利的神器，雖然威力巨大，可是並不能做到無間斷的接連發射，射出一槍之後出現了短暫的遲緩。

危急關頭，哪怕是一秒的時間都能夠決定生死，面對三頭在水中速度追風逐電的獨目獸，這樣的遲緩幾乎是致命的。

羅獵從顏天心抱著自己猛然增加的力量感到了她此刻的恐慌，內心中默默感動著，其實顏天心完全可以拋下自己獨自逃離，然而她不會這樣做，三頭獨目獸的後方又出現了十餘個灰色的亮點，顏天心的內心幾近崩潰，他們這次真的無路可逃了。

羅獵此時摸出了一支筆，這支筆也是他剛才在那位死去多年的穿越者身上找到的物品，羅獵輕輕摁下筆的頂部，奇蹟發生了，以他和顏天心的身體為中心，水被迅速擠壓了出去，在他們的身體周圍迅速形成了一個直徑三米透明的圓球，這圓球將他們的身體包裹住，他們的身體在圓球內竟然漂浮了起來。

一頭獨目獸已經率先衝了上來，以堅硬的頭顱狠狠撞擊在圓球之上，圓球被撞得凹陷了下去，可隨即又迅速反彈了起來，那頭獨目獸竟然被彈得倒飛了出去，撞在了一名同伴的身上，兩頭獨目獸一左一右同時衝了上來，頭頂裂開露出滿是獠牙的大嘴，狠狠向那透明的球體咬了上去，羅獵的一顆心提到了嗓子眼，真擔心這球體擋不住獨目獸鋒利的牙齒，可是兩頭獨目獸的利齒如同咬在了橡皮糖上，雖然咬出無數個凹陷，卻無法將之撕裂。

十幾頭獨目獸從四面八方包圍了上來，將這只突然出現的圓球團團圍住，牠們各顯其能，口撕、牙咬、頭頂、腳踢、爪抓、尾抽，總之利用一切可用的手段，然而那圓球仍然漂浮在那裡，不上不下，宛如固定在水中一樣，圓球的外壁應該不厚，外面的情景清晰可見，可是卻成為這些怪獸無法攻破的堡壘。

羅獵和顏天心已經進入了失重狀態，剛開始的時候顏天心還有些害怕，擔心這圓球會被撕裂，然後外面的這些猛獸就會衝進來將他們分而食之，可看了一會兒，發現這些怪獸折騰得精疲力竭卻仍然無可奈何，心中反倒大感有趣。

羅獵腦後的傷口仍未止血，冒出了一連串的血珠兒，宛如斷了線的紅色珍珠，顏天心慌忙從貼身革囊中取出白布，為羅獵掩上，在這透明球體中行動猶如在水中游泳，又像是在空中翱翔。

那些獨目獸折騰了一會兒已經對攻破球體徹底喪失了信心，牠們放棄繼續攻擊，向那口已經傾斜的懸棺游去，而此時懸棺上金光大盛，竟然緩緩轉動起來，獨目獸看到眼前的一幕嚇得紛紛逃離，那懸棺猶如一隻巨大的陀螺，越轉越快，伴隨著它鑽入水底的沙土地，沙塵不斷被揚起，水變得渾濁起來。

張長弓焦急地望著起伏不定的水面，一邊搓手一邊道：「壞了，去了這麼久還不見回來。」

宋昌金道：「你別看我，我可沒那個本事下去。」

吳傑默不作聲地向裡面走去，宋昌金道：「我勸你也別下去，多一個人也只不過多犧牲一條性命罷了……咦，這水位好像在下降。」

不是好像，而是迅速開始下降，水面短時間內已經下降了半米，吳傑打消了即刻進入水底搜尋兩人下落的想法，他們三人選擇暫時觀望。

懸棺徹底沒入了水底的沙層，過了一會兒，水流開始向懸棺消失的洞口湧入，羅獵和顏天心所在的圓球卻開始緩慢上浮，當圓球浮出水面接觸到空氣的剎那，頃刻間消失得無影無蹤，羅獵和顏天心的身體同時浮出了水面，兩人急忙抓住側壁的紋飾，避免被湍急的水流吸入那剛剛破開的洞口。

張長弓他們看到羅獵和顏天心現身，慌忙攀援著側壁迎下去接應，因為剛才他們都在上面，並未看清水底驚心動魄的場面，不過從剛才的波濤洶湧，到現在水位瘋狂下降，幾人也能夠推測到剛才羅獵和顏天心兩人必然經歷了一番艱苦。

羅獵和顏天心稍作喘息方才將水底有大群獨目獸的消息告訴他們，幾人聽到這個消息都頭疼不已，別說是十幾條獨目獸，單單是剛才所遇的那幾條已經很難應付，如果不是依靠著宋昌金的獨門暗器，他們必然損傷慘重。而且聽說獨目獸在水中的行動速度遠超陸地，這無疑更讓他們感到頭疼。

看到下方的水位不斷消退，用不了太久時間就應當可以見到水底，張長弓向宋昌金建議道：「不如放你下去，等你趕走了那些獨目獸，我們再過去。」

宋昌金表情尷尬，只是乾咳不說話。

羅獵和顏天心並不知道此前發生的事情，羅獵還以為張長弓是在故意為難宋昌金，讓宋昌金下去豈不是等於讓他去送死，笑道：「我三叔可沒這個本事。」

張長弓笑道：「那是你不夠瞭解他，他本事大著呢。」此時他方才留意到羅獵的後腦受了傷，關切道：「你受傷了？」

羅獵點了點頭道：「擦破點皮，不妨事。」

宋昌金聽到之後神情大為緊張，觀察了一下羅獵的傷口，驚聲道：「你流血了？在下面可曾見到昊日大祭司的屍體？」

羅獵搖了搖頭，宋昌金長舒了一口氣，看到宋昌金如釋重負的表情，羅獵心中一動，這位三叔必然有不少的事情瞞著自己，他試探道：「倒是看到一個橄欖核樣的東西，我想應當是一口棺材吧。」

宋昌金聞言大駭：「是不是紡錘樣的東西，和棺材一般大小？」

羅獵道：「你曾經見過？」

宋昌金搖了搖頭道：「沒有，可是我聽說過，當年用來保存昊日大祭司法身的就是這樣的一口棺槨，你頭上的傷該不是在那棺槨上撞破的吧？」

羅獵暗暗佩服宋昌金的推斷能力，雖然沒有開口回答，可目光卻已經肯定了宋昌金的答案。

宋昌金長歎了一口氣道：「壞事了，壞事了，昊日大祭司的法身不能見血，一旦見到血腥，就可能將他喚醒。」

張長弓實在是受不了這個故弄玄虛裝神弄鬼的傢伙，呸了一聲道：「滿口的胡說八道。」

羅獵和顏天心卻並不認為宋昌金全都是信口開河，因為剛才羅獵的頭在棺槨上撞破之後，棺槨染血馬上開始旋轉，在水底沙地鑽出一個大洞，如此看來兩者之間還是有一定的聯繫。

水位已經下降到了蜂巢狀的甲板以下，他們沿著牆壁攀援而下，等他們來到甲板上那個洞口的前方，宋昌金望著那個大洞臉色凝重，他推斷出裝有昊日大祭司法身的棺槨應當是從高處墜落，砸在底部蜂巢狀甲板之後破出一個大洞，羅獵和顏天心最初是被困在這裡面，後來才得以從這洞裡逃出去，只是那棺槨不知現在何處？

宋昌金的目光向下方投去，張長弓在一旁準備著繩索，因為水位不斷下降，如果想要繼續下行，就只能依靠繩索下滑。張長弓不通水性，可是攀爬卻是他的所長。

水位在落到甲板下方之後明顯降速加快，約莫半小時的功夫就已經見底，吳傑側耳傾聽，除了排水聲並未聽到其他異常的聲音。張長弓將繩索繫在蜂巢狀的甲板之上，然後第一個下滑。

來到底部，底部所剩的水已經不多，只能淹沒他的膝彎，正中位置還有一個地洞，周圍水流都向那裡彙集，所以形成一個明顯的漩渦。張長弓將下面的情況告訴同伴，其他人依次下行。

羅獵最後一個來到下面，水已經接近流乾，他來到剛才被棺槨鑽出的地洞處，發現那地洞居然接近合攏，卻是因為流水帶來周圍的白沙，流入其中，地洞不斷縮小，現在已經接近閉合。

宋昌金道：「那棺槨是不是掉到了這裡面？」

羅獵覺察到他對棺槨異乎尋常的關心，淡然一笑道：「現在咱們首先要考慮怎麼逃出去。」

顏天心道：「那邊有個洞！」

羅獵舉目望去，在他們的周圍共有兩個洞口，其中一個是他和顏天心此前游入的水洞，洞口傾斜向下，往裡走不到十米就會完全進入水中，另外一個卻是剛剛才顯露出來的洞口，那洞口四四方方，正常人也只能匍匐通過，不過從洞口的大小來看，體型龐大的獨目獸應當無法從這裡通過。

張長弓指了指這四四方方的洞口道：「我看這洞更安全一些。」

羅獵道：「我去探路。」

吳傑道：「你受了傷，裡面又沒有光線，還是我去。」

羅獵和顏天心對望了一眼，這次他們並沒有堅持，如果一味堅持，肯定會讓同伴們產生疑心。

吳傑離去之後，宋昌金居然又回到剛才棺槨鑽入的地方，他取出一把工兵鏟，開始挖掘沙土。羅獵三人知道這廝必有圖謀，他們也不阻止，冷眼旁觀這廝在那裡忙得不可開交。

宋昌金忙活了老半天，也沒有挖出想要的東西。

羅獵其實已經悄然用手錶探察過，那棺槨已經不在手錶能夠探察的範圍內，所以他們目前擁有的工具是不可能找到那具棺槨的。所以宋昌金現在根本就是無用功，就算他挖到天昏地暗也無法找到那具棺槨。

宋昌金終於放棄了努力，頹然將工兵鏟扔到了一邊。

張長弓幸災樂禍道：「挖到寶貝了？」

宋昌金沒好氣道：「活寶倒是有一個。」

顏天心和羅獵兩人並未加入他們的口角之爭，趁著這會兒歇息的功夫，顏天心為羅獵處理了一下傷口，以防感染。

本以為吳傑去去就回，可想不到吳傑走了接近一個小時，仍然未見他回還。宋昌金率先沉不住氣了，歎了口氣道：「你們說他該不會出了什麼事吧？」其餘三人不約而同地選擇了沉默以對，宋昌金又道：「他一個人沒個照應，再說了眼睛又看不到。」

張長弓道：「眼睛看不到總比心眼瞎了的人要看得清楚。」

宋昌金訕訕笑道：「我這不是擔心嘛，畢竟大家都是一起出來的，理當要相互照應才對。」其實他是壞心眼兒在前頭，認為吳傑可能找到了出路，拋開他們不顧而去了。

顏天心雖然相信吳傑的為人，可宋昌金的話也不無道理，畢竟吳傑已經走了這麼久，她向羅獵小聲道：「不如我過去看看。」

張長弓一旁道：「還是我去。」

羅獵斟酌了一下道：「再等等，半個小時後如果吳先生還不回來，咱們就一起進去看看。」他對吳傑的性情非常瞭解，吳傑選擇一個人進去探路自然有他的用意，如果他們不等吳傑回來就進入其中，在吳傑的理解就是對他的不信任。以吳傑的孤傲性情，這樣的作為是難以容忍的。

然而時間一分一秒的過去，到了羅獵所說的最後期限，仍然不見吳傑回還，他開始意識到此事有些不對，顏天心骨架最小，身體的柔韌性最好，由她在前方開路，羅獵緊跟其後，然後是宋昌金，最後一個才是張長弓。

剛開始的十多米，四四方方的孔洞只能匍匐前進，通過這十多米之後前方變得突然寬闊起來，羅獵將打火機遞給了顏天心，利用打火機的光芒，顏天心發現牆壁上有一個用來指引方向的箭頭，這箭頭應當是用尖利的武器在岩層上劃出的，根據劃痕來看時間應該是新近不久，十有八九是吳傑留下的，由此推斷吳傑並不是想一去不回，否則他又何必花費精力留下標記？

往前再走二十餘米，甬道越發寬敞，以張長弓的身高都可以保持直立行進，通道內的水退去不久，所以裡面還保持著潮濕的狀態，每隔一段距離都會有箭頭標記，他們循著標記一直向前。

又是宋昌金打破了沉默，他追趕上羅獵，小聲道：「他該不會故意設下圈套讓咱們鑽吧？」

羅獵不禁笑了起來，這位三叔是以小人之心度君子之腹，羅獵相信吳傑的為人，他不會也沒有理由要害他們，更何況他們所走的這條道路一直是傾斜向上，按照方位來說，應當不會有錯。

顏天心停下腳步，在她的前方出現了一道敞開的石門，石門是上下結構，上方的那塊石頭通常稱為斷龍石，厚度約有兩米，觀察大門內外，可以發現他們這一側濕漉漉的剛剛進過水，而大門的另外一側卻異常乾燥，兩邊乾濕分明，證明這大門起到隔絕外面水流的作用，應當被打開不久。

宋昌金是這方面的行家，他催促眾人迅速通過這道門閘，而後道：「這門叫斷龍石，一旦落下，除非掌控機關秘密的人，憑藉人力是無法打開的，你們的吳先生欺騙了咱們，他此前就應當來過這裡。」

張長弓面對眼前的一切也無從反駁了，宋昌金說得不錯，如果不是對內部機關結構瞭若指掌的人，又怎能順利開啟斷龍石。不過張長弓仍然不相信吳傑會對他們不利，如果他當真想害這些人，就不會將這道門留給他們。

再往前行，只見前方出現大片石柱，石柱的頂端和地面一平，下方深達五丈，底部可林立著一根根尖銳的石筍，宋昌金道：「果然不出我所料，他提出一個人過來就是別有用心。」

顏天心道：「什麼用心？特地將所有障礙掃除，讓咱們可以暢通無阻嗎？」只要不是瞎子都能看出這遍佈的機關都已經被解開，如果不是吳傑為他們掃清障礙，他們無法到達這個地方。

張長弓道：「這裡應當是通路嗎？」他想要踏上石柱，卻被宋昌金伸手攔住，張長弓瞪著眼睛道：「做什麼？」

宋昌金道：「你等等！」他取出羅盤，此時他的羅盤已經恢復了正常，宋昌金觀察了一下方位，根據石柱的分佈走向判斷凶吉。

張長弓雖然討厭宋昌金，可是卻不得不承認他是此道高手，在判斷風水凶吉，破解機關陷阱方面自然有他的一套。

宋昌金看了一會兒終於道：「高手，想不到他也是此道中的高手。」他率先走上了石柱：「大家小心不要掉下去，這石柱沒問題。」

四人小心翼翼走過這片石柱群，他們方才走過，就聽到後方傳來吱吱嘎嘎的聲音，卻見那石柱群自行移動起來，一會兒功夫所有的空隙都已經填平，原本的石柱群在外表上已經變成了平面，看上去和其他的地面無異。

宋昌金道：「他只留下了四個人通過的機會，也就是說第四個人通過之後，機關會自動觸發……」他的話沒有說完，就聽到後方傳來轟隆隆的巨響，不久就發出呼的一聲，卻是斷龍石閉合的聲音，斷龍石落下，他們沒可能回頭了。

張長弓虛心求教道：「為何這機關會在剛好通過第四個人的時候啟動？」

宋昌金微笑道：「機關之術浩瀚無窮，就算我說了你也不懂，還是別白費力氣了。」他不失時機地回懟了張長弓一次，氣得張長弓乾瞪眼，卻也無話好說。

走到這裡幾人已經基本放下心來，宋昌金所說的吳傑來過這裡的可能性極大，即便是他沒有來過，他對此地機關也是極其熟悉，直到現在都沒有現身，應當是已經悄悄離開了，或許他不想被眾人當面揭穿秘密，或許他還有其他的要緊事去做。

途中又經過幾道石門，因為吳傑事先已經將石門開啟，所以他們全都順利通過，周圍已經是砂岩地帶，沒走幾步就聽到叮叮噹噹的聲響。還聽到鐵娃呼喊他們的聲音。

幾人聞聲大喜，看來距離出口已經不遠了，沿著曲折的地洞循聲走去。

陸威霖率領眾人正在利用一切可能的工具開鑿那塊堵住洞口的巨石，幾人輪番上陣，雖然竭盡全力，可惜收到的效果卻是微乎其微，除了斷了一條手臂的趙魯新之外，所有人都加入到了營救行動之中，雖然每個人心中都明白打穿這巨石的可能性幾乎不存在，可沒有一個人提出放棄。

除了嘗試打通入口之外，他們也在四處搜索其他通路的可能，不過費了好半天功夫也沒有任何發現，就在眾人心中的希望漸漸破滅之時，突然聽到後方傳來了一個洪亮的聲音：「我們回來了！」

這聲音來自於張長弓，鐵娃對師父的聲音最為熟悉，驚喜道：「師父！」放下手中的工具轉身就朝著聲音響起的方向奔去。

羅獵幾人的回歸讓眾人驚喜萬分，幾人約定暫時對裡面發生的事情隻字不提，現在他們雖然暫時組成了一個團隊，可畢竟來自不同的陣營，難保每個人抱著不同的目的，裡面的事情自然是越少人知道越好。

陸威霖心思縝密，知道現在不是詢問經歷之時，阿諾粗中有細也不會亂說話，至於瑪莎和她的族人原本就很少說話，更不會主動詢問，而周文虎和趙魯新兩人處境頗為尷尬，他們處處陪著小心，生恐說錯話得罪了人，畢竟他們和這群人都處在敵對的立場上，雖然得蒙這群人相救，卻不可能在短時間內讓這群人消除對他們的敵意，更不可能和他們成為朋友。

鐵娃畢竟年齡幼小欠缺經歷，追著師父問了兩句，遭遇到師父嚴厲的目光制止，於是也就不再追問。

阿諾留意到吳傑並未和幾人一起出現，悄悄來到羅獵身邊低聲問道：「吳先生呢？」

羅獵道：「我們分頭走的，我還以為他已經回來了。」

阿諾搖了搖頭，表示並未見到吳傑，羅獵心中明白吳傑應當是有意避開了他們，一個人若是有心隱藏起來，想要找到他就沒那麼容易了。

一群人離開了骨洞，回頭再看殉葬坑，這顆巨大的頭骨仍然讓人感到震撼不已，阿諾道：「咱們還是儘快離開這鬼地方吧。」

宋昌金道：「早就勸你們走，可偏偏不聽，白白浪費了那麼多的時間。」

羅獵向陸威霖道：「外面的情況怎麼樣？」

陸威霖道：「這會兒倒是平靜下來了，看時間，天已經放亮了。」

周文虎和趙魯新兩人臉上都浮現出悲愴之色，在外面辛苦鏖戰的都是他們的戰友，經過昨晚的那場屠殺，他們一方必然死傷慘重，如果不是他們兩人誤墜沙洞，又湊巧被這群人救起，恐怕此刻也已經血染黃沙戰死沙場了。

兩人心情極度複雜，一方面因為自己躲過一劫而慶幸，另一方面發生了這樣的事情，他們即便能活著回去新滿營，也免不了一死，馬永平怎會饒了他們。

在簡短的商量之後，決定先派出少數人出去探明情況，因為宋昌金對地形的熟悉，他自然是首當其衝的那個，這次是張長弓和陸威霖陪同他一起前往。

趁著這會兒功夫，其他人暫時各自尋找地方休息，顏天心悄悄將羅獵叫到一旁，小聲道：「吳先生只怕是走了。」

羅獵點了點頭，低聲道：「沒事就好，我想他一定有自己的理由。」

顏天心道：「我總覺得他有事瞞著咱們。」

羅獵抿了抿嘴唇，他想起了卓一手的背叛，吳傑、卓一手這些人的恩恩怨怨發生在二十年前，當年具體發生了什麼，他們這代人是不會知道的，吳傑以獵魔為己任，可這世上的任何事都需要動機，吳傑的動機是什麼？他給出的解釋是傳承，羅獵開始選擇相信，而現在他卻產生了動搖，單靠傳承二字似乎無法解釋清楚，尤其是在吳傑失去雙目之後仍然繼續堅持這件事，僅僅用高風亮節，斬妖除魔為人間求得安寧這些理由似乎並不足夠。

顏天心道：「你不覺得譚天德消失得太過突然了？」

羅獵望著顏天心，聽出了她還有弦外之意。

顏天心道：「並非我想將吳先生往壞處想，可是你想過沒有，他為何要來到新滿營？難道僅僅是為了躲避追殺？」

羅獵沉默了下去，以吳傑的武功，這世上能夠害得了他的人可謂是少之又少，如果吳傑想要躲避藤野家族的追殺，他完全可以選擇隱姓埋名，找一個沒有人認識他的地方藏起來，而不是來到這裡尋找卓一手。除非他不想藏，又或是他本來的目的就是要來到這裡。

顏天心幽然歎了口氣道：「其實我真不願把人往壞處想。」在最近一段時間，她先後遭遇了親人的背叛，叔叔、卓一手這兩個對她極為重要的人都先後背叛了她，這讓顏天心變得有些多疑。

羅獵輕輕拍了拍她的手背道：「吳先生就算有事瞞著我們，可我想他不會是壞人……」停頓了一下他又道：「卓先生興許也不是有心對咱們不利，只是出於某種目的而不得不為，又或者他根本沒預料到事情最終會發展到怎樣的地步。」

說完這番話，羅獵又想到應當用信仰來代替目的更能恰當地表達自己的意思，吳傑和卓一手很可能都是一種人，支撐他們排除一切，做出犧牲，一路走下去的正是他們心中的信仰。

其實多半人何嘗不是一樣，顏天心有她的信仰，瑪莎和她的兩名族人有他們的信仰，如果說金錢和權力是一種信仰，那麼周文虎和趙魯新同樣擁有信仰。可自己呢？一想到自己羅獵突然變得迷惘了起來，一直以來他的人生都不算主動，幼年時的挫折和經歷讓他更嚮往風平浪靜的安寧生活，而**人生就是這樣，越是想得到的，偏偏就是得不到。**

宋昌金意識到自己的一舉一動全都在身後兩人的監視之中，他叫屈道：「張賢侄……」

張長弓怒道：「你說什麼？」這貨竟公然占自己的便宜。

宋昌金對這貨頗為忌憚，慌忙陪著笑道：「張老弟，張老弟，呵呵，咱們可是同生死共患難的朋友，別人不瞭解我，你還能不瞭解我？」

張長弓毫不客氣地懟了回去：「不瞭解，一丁點都不瞭解。」

向來不苟言笑的陸威霖，臉上都忍不住流露出一絲笑意，提醒宋昌金道：「有說廢話的功夫，不如趕緊找路。」

宋昌金突然有了發現，在地面上撿起了晶瑩溫潤的一串東西，卻是一串和田玉念珠，張長弓一眼就認出是譚天德隨身佩戴的東西，伸手向宋昌金要了過來，宋昌金還以為他想貪墨，慌忙道：「我先看到的。」

張長弓道：「沒人想跟你搶，拿來我看看。」

宋昌金將手串遞給了他，張長弓用手握了握，看了看腳下的地面，雖然不慎明顯，仍然可以看出一些痕跡。陸威霖知道他是獵人出身，任何的蛛絲馬跡都不會逃過他的眼鏡。

張長弓道：「應當在這裡摔倒了，不過人不知去了哪裡。」

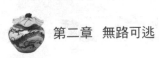

宋昌金道：「誰？」

張長弓道：「譚天德。」

宋昌金不屑道：「一個糟老頭子。」在他看來譚天德只是一個糟老頭子，在團隊中的作用幾乎可以忽略不計，更何況這個老頭子還是個謀財害命罪該萬死的土匪頭子，其實宋昌金自己何嘗不是幹著謀財害命的勾當。

因為原本想離開的出口被炸塌，他們只能從原路返回，來到最初進入的地方，三人合力將堵住洞口的石塊搬開，外面的光線投射進來，陸威霖看了看時間，已經是上午的九點，此時外面陽光普照，沒有任何的槍聲和廝殺聲傳來。

張長弓側耳傾聽，只聽到風吹沙動的聲音，乾燥的風中夾雜著些許血腥的氣息，確信外面沒有人活動，張長弓這才從洞內爬了出去，陸威霖從後面推了宋昌金一把，宋昌金這才不情不願地爬了出去。

兩人出去之後，和張長弓一樣愣在了那裡，眼前的一切和他們想像中全然不同，他們本以為會看到屍橫遍野的場面，可現場卻乾乾淨淨，可以看到延綿起伏的黃沙，卻看不到一具屍體，如果不是昨晚親身經歷，誰也不會相信這裡曾經經歷過一場戰鬥。

張長弓深深吸了一口氣，空氣中飄蕩著的血腥氣息不會騙人，可屍體呢？昨晚的那場慘烈的戰爭造成了很大的傷亡，應當留下許許多多的屍體才對，可現場莫說是屍體，甚至連一滴血跡都看不到。

宋昌金愕然道：「怎麼可能？屍體呢，難道所有屍體都憑空消失了不成？」

陸威霖快步走向一座隆起的沙丘，站在沙丘高點四處望去，視野所及的範圍內看不到任何可疑的痕跡，他不由得想起昨晚刮起的狂風，興許風沙將所有的戰後痕跡都抹掉了，可就算風沙能夠抹掉痕跡，那些戰死沙場的屍體呢？為何也會平白無故地消失？實在是太過不可思議了。

陸威霖能夠想到最合理的解釋就是在昨晚的那場戰鬥之後，勝利者將戰場清理一空，可這也太乾淨了。

張長弓圍繞陪陵尋找，終於在陪陵的側壁找到了一些尚未消失的血跡，他聞到的血腥味道就應該來源於此。

宋昌金道：「我看咱們還是趕緊離開這片王陵吧。」

張長弓向陸威霖道：「威霖，你回去把情況通報給他們，我在這裡守著。」

陸威霖點了點頭，轉身回去。

宋昌金從張長弓的雙目深處看到了一絲陰冷的殺機，他有些不安地垂下頭去，雙目不敢和對方直視。

張長弓道：「現在只剩下咱們兩個，你最好老老實實跟我交代。」

宋昌金此時方才明白張長弓支開陸威霖另有目的，乾咳了一聲道：「交代什麼？張老弟的話我不明白。」

張長弓道：「我現在如果殺了你，想來沒有人會怪罪我。」

宋昌金內心一震，抬頭從張長弓的表情能夠看出他並非有意恐嚇自己。

張長弓道：「你不把羅獵當成親人，可他是我的朋友，我絕不會讓任何人把我的兄弟朋友帶入危險的境地之中，你明白嗎？」

宋昌金道：「明白，明白。」張長弓的語氣告訴他，為了維護朋友的利益，張長弓真的會不惜一切代價。宋昌金道：「這西夏王陵原本就是一個邪門的地方，這麼明顯的一大片墓葬群，近千年來少有人盜掘，你不覺得其中有古怪？」

張長弓道：「還不是一樣被你們挖出了這麼多的盜洞。」

宋昌金道：「我可沒挖，挖盜洞想盜墓的人全都死了。」其實並非都死了，他老爹就是幸運逃過劫難的一個，可轉念一想，死了未嘗是什麼痛苦的事情，畢竟接連喪子的滋味比起死了或許還要難受。

張長弓道：「都死了你又怎會知道這盜洞。」

宋昌金歎了口氣，乾脆裝聾作啞，不再理會張長弓的問話。

第三章

雍州鼎

這尊雍州鼎究竟是何時被埋在了這裡，
按照時間線來推算，應當是先有雍州鼎後有西夏王陵，
難道是西夏王室發現了雍州鼎之後，
方才將家族的陵寢選在了這裡，
還是他們後來將雍州鼎轉運而來的呢？
羅獵認為前者的可能性或許更大。

譚天德感覺胸口一鬆，身體重新獲得了自由，佈滿血絲的雙目向身邊人望去，為他解穴的人是吳傑，譚天德活動了一下手足，充滿迷惑道：「你……你為何要這樣對我？」在他們進入盜洞之後不久，譚天德就在黑暗中被人暗算，然後有人將他藏了起來，直到現在方才得到了自由。

吳傑道：「你無需多問，只要帶我去天廟，我自會救你兒子的性命。」

譚天德此時才意識到已經到了第二天的上午，環視四周，他們處於一座廢墟的內部，譚天德道：「你找天廟做什麼？」

吳傑道：「你還記不記得一個叫藤野三郎的人？」

譚天德深深吸了一口氣，他盯住吳傑，過了好一會兒方才從記憶中慢慢找出一個年輕英俊的輪廓，顫聲道：「你……你是岳鷹……」記憶中的岳鷹年輕英俊，不但擁有超人的智慧，出眾的武功，還有一雙明亮的眼睛，如果不是吳傑主動提起，譚天德怎麼都不會將這樣的兩個人聯繫在一起，眼前的吳傑蒼老而頹廢，和昔日那個驕傲的年輕人已經截然不同。

譚天德點了點頭道：「我早就該認出你的，我早就該認出你的……」

吳傑道：「藤野三郎死了，岳鷹也已經死了，而你還活著！」

譚天德呵呵笑了一聲，連他自己都能夠聽出笑聲的乾澀。說起自己和這兩人的相識，還要追溯到二十年前。

吳傑道：「你隱瞞了天廟的事情。」

譚天德道：「並非有意隱瞞，而是當時認識你們的時候，我還不知道天廟的存在，藤野三郎死了，你生死不明，所以……」

吳傑道：「所以你就將一切據為己有？」

譚天德慘然笑道：「一切？那都是什麼東西？在我看來沒有任何的意義。」

吳傑道：「我不管你過去做過什麼，只需將我帶到天廟，我就既往不咎。」

譚天德點了點頭道：「我若是能夠找到天廟的道路，絕不會有半點欺瞞，我兒子還等著我去救命……」說到他的寶貝兒子，譚天德不禁黯然神傷。說話的功夫，光線似乎黯淡了不少，譚天德瞇起眼睛仰望天空，剛才還是光芒萬丈的太陽而今卻突然出現了一個缺口，譚天德以為自己看錯了，揉了揉眼睛，再次看去，那太陽果真缺了一片，譚天德喃喃道：「天狗吞日……天狗吞日……」

吳傑雙目已盲自然看不到他所說的情況，低聲道：「發生日蝕了嗎？」

陸威霖通知眾人，並帶著他們回到了上面，羅獵剛一回到地面就看到空中的日蝕現象，他慌忙提醒眾人防護眼鏡，他對這方面的常識還是有所瞭解的，如果眼睛不加以防護直視太陽，很可能會導致視網膜的永久燒灼傷。

墨鏡已經成為了沙漠行走的標配，眾人紛紛戴上墨鏡，瑪莎和她的兩名族人雖然沒有防護措施，不過他們經過羅獵的善意提醒也不敢直視太陽，三人在沙地上跪拜下去，朝著太陽的方向匍匐不起。

羅獵並不是第一次見到日蝕，所以也並沒有感到特別奇怪，只是一次自然現象罷了，一個人一輩子能夠肉眼觀察日蝕的機會並不多，羅獵看了一眼，空中的太陽已經被掩蓋住了三分之一，看起來形如一彎月亮。

顏天心道：「看來像是日全食。」她雖然過去並未看到過這樣的天象，可畢竟博覽群書，從書中讀到了這方面的知識。

羅獵道：「食既之時，天就要黑了。」

眾人因為這難得一見的天象一個個都興奮起來，羅獵提醒眾人千萬不要長時間盯住太陽。

陸威霖低聲向羅獵道：「你的那位叔叔很是狡猾，你千萬不要被他騙了。」眾人之中，除了三名塔吉克人，就要數宋昌金最心不在焉，如此難得一見的天象也引不起他任何的興趣。

羅獵向宋昌金走了過去，宋昌金剛好也有話對他說，主動迎了上來，苦笑道：「大侄子，我又不是賊，大家同甘苦共患難，我已經表達出足夠的誠意，難道你們還不相信我？」

羅獵道：「沒說不信你。」

宋昌金哼了一聲道：「防賊一樣的防著我……」他壓低聲音道：「那傻大個剛才還威脅要殺了我呢。」傻大個指的自然是張長弓。

羅獵道：「他只是說說罷了。」

宋昌金道：「你們看錯了人，想要出賣大家的不是我，是那個瞎子。」

羅獵皺了皺眉頭，對宋昌金以瞎子來稱呼吳傑頗為不滿。

宋昌金道：「難道你不懷疑，他因何能夠找到出路？我敢斷定他此前必然來過這裡，你清不清楚他的底細？」

羅獵道：「你什麼意思？」

宋昌金道：「當年你爺爺曾經來過這裡，他片瓦未取，而且離開之後就選擇金盆洗手……」停頓了一下又道：「他當年可不是一個人過來的，我懷疑……」說到這裡他再度停了下來。

羅獵道：「你懷疑吳傑的先輩也曾經到過這裡，甚至和爺爺有些淵源？」

宋昌金笑道：「真是聰明，一點就透。」

羅獵想到的卻是父親，父親曾經親口告訴他雍州鼎已經被炸毀，而他們從骨洞進入的青銅建築，上面分明寫著那青銅建築就是雍州鼎，而他們在水下洞穴中找到了父親當年同伴的屍體，如果說下面的才是真正的雍州鼎，那麼父親他們當年炸毀的那尊應當是假的。

這尊雍州鼎究竟是何時被埋在了這裡，按照時間線來推算，應當是先有雍州鼎後有西夏王陵，難道是西夏王室發現了雍州鼎之後，方才將家族的陵寢選在了這裡，還是他們後來將雍州鼎轉運而來的呢？羅獵認為前者的可能性或許更大。

此時日蝕已經發展到了食甚階段，天色完全黑了下去，猶如黑夜來臨，陸威霖看了看時間，目前的時間剛好是上午十點，如果沒有這場日蝕，本應當是陽光普照。

風悄悄吹起，地面上的細沙升騰而起，猶如薄霧一般流動，三名塔吉克族人跪伏在那裡，他們口中的祈禱聲越來越急越來越大。

阿諾縮了縮脖子，想笑又不敢笑。

周文虎攙扶著趙魯新，兩人在避風處坐著，他們滿懷心事，任何奇異的景觀也吸引不了他們。

顏天心的目光投向北方，那是賀蘭山的方向，這突然來臨的夜晚將整個賀蘭山的崇山峻嶺融入到這濃得化不開的黑色中，視野中已經分不出天空大地山巒，可突然間在她的視野中出現了一個金色的光點，那光點來自於賀蘭山的腳下。金色光點所產生的光芒並不強烈，可是在周邊黑色的氛圍下卻顯得格外突出，幾乎每個人都留意到了遠山的這一變化。

譚天德被遠方的金光所吸引，喃喃道：「天廟……天廟……」

吳傑聽得真切，沉聲道：「天廟在哪裡？」

「賀蘭山，天廟在賀蘭山邊！」譚天德激動道，他努力搜尋著腦海中的記憶，記憶中天廟似乎並沒有出現在那個地方，歲月荏苒，時光有若白駒過隙，可是在不到二十年內位置發生這麼大的偏移卻讓人難以置信。

譚天德確信自己不是老眼昏花，第一次看到天廟的時候也沒有精神錯亂，如果他一開始就認定天廟在賀蘭山腳下的位置，就根本不會帶著這群人在西夏王陵兜圈子，他怎會拿自己寶貝兒子的性命當賭注？

金光並未消失，譚天德拿起望遠鏡，將山腳下的金色光點放大，那金光閃閃的的確是一座建築物，建築物的主體就像是一個巨大的梯形，頂部的平頂就是天廟的祭台，祭台上熊熊的火焰正在升騰而起，直衝夜空宛如一條橘紅色的火龍。

日食已經到了生光的階段，整個天地再度明亮起來，宛若黎明二次到來，隨著太陽的復圓，天地變得越來越明亮，風卻隨著光芒的恢復而變得強大起來，熱風捲著砂礫填充著戈壁的上空。

沙塵和陽光的爭鬥中這次前者佔據了絕對的上風，顏天心放下望遠鏡，賀蘭山腳下建築的剪影已經完全消失。

「可能是幻象！」羅獵像是在告訴顏天心，又像是在告訴自己。

顏天心道：「我不會看錯。」停頓了好一會兒方才又道：「難道你沒看到那金光？」

羅獵向不遠處的宋昌金走了過去，輕聲道：「賀蘭山那邊是否有什麼建築？」

宋昌金很滿意羅獵的態度，這位侄子比起其他人對自己顯然要客氣得多，當然一個人的涵養和城府往往成正比，涵養越好就意味著城府越深，如果一個人能夠面對不喜歡的人仍然可以做到彬彬有禮，單純依靠素質和涵養還不能做到。

宋昌金不由得又生出老羅家將門虎子的感慨，血統和傳承不信不成，老羅家都是聰明人，心機之深也是個頂個的厲害，他裝模作樣道：「建築多了，廢棄的石堡，破廟，還有獵人的窩棚……」

羅獵笑了起來，露出滿口整齊而潔白的牙齒：「三叔，您剛才有沒有看到那道金光？」

宋昌金點了點頭，當著這麼聰明的侄子說一些無聊的廢話，反而顯得自己這個人無趣。

「你怎麼看？」羅獵繼續追問道。

宋昌金道：「海市蜃樓。」

羅獵愣了一下，表情充滿了詫異。

宋昌金從中看出了他對自己的質疑，甚至理解為其中有嘲諷的因素在內，壓低聲音道：「不同的天象之下可以看到不同的景象，你未曾見過並不代表著不會發生。」

羅獵雖然無法認同宋昌金海市蜃樓的說法，可是認為宋昌金的這番話倒是非常有道理：「三叔認為剛才的金色建築只是虛無的幻象？」

宋昌金道：「我可沒說，這世上萬事萬物皆有因果，你看到的金色建築也是一樣，即便是海市蜃樓，眼前的虛像追根溯源必有實物，當然也不能排除咱們剛才看到的真實存在。」

兩人對望了一眼，瞬間就已經明白了對方的心思，證明虛實的最好方法就是實地去看一看，畢竟距離算不上遠。

瑪莎主動找到了羅獵，羅獵本以為她因為父親的事情連帶著遷怒於自己，現在看來，瑪莎應該已經過了那道坎，他們剛剛起步不久，風沙就逼迫他們不得不暫時躲避，而瑪莎趁著這個時機來到羅獵面前，小聲道：「羅大哥，我有件事想單獨跟你談。」

羅獵看了看身邊，顏天心已經知趣地走向遠處，望著她的背影，瑪莎咬了咬嘴唇，明眸中充滿了愧疚之色，她向羅獵道：「對不起，我不該這樣對待你們，是我恩將仇報。」

羅獵笑了起來：「其實這句話你可以直接對她說，她不會介意的。」她自然指的就是顏天心。

瑪莎道：「昨晚我並不是想攻擊她，我甚至想不起當時我做了什麼。」

羅獵點了點頭，當時瑪莎的情況他記得非常清楚，瑪莎明顯失去了意識，安慰瑪莎道：「你仔細想想，是否還能夠回憶起一些事情？」

瑪莎搖了搖頭道：「我什麼都記不得了。」她抬起雙眸道：「有件事我騙了你。」說完她有些緊張地看了看左右，確信其他人都已經走遠，主動迴避他們兩人的對話，這才接著道：「你記不記得譚子聰追殺我們的事情？」

羅獵點了點頭，他自然記得，譚子聰狙擊塔吉克商隊，大肆屠殺瑪莎的族人，他的目的就是為了奪取一卷古蘭經，這些塔吉克族人寧願犧牲性命也要守護他們的信仰。這段時間發生太多的事情，所以羅獵並沒有對這件已經過去的事情投入太多的關注，而瑪莎再次提起，讓他開始回頭去想這件事的背後應當沒有那麼簡單。

一本古蘭經對教眾來說是無價之寶，可據羅獵所知，譚天德父子並沒有什麼宗教信仰，他們搶奪古蘭經又有什麼意義？

瑪莎道：「你們救了我，我不辭而別並不是出於對顏掌櫃的仇恨，而是要去完成我爹的遺願，我去了黑龍古城。」

羅獵聽到這裡已經明白，當天譚子聰率眾圍攻古城的時候，德西里就已經將古蘭經埋在古城的某個地方，就算當時離開，也沒有將古蘭經帶走，因為他擔心中途遇到風險，會遭到土匪的圍追堵截。

德西里果然沒有算錯，最後他們仍然還是被譚子聰追上，雖然再次遇到了羅獵和顏天心，可當時在老營盤卻遭遇了一群殭屍病毒的感染者，德西里也不慎感染了殭屍病毒，最終選擇了死亡。

瑪莎道：「我本以為那是一本古蘭經，可是……等我將古蘭經挖出，卻發現那本書根本就不是古蘭經。」她將那卷隨身藏著的古蘭經取出遞給羅獵。

羅獵接過經書，將包裹在表面的油紙打開，裡面是一本皮革裝訂成的古書，回鶻文書寫，封面上的意思是古蘭經，掀開首頁發現上面浸染了不少的血跡，凡是浸染血跡的地方字跡褪去，反倒顯現出一些古怪的圖形。

羅獵道：「這是怎麼回事？」

瑪莎道：「這是地圖，我爹讓我找到古蘭經然後將它毀掉，我發現其中的秘密之後，並未將它毀掉，按照上面的指引，來到了這裡。」

羅獵向後翻去，看到後面沒有浸染血跡的地方還是正常的文字。

瑪莎道：「只要特殊的方法處理，地圖就會顯現出來，因為是古蘭經，所以信徒不會做這樣對真主不敬的事情。」

羅獵明白了，其實這本古蘭經就是一張張的手繪地圖，因為書寫的材料特殊，所以繪製的圖案乾透之後就隱藏了起來，而後又在上面抄寫古蘭經，表面上看去是一本古蘭經，其實這經書內還隱藏著一幅幅的地圖，難道瑪莎就是根據地圖上的指印方才來到了這裡？

瑪莎指了指羅獵手中的古蘭經道：「你拿去吧。」

羅獵沒想到瑪莎會選擇將這卷書交給自己，雖然他不知道其中具體藏著怎樣的秘密，可是能夠讓德西里不惜犧牲自己和族人性命去保護的東西必然價值連城，譚天德父子也應當知道這卷書的珍貴，否則也不會興師動眾去搶奪。

而瑪莎完全有機會將這卷書燒毀，可她卻沒那麼做，而是選擇將這卷書送給了自己，難道僅僅是為了報答自己的救命之恩？羅獵想想又不太可能。

瑪莎道：「我只有一個要求，你帶我去找天廟。」

羅獵內心一怔，原來瑪莎也是為了尋找天廟才到了這裡。

瑪莎道：「真正的古蘭經就被供奉在天廟之中，等到了那裡，我只要那卷古蘭經，其他的東西都屬於你好不好？」

羅獵不禁笑了起來，瑪莎果然還是有條件的，終於明白瑪莎如此慷慨的原因，瑪莎應該是意識到單憑她自己根本無法做成這件事，所以她才想到借助自己的力量。

羅獵低聲道：「你是不是已經看過所有的地圖了？」

瑪莎點了點頭，輕聲道：「我也看到了賀蘭山上的金光，真正的天廟就在賀蘭山附近。」

羅獵道：「我答應你。」

瑪莎的臉上露出一絲欣慰，她雖然還有兩位族人同行稱不上孤單，可是單憑他們三人的力量根本無法達成所願，經過一番猶豫，最終決定借用羅獵的力量，瑪莎並非一個不諳世事的少女，她懂得這世上任何事都要付出代價的，想要讓羅獵幫助自己，必須要表達出足夠的誠意，這幅地圖就代表著她的誠意。其實這卷染血的古蘭經即便是交給羅獵，不懂回鶻文字的羅獵也無法在短時間內參透其中的意義。

瑪莎道：「我為你引路，你須得為我保守這個秘密，不可告知於第三個人知道，就連顏天心也不例外。」

羅獵點了點頭，將那卷古蘭經遞還給瑪莎：「這是你的東西，我不能要。」

瑪莎道：「你收著吧，我無力保護這件東西。」

羅獵沉吟了一下，瑪莎所說的也是實情，以她個人的能力是不可能護住這卷經書，謹慎起見還是由自己保存妥當，他向瑪莎道：「我先幫你收著，等此事過後，再還給你。」

等到風沙稍小，眾人繼續向賀蘭山腳下走去，天空中雖然依舊瀰漫著沙塵，可能見度比起剛才已經好了許多，蒼白的日頭從空中再度露出臉來，因為沙塵的阻擋，陽光失去了應有的灼熱和光彩。

顏天心居然沒有追問羅獵和瑪莎剛才在談些什麼，反倒是阿諾有些忍不住了，湊了個機會來到羅獵身邊低聲詢問道：「瑪莎都跟你聊什麼？」

羅獵早已想好要怎樣應對，將此前準備向顏天心說的話說給阿諾道：「就是向我致謝，並為此前的一些事情道歉。」

阿諾點了點頭，沒來由冒出了一句感慨：「可愛！」

羅獵有些奇怪地望著這貨，還以為他又喝酒了，不過如此近距離的狀況下都沒有聞到他身上的酒氣。

阿諾笑了笑，有些不好意思道：「我喜歡，你該不會跟我爭吧……」

羅獵這才明白這廝因何會發出這樣的感慨，禁不住笑了起來。

阿諾道：「你別笑，人不可以太貪心，有這麼多美女喜歡你，可我連個異性朋友都沒有。」

羅獵伸手拍了拍他的肩膀道：「這我可幫不了你。」

「沒讓你幫，就是讓你別跟我搶。」

羅獵大步向前走去，將胡思亂想的阿諾遠遠甩在了身後。

隊伍最前方的張長弓發現了一具屍體，在他們這群人看來，發現屍體並不奇怪，只是走到這裡才發現倒是有些奇怪，距離昨天激烈戰鬥的地方已經有接近三里路了，這才看到一具屍體，屍體被黃沙掩埋了一部分，臉朝下趴在沙面上。

此前他們已經經歷過多次險情，看到屍體也不敢貿然靠近。周文虎從屍體暴露在外的制服上看出那人應當是他們軍隊中的一員，他將此事向張長弓說了。

張長弓做了個手勢，陸威霖舉槍瞄準了屍體的頭部，以免有詐。張長弓一手握刀，走了過去，來到屍體旁邊，先用刀身在屍體身上拍了兩下，看到屍體沒有動彈，這才伸手抓住屍體的肩膀幫他轉過身來。

屍體翻轉過來，瑪莎嚇得發出一聲驚呼，顏天心也下意識地轉過身去，羅獵第一時間伸手擋住鐵娃的視線。

那屍體死狀極其可怖，整個面孔都被人撕去，血肉模糊，胸腹也被剖開，裡面空空如也，五臟六腑都被挖空。

周文虎和趙魯新看到戰友死得如此淒慘，兩人內心所受到的衝擊最大，雙目一熱，黃豆大小的淚珠子都控制不住落了下來，趙魯新咬牙切齒道：「王八蛋……找到那幫畜生我要將他們碎屍萬段！」內心悲憤到了極點，可腦海中的理智卻又告訴他自己根本沒有這個能力。

張長弓仔細觀察了一下屍體道：「應當不是人做的，臉部有被撕咬的痕跡，胸腹中的傷應當是被利爪抓開，明顯是撕裂傷，而非刀劍所致。」

陸威霖端著槍走近那具屍體看了一下，他也認同張長弓的觀點，沒有人會如此殘忍。

羅獵想到了昨晚他們遇到的獨目獸，獨目獸應當擁有這樣的力量。張長弓此時已經在附近找到了動物的足印，以他多年的狩獵經驗來判斷，這足印應當是狼爪的痕跡，和昨晚所遇的獨目獸完全不同，可形狀雖然類似，爪痕卻比尋常的狼爪大出一圈，單從足印來判斷，如果這生物是狼，那麼這頭狼的大小也極其驚人，身體的長度應當在兩米左右。

就算是蒼白山所遇的血狼也未有這樣的龐大體型，張長弓並未找到太多的足印，基本上能夠斷定是一頭生物將屍體拖到了這裡。

周文虎和趙魯新兩人不忍戰友曝屍荒野，兩人用黃沙將戰友埋葬了。

可很快他們就發現這只不過是一個開始，途中不斷遇到士兵的屍體，幾乎都是一樣的慘狀，那些凶殘的生物只對這些士兵的面部和內臟感興趣，對他們的軀殼全都棄之不理。

多半人都因眼前的慘狀而觸目驚心，可羅獵卻發現這一具具的屍體正在將他們引向某種未知的恐懼。

瑪莎悄悄向羅獵道：「你有沒有發現這些屍體全都出現在通往賀蘭山的道路上。」她的話並不確切，茫茫戈壁本談不上什麼道路，可屍體出現的路線恰恰與古蘭經上地圖所指示的路線一致。

羅獵並不認為天廟騎士會無聊到殺死那些士兵，而後又將屍體一具一具排列在這裡，造成眼前景象的難道是那未知的生物？

張長弓指向前方道：「你們看！」

眾人快步走了過去，只見他們的前方出現了一個巨大的凹陷，一個天然的沙坑，在沙坑的裡面遍佈著密密麻麻的屍體，從屍體的服飾不難判斷出他們全都來自於新滿營的軍隊，屍體並失蹤，而是全部被轉移到了這裡。

目睹眼前景象，周文虎和趙魯新再也控制不住內心的情緒，兩人嚎啕大哭起來，因為恐懼因為悲傷也因為內疚，唯有大聲的嚎哭方能減輕些許心頭的壓力。

顏天心咬著櫻唇，有生以來她從未見過如此殘忍的場面，一千餘名士兵，無論這些人的出發點如何，可他們畢竟都是一條條鮮活的生命啊，突然就變成了血肉模糊的屍體，而且死無全屍，牠們的內臟已經被不知名的殘忍野獸掏食一空。

宋昌金臉色蒼白，聞到濃烈血腥和屍臭味，再也忍不住躬下身去嘔吐起來。

張長弓將鐵娃擋在身後命令他不許看，陸威霖雖然冷酷，可他也想像不出誰能夠做出這樣殘忍的事情。

羅獵道：「為什麼要將屍體全都集中在這裡？」

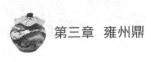

宋昌金用袖子擦了擦嘴角，喘了口粗氣道：「這裡在過去曾經是個祭祀坑……」

眾人的目光全都投向宋昌金，宋昌金誤會了他們的意思，苦笑道：「都看著我幹什麼？又不是我殺了他們，我無非是知道得多一點，難道這還有罪了？」

張長弓卻搖了搖頭道：「應當不是單純的祭祀。」

阿諾道：「不是祭祀是什麼？該不是好心將這些屍體拖到這裡埋葬起來？」

陸威霖道：「怎麼可能，我看這裡倒像儲存食物的地方。」

阿諾腦袋搖得跟撥浪鼓似的：「不可能，絕對不可能，天這麼熱，一會兒功夫就成臭肉了，難道牠們喜歡吃腐肉？」

腳下的地面震顫了起來，他們慌忙後退，卻見那沙坑之中有部分地方開始塌陷，上面的屍體隨著塌陷的部分掉了下去。

張長弓道：「咱們還是先離開這裡再說。」

羅獵感到腳下沙面開始發出不規律的震動，下方似乎有東西在不停地抖動。

鐵娃突然指著遠方驚呼道：「你們看！」

眾人舉目望去，卻見南側的沙丘之上，一頭犛牛般大小的野獸正站在頂端，牠毛色褐黃，幾乎和周圍延綿起伏的沙丘融為一體，頭顱碩大，擁有和雄獅一般的鬃毛，昂首挺胸，睥睨著下方的人類，一雙藍色眼睛露出驕傲而陰冷的光芒。

多半人的第一反應那是一頭獅子，可是獅子身上的毛髮應該沒有那麼長，宋昌金道：「鬼獒……那是鬼獒……」

陸威霖端起步槍，通過瞄準鏡放大了那野獸的頭部，發現牠的身上其實還有黑褐色的斑紋，面部的輪廓比獅子更有稜角，額角寬闊，下頜很窄，口鼻突出，更像是披著長長鬃毛的狼。

在沒有確定這頭鬼獒是否要攻擊他們之前，陸威霖並沒有貿然開槍，可是他很快就進入了戰鬥狀態，從沙丘後方一頭又一頭的鬼獒現身出來，鬼獒集結之後馬上向眾人飛奔而來。

陸威霖不再猶豫，對準早已鎖定的那頭鬼獒，一槍射出，子彈擊中鬼獒的頭部，那鬼獒翻滾了一下身子撲倒在地。

羅獵大吼道：「跟我來！」他向右側的一座陪陵奔去，在他們的周圍並無可以隱蔽的地方，放眼望去，鬼獒至少有上百條，唯有先搶佔高處的地形，守住高地進行反擊，也唯有如此才能最大程度地避免傷亡。

羅獵所選的陪陵並不高，總體高度不過八米左右，因為風化，陪陵的頂部早已被侵蝕成為平地，這剛好可以為他們提供立足之處。

一群人剛剛逃到陪陵的頂部，那群鬼獒已經從四面八方包圍了這裡，還好他們彈藥充足，隊伍之中陸威霖、顏天心、周文虎都是神槍手，張長弓和鐵娃也都是擅長遠距離攻擊的好手，阿諾和羅獵負責投擲手雷，其餘人負責接應，那些鬼獒雖然凶猛強悍，可牠們的身體畢竟不是鋼筋鐵骨，抵禦不住槍彈的射擊，一會兒功夫就死傷過半。

宋昌金此時也鬆了口氣，其實他所說的鬼獒只是獒犬中的一種，這種獒犬通常生活在無人戈壁，不喜群居，喜歡食用腐肉和內臟，看來此前的那些被損毀嚴重的屍體就是牠們所為。

周文虎和趙魯新恨極了這些殘忍的鬼獒，兩人舉槍瞄準了下方的鬼獒頻頻開火射殺。

那些鬼獒在遭遇射殺之後死傷慘重，牠們開始意識到如果一味強攻，非但無法攻上高地，反而會被這群武器精良的人類消滅殆盡，於是倖存的鬼獒開始向後撤退。

羅獵提醒同伴不可下去追擊，只能進行遠距離射殺。

陸威霖蹲姿射擊，他彈無虛發，每開一槍就有一頭鬼獒被他射殺當場，其餘人都停下了射擊，這麼遠的距離他們可沒有如此神奇的槍法。陸威霖的槍法對鬼獒起到了強大的威懾力，鬼獒不斷向遠方撤退，回到了牠們剛才現身的地方。

宋昌金喃喃道：「奇怪，鬼獒很少會在這一帶出現，成群結隊更是聞所未聞。」

羅獵道：「三泉圖中記載的？」

宋昌金點了點頭道：「這東西喜歡吃腐肉，擅長掏洞，喜歡挖死人墳墓偷吃腐屍……」遠處的鬼獒發出淒厲的嚎叫，嚎叫聲此起彼伏。

張長弓皺了皺眉頭道：「牠們在呼喚同伴？」

陸威霖又開了一槍，這一槍未能射中目標，那些鬼獒已逃到了他射程之外。

顏天心提醒眾人道：「你們看那沙坑！」

眾人向沙坑望去，只見沙坑中心已經塌陷出一個巨大的地洞，剛才沙坑內的屍體絕大部分都已經掉了下去。

羅獵感覺到一種微弱的震顫，這震顫來自於他們腳下地面的深處，內心中被莫名的恐懼籠罩了，他沉聲道：「我們要儘快離開這裡。」

張長弓道：「現在離開，那些鬼獒一定會捲土重來。」

羅獵的聲音變得不容置疑：「快走，離開那地洞越遠越好，不然可能就來不及了！」

眾人對羅獵都極其信賴，而且很少見他這樣驚慌過，馬上都意識到情況不妙，陸威霖道：「你們先逃，我負責斷後。」

眾人離開了這座陪陵，他們全力向賀蘭山的方向逃去，在他們離開陪陵之後，那群鬼獒馬上重新集結，向他們追逐而來，陸威霖站在陪陵前方開始射擊，他必須要威懾那群鬼獒，只有拖住他們，同伴才有足夠的時間逃離。

張長弓和羅獵都選擇留下，雖然鬼獒剩下的只有二十多頭，可是陸威霖一個人也應付不來。

地面又震動了一下，這次的震動比起剛才強烈了許多，張長弓和陸威霖都感覺到了，兩人對望了一眼，不知是什麼原因引起了地面的震動。

蓬！從剛才的地洞之中噴出一道沙柱，沙柱宛如噴泉一般直衝天際，高度接近二十米，那沙柱竟然是紅色，隨著沙柱噴薄而出的還有濃烈的血腥氣息，那沙柱是被血染紅。

羅獵大吼道：「走！」他們三人竭盡全力向賀蘭山的腳下奔去，而此時一個褐色的肉團從沙洞之中冒出。

顏天心一邊逃一邊向後方望去，卻見剛才的沙坑處，已經冒升出一個巨大的物體，那東西極其巨大，形似一條豆蟲，半條身軀已經露出了沙面。

顏天心美眸圓睜，她從未見過如此噁心的東西。

宋昌金也停下腳步，顫聲道：「沙……沙蟲……沙蟲……」

羅獵三人剛剛逃出一段距離，那巨大的沙蟲身軀陡然鼓漲了起來，然後對準了他們逃離的方向蓬地一聲噴出了一團血沙。

羅獵他們只感覺身後一股腥風裹著沙塵而來，風沙打在他們的身上，幾人根本立足不穩，被吹得騰雲駕霧般飛了起來，向來膽大的張長弓也不禁失聲大叫：「娘啊！」

陸威霖聽到張長弓的這聲慘呼，想笑卻怎麼都笑不出來，雙手雙腳在空中不停揮舞，感覺自己飛出好長一段距離方才從半空中跌落在地面上，還好地上是鬆軟的黃沙，砸在黃沙之上緊接著又彈起，沿著沙丘的斜坡嘰哩咕嚕地滾了下去。

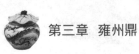

張長弓幾乎跟他同時落地，只是摔得比陸威霖更慘，整個人大字型平鋪在沙面上，將平整的沙面砸出了一個沙坑，張長弓感覺五臟六腑都被摔得快裂開了。

陸威霖停下滾動，發現羅獵就在不遠處，也被摔得灰頭土臉，兩人對望了一眼，掙扎著同時爬了起來。舉目向上望去，都是大吃一驚，只見那巨大的沙蟲已經從沙坑內爬了出來，褐色臃腫的身軀在沙面上緩緩移動，移動如同毛毛蟲一般，頭尾部向中間收縮，身體弓成橋樑狀，然後向前，牠的動作雖然緩慢，可是因為身體巨大，每一次蠕動行進的距離驚人。

張長弓仍然趴在地上沒爬起來，羅獵大吼道：「張大哥！快逃！」

陸威霖從背後取下槍，迎著沙蟲衝了上去，瞄準沙蟲的身體不停射擊，憤怒的子彈在空中織成一道道的火線射在沙蟲巨大的身體上，可子彈在沙蟲肥膩臃腫的身體上只打出一個個的凹窩，射擊的力量就被完全緩衝掉，根本無法對沙蟲造成傷害。

張長弓這會兒方才爬了起來，轉身一看，那沙蟲距離自己只有不到二十米了，張長弓的弓箭剛才跌落的過程中也不知丟到了那裡，他不敢戀戰，沿著斜坡向兩名夥伴逃了過去。

陸威霖開了幾槍發現子彈對沙蟲沒用，也就放棄了繼續浪費子彈的想法，和羅獵一左一右吸引沙蟲的注意力為張長弓的逃跑創造機會。

可是那沙蟲仍然對張長弓窮追不捨，只挪動了一次，距離張長弓已經不到五米了，羅獵掏出一顆手雷狠狠丟了出去，他也沒指望手雷能夠炸死沙蟲，只想轉移沙蟲的注意力，為張長弓多爭取一點時間。

手雷在沙蟲的右側爆炸，距離沙蟲還有一段距離，可這次的爆炸掀起了不少的沙塵，沙蟲停頓了一下，上半身如同蛇一樣揚起，這下羅獵看清了牠的面部，沙蟲的面部似乎只有一個嘴巴，菊花狀的嘴巴。

張長弓大叫道：「快逃！快逃……」

羅獵又扔出一顆手雷，這次從張長弓的頭頂越過在他身後炸響，兩次手雷的爆炸成功吸引了沙蟲的注意力，雖然浪費了兩顆手雷，可為張長弓贏得了短暫的逃離時間，和沙蟲之間的距離再次拉遠到了二十米。

三人沒命狂奔，遠處阿諾在沙丘上向三人揮手，示意三人逃向他的位置，趁著剛才的時機阿諾已經在周圍沙地上佈置了炸藥，子彈和手雷對沙蟲都構不成威脅，只有用足夠量的炸藥才可能將這隻肥蟲子炸翻。

沙蟲蠕動著臃腫的身軀仍然對羅獵三人窮追不捨，與此同時二十餘頭獒犬也已經來到了沙蟲的周圍，緊隨著沙蟲的兩側對這群倉皇逃離的人群展開圍獵，比起沙蟲，牠們的行進速度更快。

顏天心和周文虎兩人出現在阿諾的左右，兩人利用步槍為羅獵三人進行掩護。

阿諾看到羅獵三人剛一逃到安全區域，他就摁下了炸藥的啟動裝置。

蓬！一聲驚天動地的爆炸聲響起，爆炸聲中，數頭獒犬被炸飛到了半空，沙塵直衝天際，那條巨大的沙蟲正處於爆炸的中心處，想來應當難以倖免。

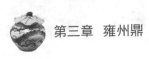

阿諾看到自己的炸藥有效，發出一聲歡呼，等到沙塵稍稍散去，卻看到剛才沙蟲卻從爆炸的地方失去了蹤影。阿諾的第一反應就是自己將沙蟲炸得灰飛煙滅，可爆炸的威力再大也不至於連渣都不剩吧？

沒等他找到那條沙蟲的影子，他們身下的沙丘突然向上隆起，羅獵大叫道：「快走，牠就在下面！」

幾人因沙丘的迅速隆起而立足不穩，從沙丘上滑落下去。

張長弓剛剛跌倒在沙面上，一頭鬼獒衝破沙塵向他撲了過來，張長弓眼疾手快，抽刀刺了出去，刀鋒刺入那鬼獒的咽喉，染血的刀尖從牠的頸後暴露出來。

阿諾連滾帶爬地向前方逃去，一頭鬼獒從身後向他撲了上去，一雙利爪搭在了他的肩頭，血盆大口試圖撕咬他的脖子，呯的一聲槍響，卻是周文虎及時發現，一槍擊爆了鬼獒的頭顱，將阿諾從死亡的邊緣救回。

沙丘從中開裂，沙蟲巨大的頭顱從裂開的縫隙中鑽了出來，菊花般的嘴巴突然張開，如同一個巨大的無底洞，羅獵和顏天心還沒有來得及逃離，眼看兩人就要掉入這巨大的無底洞之中，羅獵一把將顏天心推了出去，自己準備跳離的時候，那沙蟲卻突然吸了一口氣。

羅獵的身軀被這股強大的力量所吸引，竟然被沙蟲整個吞到了肚子裡。

顏天心目睹羅獵被沙蟲吞到了肚子裡，發出一聲撕心裂肺的尖叫：「羅獵！」

剛從地上爬起的陸威霖瞄準那沙蟲就射出一梭子彈，阿諾大聲阻止道：「別，羅獵在牠肚子裡。」

張長弓已經紅了眼，抽出獵刀不顧一切地向沙蟲衝去：「幹你娘！老子跟你拚了！」和他一樣奮不顧身的還有顏天心，顏天心掏出了鐳射槍，她再不管羅獵此前的叮囑，就算是暴露這把槍的秘密也不足惜，只要能夠救回羅獵，就算犧牲自己性命又能怎樣？

可顏天心的反應終究慢了一步，當她將鐳射槍取出的時候，那條沙蟲竟然放棄了對眾人的進攻，一頭扎進了黃沙之中。

顏天心傻了一樣木立在那裡，沙蟲逃入沙底之後，四周的黃沙迅速填補了牠逃離的洞穴，顏天心瘋了一樣衝了過去，趴在地上雙手沒命扒拉著黃沙，她要找到那沙洞，她要追上那條沙蟲。就算無法救出羅獵，她也要和羅獵一起死。

張長弓幾人將所有的悲憤都傾瀉到周圍的鬼獒身上，他們舉槍射擊，毫不留情地射殺這些獒犬，樹倒猢猻散，那群獒犬看到沙蟲都已經走了，頓時失去了鬥志，面對張長弓他們重新集結的火力，牠們丟下已經死傷的同伴倉皇而逃。

顏天心的雙手已經被粗糙的沙粒磨出了鮮血，可是她仍然找不到沙蟲的任何痕跡，阿諾好心好意地走過來道：「顏掌櫃你別這樣……」

「滾開！」顏天心瘋魔般尖叫道。

幾人對望了一眼，每一個人都心如刀割，失去了羅獵，他們失去了主心骨，雖然他們每個人都對羅獵擁有著強大的信心，雖然他們中有人多次見證了羅獵的幸運，可這次他們畢竟親眼看到羅獵被那條巨大的沙蟲吞了進去，羅獵還會如此幸運嗎？

宋昌金在遠處也看到了這唯一的侄子被沙蟲吞入腹部的情景，他手足冰冷，不是恐懼，而是因為悲痛，他壓根沒有想到侄子的遇害會帶給自己這樣的傷心，宋昌金竟然有種痛徹心扉的感覺，血濃於水，就算他不肯承認，就算他迴避親情，可親人畢竟是親人。人在擁有的時候不珍惜，一旦失去方才知道親情的可貴。

宋昌金的眼圈紅了，他也不顧危險來到了羅獵失蹤的地方，不但是他，所有人都過來了。鐵娃望著宋昌金一邊哭一邊道：「宋先生，你……你既然知道沙蟲，就一定知道牠的習慣，你幫我們找牠好不好，咱們一起把羅叔叔救出來。」

宋昌金的聲音有些哽咽，他本想拒絕這孩子，讓所有人認清眼前的現實，可話到唇邊卻終於還是不忍心，低聲道：「咱們找找，興許……興許還有機會……」

陸威霖拉動槍栓道：「與其在這兒廢話，不如大家分頭尋找一下，羅獵是我見過命最硬的傢伙，我想他不會有事。」其實說這句話的時候，連他自己都不相信，羅獵已經死了，他親眼看到老朋友被那條可惡的蟲子吞了，陸威霖心中暗下決心，就算羅獵已經遇難，他也要找到那條蟲子，他要將那條沙蟲射殺，為好友報仇。

賀蘭山的半山處，藤野忠信正通過望遠鏡觀察著遠方的一切，剛才發生的事情他全都看到了。放下望遠鏡，身邊的百惠臉色蒼白地望著他，因為她也看到了剛才那可怖的一幕，如果不是親眼所見，她絕不相信這世上會存在這麼多可怕的生物。

藤野忠信道：「那是沙蟲。」

「沙蟲？我從未聽說過這樣古怪的生物。」

藤野忠信道：「在中國古代的典籍中將之稱為蜃，傳說中我們看到的海市蜃樓就是牠製造的假像。」

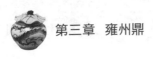

「蜃？」百惠將信將疑地望著藤野忠信，心中暗忖，不知他何以知道這些事情？自己和他相識多年，以為對他已經非常瞭解，可現在看來，藤野忠信仍然藏得很深，即便是對自己他同樣保留了太多的秘密。

藤野忠信當然有他的秘密，三郎的死不但是父親心中永遠的痛，也是他這個兄弟心中的痛，他永遠都不會忘記這個兄長，對自己無微不至，在他心中這位和藹可親的兄長要比不苟言笑的嚴厲父親更加親近。

哥哥對自己的愛是毫無保留的，他不但傳授給自己武功，不但教導自己做人，而且他還將所有的秘密都留給了自己。

百惠小聲道：「我們剛才看到的是天廟嗎？」

藤野忠信向右側望去，他們同樣看到了金光閃閃的海市蜃樓，看到了那座廟宇，並先於羅獵的隊伍來到了這裡，可走得越近，越是看不到絲毫的跡象，別說是天廟，甚至找不到任何的古建築遺跡，如果說有，只有半山腰上的幾座烽火台，如今早已廢棄。

百惠沒有等到他的回答，小聲道：「難道我們看到的就是沙蟲製造的幻影？」

藤野忠信道：「沙蟲其實並非是一條蟲，在中國人的傳說中，牠也是一條龍。」他用手中的太刀撥開垂落在岩石上的藤蔓，露出下方平整如牆面的岩石，岩石上佈滿了鐵銹色彩的圖案，這是一幅隱藏在藤蔓下的岩畫。

一群人手牽手圍攏成一個圓圈，圓圈的中心有一個奇怪的生物，有些像蛇，身體卻比蛇要粗短，這就是蜃，在牠頭頂升起的煙霧中有山川日月，在牠的前方，有一排跪倒的人，藤野忠信喃喃道：「我相信距離天廟已經不遠。」

第四章

天廟

羅獵聞言一震，
他們辛苦尋找了那麼久都沒有找到天廟，
卻想不到最後居然是沙蟲將自己帶到了這裡，
而且用讓人匪夷所思的方式。
譚天德早就說過他去過天廟，
如今他性命垂危自然不會說謊，此地是天廟無疑。

羅獵被沙蟲一口吞了下去，他第一時間屏住了呼吸，這本能的反應讓他得以避免吸入沙蟲體內腐臭的毒氣，如同跌入一個巨大的泥潭，沙蟲的口腔內並沒有牙齒，軟綿綿蠕動的腔腸到處都是黏糊糊的，羅獵第一時間找到了那支筆，摁下了頂端，一個藍色透明光球迅速在他的身體周圍形成，將他周圍黏糊糊的組織隔離起來，光球產生的淡淡藍光讓羅獵看清周圍粉紅色的組織，沙蟲正通過食道的蠕動準備壓碎這個剛剛吞入的新鮮肉體。

食道向中心收縮，卻無法壓扁這個神奇光球，羅獵握著那支筆，越是在生死關頭越是能夠激起他所有的潛能，被封閉在大腦內的相關知識一股腦被觸發了。

沙蟲感覺到了體內的異樣，牠的腔腸開始不停的收縮，意圖將這腹中的異物排出，隨著壓力的增加，籠罩在羅獵身體周圍那淡藍色的光球也開始向外膨脹。

羅獵如同被籠罩在一個巨大的泡沫之中，他的身軀冉冉飄起，完全處於失重的狀態之下，即使是這種狀態下，他仍然能夠感覺到沙蟲在迅速的移動，沙蟲在黃沙中穿行的速度遠超在地面的時候，透過光球的薄膜，羅獵能夠看到周圍的無數腐屍，那些屍體就圍攏在光球的周邊，如果不是光球的隔離，羅獵和這些屍體早已混雜在了一起，必將被蜂擁而至的腐屍淹沒。

羅獵點亮手錶，螢幕上反映出一幅掃描圖，他距離地面已經越來越遠，沙蟲正將他帶向黃沙深處，手中的這支筆不但擁有製造防護罩的能力，而且還可以發出鐳射光束，羅獵相信利用鐳射光束應當可以從內部將沙蟲的腹部破開一個切口，可是如果現在破開切口，自己也逃不出去，會永遠被留在黃沙之下。

羅獵的一顆心始終懸著，他緊張地盯著掃描器，時刻關注著上面的分析結果，只要沙蟲重返地面，他會第一時間切開這怪物的肚子。

然而沙蟲仍然沒有向上的跡象，不過也停止了繼續下行，而是保持同樣的深度在黃沙中高速行進，牠的時速已經達到了驚人的六十公里，沙蟲的體表肌膚和黃沙因高速摩擦而導致溫度迅速提升，在掃描圖上先表現為紅色然後變成了黑色，劇烈提升的體表溫度嚴重影響到了掃描範圍。

依靠這手錶已經探查不到周圍的地貌，而身體周圍防護罩的光芒已經開始衰減，這支筆雖然功能強大，可是防護罩在十二個小時內只能觸發一次，而且每次持續的時間只有十分鐘，到達時間後就會完全消失，如果失去了這層防護罩的隔離，羅獵就會直接浸泡在沙蟲的體液之中，從周圍那些腐屍的狀況來看，沙蟲的體液應當擁有極強的腐蝕性，一旦直接接觸，就算羅獵能夠僥倖活命，周身肌膚也會大面積腐蝕。

羅獵決定不再繼續等下去，擰動手中的鋼筆，啟動鐳射光束，光束可以透過防護罩卻不對防護罩造成絲毫的損傷。

紅色的鐳射光束投射到沙蟲的腔腸之上，沙蟲因為這突然的灼痛而產生了收縮反應，防護罩被擠壓變扁，不過很快就恢復了原狀，這防護罩看似輕薄透明卻擁有著強大的抗壓能力。

羅獵不敢耽擱，揮動鋼筆，鐳射光束隨著他的動作在沙蟲的腹部從內而外切開了一個長長的裂口，腹部的壓力終於找到了宣洩口，沙蟲腹內的食物從裂口中噴射出去，其中就包括身處在防護罩內的羅獵。

光球從沙蟲的體內射出之後，就沿著斜面滾了下去，十秒之後防護罩徹底消失，羅獵的身體直接跌落在堅硬的石頭上，慣性讓他接連翻滾了幾周，最後撞擊在一座雕像的基石之上方才停止，雖然撞得渾身青紫，可是跟死裡逃生的幸運相比，這點創痛根本算不上什麼。

羅獵不敢掉以輕心，雖然他在沙蟲的肚皮上劃出了一個長長的缺口，可是跟沙蟲龐大的體型相比，這缺口實在是太小。在擠壓出部分內容物之後，沙蟲以一種奇特且噁心的方式堵住了傷口，牠竟然彎曲了身體，利用頭部的嘴巴堵住了腹部的傷口。

羅獵看得也是一陣陣噁心，趁著沙蟲自我療傷的時機，他向四周看了看，發現自己居然被沙蟲帶到了一個規模宏大的地下建築中，羅獵辨明方向，走下階梯，快步向前方的甬道奔去。

之所以選擇那條甬道，是因為甬道狹窄，只能容納一個人通過，沙蟲就算修復了傷口再度追擊而來，以牠龐大的體魄應當也無法經過那裡。

羅獵已經逃到了甬道的入口處，轉身回望，看到沙蟲仍然保持著剛才的姿勢，應當還是在修復傷口，顧不上追殺傷害牠的罪魁禍首。

羅獵暗自鬆了口氣，進入甬道，打開手錶的照明裝置，走出不遠腳下踩到了一物，低頭望去，只見被他踩在腳下的卻是一隻鞋子，羅獵將鞋子從地上撿起，這是一隻圓口布鞋，從鞋子的外形來看應該遺棄在這裡不久，而且鞋子裡面還有些潮濕，應當是腳汗所致，散發著一股臭氣，由此能夠推斷鞋子的主人遺棄這只鞋子沒多久的時間。

羅獵心中暗喜，拋開鞋子主人是敵是友不問，足以證明有人能夠進入到這裡，既然這樣就可以找到出路。羅獵最初擔心剖開沙蟲的肚子會被淹沒在黃沙中，而現在非但沒有被活埋，反而被沙蟲帶著來到了一座深埋於地下多年的古建築裡，看來自己的運氣還真是不錯。

想起外面的同伴，羅獵死裡逃生的歡快心情不由得打了個折扣，自己被沙蟲吞下去的情景所有人都看到了，他們一定以為自己死了，自己的死會帶給他們怎樣的悲痛，心念及此，羅獵恨不能現在就離開這裡，化解愛人和朋友的悲痛。

然而路需一步一步的走，想要離開這個地方必須先找到出路。

又走了幾步，發現前方的地面上竟然有血跡，羅獵用腳碾了一下，那血跡還未乾透，內心頓時緊張了起來，應當是剛才那鞋子的主人，甬道已到盡頭，走出甬道看到一座坍塌的殿宇，在那堆廢墟的外面，趴著兩堆黑黝黝的東西，羊羔一般大小，借著手錶的亮光望去，分辨出那黑黝黝的東西卻是兩隻巨大的蠍子，羅獵吃了一驚，不過很快就發現那蠍子一動不動，居然已經死去多時了。

蠍子的身上各有數道深深的刀痕，羅獵利用手錶探查著周圍的生命跡象，很快就發現在距離他左前方七米左右的地方有一個紅點，根據資訊的回饋來看，藏身在那個地方的應當是人類。

羅獵將飛刀扣在掌心，尋找好隱蔽的地方，發現那紅點始終沒有移動過，他決定向那人靠近，還沒有走出幾步，就聽到一個嘶啞的聲音道：「救命……」

羅獵從聲音中聽出呼救的人竟然是譚天德，他快步走了過去，看到譚天德正靠在一根斷裂石柱的後方，左臂已經斷了，右手握著染血的砍刀，他的樣子很慘，一看就知道此前遭遇了一場血戰。

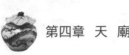

羅獵低聲道：「譚老爺子！」

譚天德仍然叫道：「救命……」他還沒有意識到羅獵的到來。

羅獵來到他的身邊，大聲道：「譚老爺子！」

譚天德眼皮翻了一下，無神的雙目看到羅獵陡然又變得明亮起來，喘息也隨之變得劇烈：「羅……羅獵……是你……是你？」

羅獵點了點頭，示意他冷靜下來，他為譚天德檢查了一下傷口，譚天德傷得不輕，最重的還不是他被折斷的左臂，而是身上的幾處螯傷，剛才的兩隻巨蠍連續螯中了他的身體，如今毒素已經隨著血液進入了他的內臟，譚天德的臉色已經變得鐵青，嘴唇也烏黑一片，不過他的意識還算清楚。

譚天德道：「我不成了……羅獵……你……你要救我兒子……你要救他……」

羅獵點了點頭：「我會盡力而為。」

譚天德道：「羅先生是個信人……我……我一生作惡太多，註定不得善終……這裡……這裡就是天廟……」

羅獵聞言一震，他們辛辛苦苦尋找了那麼久都沒有找到天廟，卻想不到最後居然是沙蟲將自己帶到了這裡，而且用讓人匪夷所思的方式。譚天德早就說過他去過天廟，如今他性命垂危自然不會說謊，此地是天廟無疑。羅獵道：「您是怎麼過來的？」

譚天德道：「那瞎子讓我帶他過來……」

瞎子指的自然是吳傑，羅獵並沒看到吳傑身在何方，追問道：「他人呢？」

譚天德搖了搖頭道：「我們一進來……就失散了……我對他……反正也沒了用處……」他竭力道：「他答應要救我兒子，你……見到他……務必要讓他兌現承諾。」

羅獵又點了點頭。

譚天德道：「……我這些年搶了不少的東西，我將地圖紋在了我……我的背上……紋身師被我殺了……」他的意識開始有些錯亂，說話也變得失去了重點。心中想到什麼就說了出來。

「你將我背上的圖紙揭下來……將那些不義之財做了善事……算是幫我消孽……」

羅獵安慰他道：「老爺子，我都答應您，您先歇著，回頭再說。」

譚天德搖了搖頭，他知道自己停下來只怕再也開不了口了，最後又記起一件極其重要的事情，哆哆嗦嗦從懷中取出一塊懷錶，遞給羅獵：「給我……大兒子……子明……代我跟他說聲對不起，爹……爹想他……」譚天德說到這裡腦袋一歪，已然氣絕身亡，右手無力地垂落下去，懷錶也噹啷一聲掉在了地上，羅獵撿起懷錶，懷錶並不名貴，不過打開一看在懷錶的內側有一張三人的合影，正中一人是譚天德，左側是譚子聰，右邊的那個想必就是譚子明了。

羅獵將懷錶收好，譚天德已經斷了氣，雖然這位老爺子正像他自己所說的作惡太多，可目睹他以這樣的方式結束了生命，難免心中生出生命脆弱，人生無常的感慨，每個人都有善惡兩面，譚天德的惡廣為人知，而他的善只表現在很少的地方，更集中在他的家庭他的親人，在他燒殺搶掠的時候有沒有想過別人的感受，或許在他臨終前的剎那有了感悟，否則也不會生出要將他這些年截獲的不義之財做善事的想法。

解開譚天德的衣服，將他的身體翻轉過來，借著手錶的亮光，看到譚天德的背後果然有紋身，譚天德正是用這種方式將藏寶處紋在了身上。羅獵並沒有按照他的吩咐將他的這塊皮膚從身上整塊揭下來，仔仔細細看了一遍，就已經將這幅地圖牢牢印在腦海之中。他的記憶力雖然出色，可過去還到不了這樣的地步。

記牢藏寶圖，羅獵將譚天德的身軀放平了，將他的外衣脫下蓋在他的臉上，就讓這位名震西北的大盜長眠於此吧。

譚天德的身上找到火石和手槍，槍內已經沒有子彈。羅獵撿起那把染血的砍刀，繼續向前方走去。按照譚天德的說法，他應該是和吳傑一起來到了天廟，兩人進來之後失散，譚天德遇險的事吳傑或許並不知情，否則他也不會見死不救。

即便是吳傑不辭而別，離開之後的種種行徑讓人無法理解，可羅獵仍然不認為吳傑會害他們，有件事他能夠確定，吳傑去過此前他們誤入的盜洞，又從那座疑為雍州鼎的青銅建築中離開，也唯有如此才能合理解釋吳傑給他們留下標記，指引他們從那裡脫困。

譚天德死前並沒有透露太多關於這裡的資訊，只告訴羅獵這就是天廟。

羅獵並沒有盲目前行，先利用手頭的探測儀探查了一下周圍的狀況，按照顏天心此前告訴他的資訊，龍玉公主生前最大的願望就是要回歸故土，這裡已經是古時西夏的疆域，想要避免一場人間劫難，就要將龍玉公主的遺體送回天廟。

如此說來，天廟就是龍玉公主的最終歸宿，可此前發現的百靈祭壇，青銅建築，還有那具懸浮於雍州鼎內的紡錘形棺槨，一切都暗示著事情並不尋常，如果他們所見棺槨內裝著的就是昊日大祭司的遺體，那麼百靈祭壇的轉生陣就是龍玉公主所設立，她念念不忘的回歸故土，返回天廟，是不是和轉生陣有關？當年的轉生陣是否並未完成？

一層層的疑雲籠罩在羅獵的心頭，這個世界擁有著太多的未知，他曾經親眼目睹了種種超自然的現象，可最終還是能用科學的證據來解釋，他堅信龍玉公主事件也是一樣。

繞過這片坍塌的廢墟，前方現出損毀嚴重的神道，在神道的入口處左右聳立著兩座巨型石雕，石雕是西夏常見的人面鳥身像，也就是迦陵頻伽佛。兩尊石雕工藝精美栩栩如生，只是人物的面部表情猙獰凶惡，缺少了佛像應有的慈和肅穆。

羅獵沿著神道繼續向前，行到中途發現前方出現了一道裂口，那裂口寬達十米，從兩旁的石質基座來看，過去上方應當有橋，可能因年久失修，也可能是因為人為損壞，如今整個橋面已經消失，往裂口下方望去，只見下方極深，寒氣森森，不知通往什麼地方。

羅獵單憑跳躍能力是無法成功越過這道裂口的，抬頭觀察兩側，在他的右側牆壁之上有許多石塊凸起，那些石塊可供攀援，羅獵在心中默默計算了一下，通過在石塊之間騰躍攀援完全有能力抵達對岸，稍事準備之後，羅獵來到右側石壁前方，跳起抓住最近的石塊，然後攀援上去，石塊四四方方，突出石壁約有兩尺，剛好可供立足，羅獵以此為立足點，再度騰空向前，穩穩抓住下一個凸起的石塊，羅獵本來就身手矯健，石壁上凸起的石塊間距算不上太遠，在上面跳躍騰挪更主要是考驗心理素質。

羅獵一會兒功夫已經成功來到中間，石塊的排序並無規律，剛才是一路向上，而現在卻要轉而向下，羅獵選準了落腳處，雙手一鬆，身軀垂直落下，穩穩落在下方石塊之上，然而石塊卻發出開裂聲，應當是年月太久，石塊的根基部分已經腐蝕。

羅獵臨危不亂，身體猛然騰空，朝斜上方的石塊撲去，他的雙腳剛剛離開腳下的石塊，那石塊就因承受不住羅獵剛才的衝擊力而斷裂，羅獵雙手探出，準確無誤地抓住前方石塊的邊緣，想不到那石塊也發出崩裂之聲，這種時候不但對身手是一種嚴苛的考驗，對心理也是一種巨大的折磨，如果手忙腳亂只會亂了節奏，最終的結果必然是墜入深淵。可如果太過沉穩，動作稍慢，一樣無法跟上斷裂的速度，會陪著那斷裂的石塊一起落入深溝。

羅獵明顯加快了速度，在接連三塊石塊都發生斷裂後，他終於抓住了一塊足夠堅固的石頭，此時方才得以喘息片刻，距離對側已經不遠，羅獵稍事喘息，雙臂發力爬上石塊，估算著前方的距離，這不到兩米的距離他完全可以輕鬆跳過。

此時下方深溝內有光芒透出，羅獵低頭望去，只見深約二十餘米的溝壑內，一條透著紅光的大蟲緩慢遊移著，從體型來看很可能是此前將自己吞入腹中的沙蟲，不過羅獵記得那沙蟲是不會發光的，他無暇多想，也不敢多想，沙蟲噴沙的場面仍然記憶猶新，如果那沙蟲發現了上方的自己，對準他噴射，自己必然無處藏身。

羅獵深吸一口氣猛然騰躍了出去，越過兩米的空隙落在對面的石板地面上。深溝內的沙蟲並沒有任何反應，羅獵暗自鬆了口氣，前方是一座神殿，神殿頂部金光燦爛，將整個地下世界映照得宛如白晝。費勁一番周折方才來到這裡的羅獵終於可以暫時放鬆一下神經，他準備去前方空地休息一會兒繼續前進，剛走了一步，腳下的石板就突然上升，羅獵吃了一驚，第一時間意識到自己誤碰了機關，他快步向前方跑去，原本平整的地面開始變得凸凹不平，他本以為地面是用三尺見方的石板拼接而成，當地面機關啟動之後方才知道地下全都是方形石柱。石柱或下沉或上升，羅獵憑直覺將落點選在上升的石柱頂面，避免被下降的石柱帶入萬劫不復的深淵，羅獵一口氣奔出二十餘米方才逃出這片區域，轉身回望，身後的地面已經變得凸凹不平。

現在立足的這片平地暫時沒什麼動靜，羅獵抬手擦了擦額頭上的冷汗，通往神殿的道路還有約莫五十米，五十米後方才是通往神殿的台階。

羅獵利用手錶探查了一下周圍，並沒有任何生物存在，探測儀雖然先進，卻無法對這裡存在的機關進行預測評估，更不可能破除機關。回頭路應當是不能走了，羅獵目前的選擇就是勇往直前，前方或許會有出路，就算他找不到出路，只要找到吳傑，相信吳傑一定有辦法出去。

「就是這裡了！」張長弓極其肯定地說道，他們看到金光閃爍的地方應該就是在這裡，可周邊都是茂密的山林，根本看不到任何的建築。

宋昌金道：「是不是找錯了地方？」

陸威霖道：「不可能，我記得很清楚，當時金光閃爍，我還用望遠鏡觀察過，這裡應當有座建築，好像是廟宇。」

宋昌金歎了口氣道：「幻象，一定是幻象，我在新滿營這麼多年，從未聽說過賀蘭山上有座金光閃閃的廟宇。海市蜃樓，你看到的應該是海市蜃樓。」

周文虎道：「我也沒聽說過。」他和宋昌金一樣都在新滿營多年，兩人都非孤陋寡聞之人，如果賀蘭山上有一座金光閃閃的廟宇，他們不會沒有聽說過的。

趙魯新道：「興許咱們找錯了地方。」

自從羅獵被沙蟲吞下肚子裡之後，顏天心始終保持沉默，所有人都知道她和羅獵的感情，也都儘量不去提起羅獵的名字，避免引起顏天心因悲痛而情緒失控，不過顏天心至今的表現還算冷靜，雖然她的美眸已經掩飾不住心中的悲傷。

瑪莎忽然道：「我們看到的可能是海市蜃樓，那條巨大的蟲子就是蜃，是牠用幻象欺騙了我們……」停頓了一下又道：「天廟應該被黃沙掩埋了。」

顏天心從瑪莎的話中捕捉到了一些暗藏的資訊，她雙目灼灼望向瑪莎道：「你知道天廟在哪裡？說！」

瑪莎遭遇到顏天心冷酷如冰的目光，不由得內心一顫，她慌張的神情落在顏天心的眼中，讓顏天心感到更加可疑，回想起此前瑪莎和羅獵的那番單獨對話，顏天心判斷出瑪莎必然有事瞞著他們。

瑪莎下意識地向後退了一步，顏天心卻向她逼近了一步，一字一句道：「你剛才跟羅獵說了什麼？如果有任何的隱瞞，我絕不會對你客氣！」

阿諾擔心顏天心會對瑪莎出手，慌忙勸阻道：「顏掌櫃……」

顏天心怒斥道：「這是我跟她的事！」她的手已經落在槍柄之上。

兩名塔吉克族人慌忙上前想要保護瑪莎，瑪莎伸手攔住他們向前，搖了搖頭道：「羅大哥死了我也很難過……」

顏天心用力咬了咬櫻唇，美眸圓睜道：「他不會有事，他一定會回來，你說是不說？」她已經將手槍掏了出來。

瑪莎道：「我只是讓羅大哥幫我找回古蘭經……作為交換，我答應帶他去天廟……」她終於頂不住壓力，將她和羅獵之間的協議說了出來。

聽話聽音，宋昌金也從話中得到了資訊，湊上來道：「你知道怎樣去天廟？」

瑪莎道：「我……我也沒去過，只是我聽說金光出現的地方必有啟示……我們找找，應當可以在附近找到入口……」

顏天心敏銳地覺察到瑪莎仍在說謊，看來她不敢當眾說出實話。鐵娃的聲音響起：「這裡有一幅畫！」

眾人圍攏了過去，看到藤蔓下方掩蓋的岩畫，所有人的目光都被岩畫正中心的沙蟲所吸引，看來那條被稱為沙蟲的蜃，是遠古時候就存在的可怕生物，從岩畫上的情景來看，當時人類對蜃是極其敬畏的，主動以身體去供奉牠。

瑪莎看到這幅岩畫，雙眸卻是一亮，她指著那幅岩畫道：「我記起來了……」

不遠處的密林之中藤野忠信正悄悄觀察著這群人的動向，百惠道：「那個塔吉克女子好像知道什麼。」

藤野忠信點了點頭道：「悄悄跟著他們，看看他們往哪裡去。」

羅獵向神殿的方向走了幾步發現沒事，一顆懸著的心放下了一半，自言自語道：「不會這麼考驗……」他的話音未落，就聽到風聲颯然，右側一個狼牙錘樣的東西鐘擺一樣向他砸了過來，這流星錘極其巨大，直徑要在兩米左右，表面佈滿尖銳的圓錐，別說是正面擊中，沾上就得死。

羅獵嚇得慌忙向前奔去，可這會兒功夫前面的道路上全都是來回擺動的巨型大錘，想要通過這段道路，必須選擇大錘擺動的空隙，而且時機要控制得當，過早或過晚都會被大錘擊中。

羅獵身處擺錘的陣列之中，唯有向前，他雙目盯住來回擺動的大錘，開始舉步前行，還沒有走入天廟，羅獵就已經接連遇到了生死的考驗，這也怨不得別人，是他自己太過冒失，無意中觸及了暗藏的機關。

羅獵通過最後一個擺錘，感覺一雙小腿就快抽筋了，來到台階之上，小心翼翼地踏了兩腳，確信周圍再無機關啟動，這才一屁股在台階上坐下，望著剛才通過的那條道路，大擺錘仍然如同鐘擺一般來回晃動，而且速度明顯加快了許多，他是沒本事再走回去了。

此時方才感覺到身上涼颼颼的，原來周身都被冷汗濕透，原地休息了足足十分鐘，確信高度緊繃的神經得到了放鬆，身體在這段時間內也得到了調整，重新站起身來，沿著台階拾階而上，暗自感歎這些機關的鬼斧神工，如果這天廟是西夏時候所建，那麼當時西夏工匠的工藝和技術都已經達到了相當高超的水準。

泱泱中華地大物博，想不到人們看不到的地下仍然存在著那麼多讓人歎為觀止的奇蹟，羅獵想起自己抵達這裡的不易，不由得想起了吳傑，卻不知他能否順利抵達這裡？

羅獵從壁龕內取下火炬，裡面裝有油膏，油膏一點就著，借著火炬的光芒走上第一層台階，看到平台上對面而立的武士，兩名武士身穿黑色盔甲，和此前屠殺新滿營軍隊的那些天廟騎士裝備相同。

羅獵不知這武士是死是活，抽出一柄飛刀照著那武士的面門射去，雖然意在試探，卻使出了全力，飛刀撞擊在武士的面門上，噹啷一聲金屬面具受力之後掉落在地面上，又沿著台階滾落了下去，發出一陣叮叮噹噹的聲響，面具後方空空蕩蕩，原來這盔甲是個空殼。

羅獵鬆了口氣，想要走近看個究竟，卻聽到一旁傳來窸窸窣窣的聲響，舉目望去，只見一隻巨大的黑蠍正迅速接近自己，羅獵抽出飛刀射了出去，飛刀正中黑蠍的頭部，刺入黑蠍的腦部，將黑蠍射得底兒朝天翻了肚皮。

譚天德的死狀仍然歷歷在目，羅獵不敢停留，擔心會有更多的黑蠍子聚集而來，他快步向上方神殿走去，沒走幾步就聽到大殿內傳來兵器相交的激鬥之聲。

金頂大殿大門敞開著，大殿內十多名盔甲武士將一人圍在中心，那人正是吳傑。

羅獵進入大殿的時候看到地上已經倒了三名武士，這三名盔甲武士全都是被吳傑所擊倒，可吳傑仍然沒能成功從武士的包圍圈中突圍出來。

羅獵抽出一柄飛刀射向一名武士的後心，同時高喝道：「吳先生，我來幫你！」

吳傑聽到羅獵的聲音心中也是一驚，他沒想到會在這裡和羅獵相遇，依靠譚天德帶路進入了天廟，可在進入天廟不久兩人就失散，吳傑也是費盡周折一路尋覓方才來到此地，不曾想驚動了守護天廟的武士，陷入重重包圍之中。

吳傑大聲提醒羅獵道：「他們都是喪失人性的傢伙，不必手下留情。」說話間手中細劍刺入一名武士的心口，穿透那武士的胸甲然後又閃電般回抽，擋住兩名武士的刀鋒。

那名被他刺殺的武士仰首倒了下去，頭盔面具散落一地，頭盔裡面的頭顱接觸到火炬的光線後迅速燃燒了起來。

看到此情此境羅獵方才想起之前追殺周文虎的天廟武士也是一樣，他們身上的盔甲不僅僅是一種防護，更是起到遮擋光線的作用，一旦他們的肌膚暴露在光線之下就會燃燒起來。

想起了這件事之後，羅獵馬上跳出了戰圈，大殿四周壁龕內有不少的火炬，羅獵要將它們一一點燃。

那些天廟武士也察覺到了羅獵的意圖，竟然放棄了進攻，迅速向東南方向的角門撤退。

這會兒功夫羅獵已經點燃了五支火炬，整個大殿內一片燈火通明。

吳傑手中的細劍重新納入竹杖之中，手中竹杖在地上輕輕一點，因為剛才的那場激鬥也做不到昔日那般氣定神閑，呼吸變得急促起來。

羅獵將周圈的火炬全都點燃，這才回到吳傑的身邊，輕聲道：「吳先生，沒想到咱們這麼快就遇到了。」

吳傑聽出羅獵平淡語氣之後的不解和疑問，在自己不辭而別之後，羅獵還能夠保持這樣心平氣和已經足見他超人一等的涵養，吳傑淡淡笑道：「是我沒想到才對，你是如何找到天廟的？」

羅獵道：「說來話長，等有時間咱們再細說。」

在吳傑的理解，羅獵應當是對自己生出芥蒂，所以不肯像過去那般暢所欲言，他也不怪羅獵，點了點頭道：「不錯，這裡危機四伏，咱們需小心為上。」

羅獵道：「譚老爺子死了！」

吳傑的反應比羅獵預想之中還要冷漠，面無表情道：「是嗎？」

羅獵於是不再說話。

吳傑則默默調息，等到氣息平復之後，他轉身向那群武士進入的角門走去，始終沒有招呼一聲，似乎料定了羅獵一定會跟上來。

羅獵緊跟吳傑的腳步，他不知吳傑要去哪裡，總之吳傑絕不是要前往出口。在進入角門之前，吳傑停下了腳步，低聲道：「若是想活著，你就回頭。」

羅獵道：「回不去了。」他不知吳傑是通過那條途徑來到此地，反正自己剛才來時的道路已經不可能原路返回了。

吳傑點了點頭道：「也好！」手中竹杖在地面上輕輕敲擊了一下道：「卓一手就在天廟之中，我聞得到他的氣息。」

羅獵心中一怔，他可沒有吳傑那樣的本事，看來吳傑是通過這種方式追尋卓一手的蹤跡。羅獵道：「你不怕他故意留下線索誘敵深入？」

吳傑微笑道：「他那麼狡猾，不這樣做才奇怪。」停頓了一下道：「如果找不到龍玉公主，我會殺了卓一手。」他心中認定卓一手就是龍玉公主的幫手，也是促成龍玉公主復生最重要的人物，如果殺掉卓一手，興許可以阻止一場劫難的發生。

羅獵道：「龍玉公主會帶來怎樣的劫難？」

吳傑道：「不可預估，但前所未有！」

「卓一手知道嗎？」

吳傑搖了搖頭道：「我想他應當沒有考慮到。」

羅獵心中暗忖，卓一手乃是黨項後裔，從小就立志光復本族，重振西夏昔日之雄風，當一個人為一個目標而努力的時候，往往會忽略其他。如果卓一手意識到光復本族會帶給世人莫大的苦難和災劫，他是否會更改本來的念頭？

羅獵道：「那些天廟武士來自於何方？」天廟武士非常奇怪，一旦見光就烈火焚身，而這些天廟武士又明顯喪失了意識，羅獵不清楚他們究竟是不是正常的生命體。

吳傑道：「看似古怪，其實只不過是被人控制住意識罷了。」

「什麼人？」

吳傑道：「天廟乃是昔日西夏最神聖的地方，昊日大祭司也是西夏的守護者，包括西夏王在內都對他頂禮膜拜，尊之為神，他門下弟子眾多，可真正得到他親傳的卻只有寥寥幾個，龍玉公主就是其中之一。對一個崇尚宗教的國度，昊日這種人若是死了，引起的震動可想而知，不過還好他遇到了龍玉公主。」

一個小女孩被舉國崇拜，在昊日大祭司去世之後能夠成功取代他的位置，這其中有龍玉公主自身的天賦，也一定有昊日大祭司生前的經營。羅獵想到百靈祭壇，想到了轉生陣，想到了那具神秘的棺槨，再將龍玉公主事件串聯起來，心中不由得生出一個大膽的想法。

龍玉公主的回歸故土是否和轉生陣有關？龍玉公主如果能夠重生，那麼昊日大祭司會不會同樣可以重生？

吳傑道：「昊日大祭司雖然離世多年，可是他的信徒卻從未中斷過，一直以來都有信徒在默默守護這座天廟。」

羅獵道：「天廟一直都在地下嗎？」

吳傑搖了搖頭道：「最初應該在地表，我一直都以為天廟早已損毀，卻想不到它居然沉入了地下，且保持著如此完整的面貌。我未曾失明之前，曾經查閱過不少的史料，天廟失蹤應當是在明崇禎年間，在天廟失蹤的那段時期這一帶並未發生地震，而且如果發生地震，為何那些王陵會依然屹立於地面之上？唯獨天廟離奇失蹤？」他至今依然無法想透這個道理，不由得搖了搖頭。

羅獵卻想到了另外一種可能，天廟只是被掩埋在黃沙之中，那隻沙蟲，牠既然可以噴出大量的黃沙，是否可以用這種方式將天廟掩埋在黃沙之下？

腳下的地面發出微弱的顫抖，吳傑敏銳地覺察到了這次的抖動，低聲道：「你有沒有感覺到地面在震顫？」

羅獵點了點頭道：「沙蟲，超級巨大的沙蟲，我想牠就在咱們的下面。」

吳傑並沒有遇到沙蟲，即便是遇到，他也看不到沙蟲的樣子，詢問之後才從羅獵的描述中瞭解到沙蟲的大致模樣，倒吸了一口冷氣道：「你說的是蜃，我還以為這種生物並不存在，沒想到果然有。」

羅獵這才知道沙蟲的確切名稱，海市蜃樓！以沙蟲的龐大體型，自然能夠製造出這樣的幻象。

兩人進入偏門之後，沿著長廊繼續向前，途中並未見到天廟武士的蹤影，那些天廟武士似乎被火炬嚇怕，這會兒消失得無蹤無影。吳傑將手中的一幅手繪圖遞給了羅獵，這張圖是譚天德生前所畫。

譚天德誤入天廟已經過去了十多年，兼之當時只是進入了天廟的局部，倉皇之中很難窺得全貌，所以這張手繪圖並無太多的參考價值。相比而言羅獵的手錶探測儀更加強大。

吳傑目不能視，自然不知道羅獵擁有一樣如此神奇的工具，羅獵發現探測儀還有一個很有用處的功能，能夠記載他們走過的路線，這就在一定程度上可以避免他們走冤枉路。或許石質建築擁有極強的遮罩作用，探測的範圍縮小了很多，雖然如此，還是可以預知到十米範圍內的移動物體。

羅獵突然停下腳步，因為他從手錶的螢幕上看到了五個移動的光點，吳傑則是在羅獵停下腳步之後，方才聽到正在向他們靠近的窸窸窣窣的動靜，他不知道羅獵停步是因為探測儀的緣故，還以為他的感知能力已經超過了自己，心中暗暗佩服，想不到羅獵的修為進境居然如此驚人。

五隻黑蠍緩緩向兩人逼近，羅獵此前已經領教了這一毒物的能力，黑蠍並不算可怕，只要不被黑蠍近身螫到，就不會產生危險，而且這種黑蠍的體表甲殼並不算堅硬。

提醒吳傑之後，羅獵抽出飛刀連續射了出去，五柄飛刀激射而出，全都命中目標，黑蠍被羅獵射中之後先後倒地而亡。

羅獵走上前去，將飛刀從黑蠍身上一一拔出，吳傑提醒他留意飛刀上已經沾染了毒液，其實羅獵做事縝密，拔出飛刀之前已經想到了這一層。羅獵還沒有將飛刀全部收走，卻看到手錶螢幕上一個紅色的光點正在迅速接近他們的位置，速度遠勝於剛才的五隻黑蠍。

吳傑彷彿聽到駿馬奔馳的聲音，根據足部起落來判斷，來的應當也是一隻八足蠍，不過從足部落地的動靜來推斷，這隻蠍子要比剛才的那些黑蠍巨大許多。

一隻前所未見的巨蠍已經出現在羅獵面前，這隻巨蠍宛如蠻牛一般大小，一對大螯宛如雙刀般揮舞，蠍尾是身體的三倍長度，蜷曲翹起在身後，黝黑的身體投射出金屬質感的深沉反光，牠的周身已經完全形質化，硬度奇高，別說是飛刀，就算是子彈也無法穿透。

羅獵看到巨蠍就已經反應了過來，先下手為強，剛剛收回的飛刀瞄準巨蠍的雙目之間就射了過去，巨蠍右螯一揮竟然準確無誤地夾住了射向牠的飛刀，稍一用力，就將飛刀夾成兩段。

羅獵為之咋舌，這巨蠍實在是太強橫了，從腰間摸出一顆手雷照著那巨蠍就投了過去，心想即便不能將牠炸死，也要將牠炸個底兒朝天。

巨蠍體型雖然龐大可動作卻絲毫不顯笨拙，尾部宛如靈蛇般探伸了出去，擊打在那顆尚在空中的手雷之上。

羅獵看到那手雷被巨蠍的尾巴又打了回來，徑直朝著自己和吳傑飛來，心中暗叫不妙，一把將吳傑推開，兩人先後撲倒在地，那手雷落在側方，蓬的一聲爆炸開來，掀起的氣浪將兩人身體掀得翻轉了兩圈。

巨蠍八條小短腿同時動作起來，在地面上移動宛如閃電，蠍尾寒光一閃照著羅獵就扎了下去。

羅獵剛剛才坐起，嚇得雙手一撐，屁股向後一挪，雙腿分開，那蠍尾扎在他雙腿之間的空地上，堅硬的雲石地面被蠍尾的尖端扎出了一個孔洞，粉屑亂飛，威力甚於刀槍。

羅獵驚出一頭冷汗，如果自己稍稍反應差一些，恐怕就讓這隻巨蠍扎斷了子孫根。

吳傑抽出細劍，咻地一聲刺向巨蠍的身側，地玄晶鑄造的劍鋒戳在巨蠍堅硬的甲殼之上，發出篤的一聲，有若刺在堅硬的鐵板上，根本傷不了巨蠍分毫。

不過這樣一來也成功吸引了巨蠍的注意力，巨蠍放過對羅獵的繼續追殺，揚起蠍尾，有若一桿長槍直刺吳傑的面門。

吳傑身軀後仰，那蠍尾貼著他的鼻梁劃過，錯過之後又在空中靈活地轉動，轉瞬間就已經改變了方向，蠍尾尖端向下如同一柄利劍般向吳傑的胸口扎去，吳傑應變也是奇快，左手竹杖朝上方迎去，那竹杖本為細劍的劍鞘，蠍尾的尖端正刺入劍鞘內部，如同藏鋒入鞘。

吳傑右手劍已經閃電般橫削過去，劍刃全力砍在蠍尾上，吳傑利用這險中求勝的方法，試圖斬斷巨蠍最厲害的殺器。按照常理來論，蠍尾雖是巨蠍身上攻擊力最強的部分，卻是防守最為薄弱的地方，因為蠍尾上的角質層要比巨蠍身體的其他部分要薄。

細劍砍在蠍尾上發出鏘的一聲，火星四射，跟剛才的那次攻擊一樣，仍然沒能留下絲毫傷痕，更不用說將蠍尾斬斷。

羅獵趁著巨蠍對付吳傑的時候從巨蠍身下爬出，這次沒用飛刀，直接將從譚天德那裡撿到的大砍刀丟了出去。羅獵壓根沒指望這大砍刀能夠對巨蠍造成致命傷害，真正的用意是轉移巨蠍的注意力，為吳傑解圍。

巨蠍被大砍刀砸了一下，果然被成功轉移注意力，揮舞著兩隻大螯向羅獵夾了過來，羅獵轉身就逃，那巨蠍被他激怒，甩開八條結實有力的小腿在後方窮追不捨。

羅獵走的是回頭路，沿著長廊一路狂奔，他奔跑的速度已不慢，巨蠍的八條小腿雖不長，可頻率極快，單從速度而論還要在羅獵之上。可羅獵身法靈活，逃跑時沒有沿著一條直線，而是選擇在廊柱之間穿行繞圈，巨蠍轉向不如羅獵靈活，強橫的身體在廊柱之上左衝右撞，有數根廊柱過去就已經損毀，只是勉強支撐，經過巨蠍的大力衝撞立時斷裂，頂部的三角石梁坍塌下來，砸在巨蠍身上，巨蠍渾然未覺，宛如一輛推土機般橫衝直撞。

羅獵暗叫不妙，這怪物一定練過金鍾罩鐵布衫，根本就是刀槍不入，連地玄晶的武器對牠都毫無辦法。羅獵無法擺脫這巨蠍只能亡命奔跑。吳傑已經被甩開不見身影，羅獵和巨蠍一前一後已經回到了剛才消滅那幾名天廟武士的大殿。

羅獵伸手撿起地上的長矛，挺起長矛照著巨蠍的腦門扎去，巨蠍揚起大螯，只一下就把矛頭夾斷，羅獵嚇得將斷矛扔掉，繼續向大殿外逃去，一邊逃一邊掏出了那支數度救了他性命的鋼筆，這支筆能夠發出鐳射光束，此前羅獵就依靠這支筆劃開沙蟲的肚皮逃生，現在想故技重施，之所以將巨蠍引到這裡，也是想在不被吳傑發現的前提下動手。

不過他逃到這裡之後發現自己為吳傑解圍，吳傑卻沒有過來和他同仇敵愾，應當是因為他雙目失明的緣故，對吳傑他始終沒有往壞處去想。

羅獵摸出救命筆之後方才發現這玩意兒能量極低，壓根沒可能發出威力強大的鐳射光束，看來在逃脫沙蟲腹內時已消耗了多半能量，必須通過太陽光蓄能，方才可以慢慢恢復能量。

羅獵暗叫倒楣，那巨蠍明顯認準了他，從大殿又追了出來，羅獵抬頭望去，跑下台階就是那一段讓他心驚肉跳的狼牙錘路段，剛才他之所以能通過，一半是因為身手，一半是因為幸運，現在如鍾擺一樣擺動的狼牙錘速度比起他過來的時候快了近乎一倍，別說後有追兵，就算在沒有任何干擾的狀況下，自己通過的可能性都不大。

身後巨蠍猶如上足了發條，八條小短腿頻率越來越快，羅獵一邊逃一邊左顧右盼，除了剛才來的這條道路他已經無可選擇，自古華山一條路，羅獵把心一橫，埋頭衝了過去。

耳邊卻忽然想起當初吳傑對他說過的一番話，用心看人和用眼看人有著很大的區別，用眼看人看到的是表面，可用心看人，卻能夠看到常人無法發現的內在。這句話表面上是講看人，可實際上卻可以適用於許許多多的地方。

隨著羅獵不斷接近那段狼牙錘來回擺動的路途，他的內心也變得越來越慌張，眼睛被來回擺動的狼牙錘所干擾，竟然有種眼花繚亂的感覺，這樣衝進去必死無疑。

羅獵忽然閉上了眼睛，雙目陷入一片黑暗之後，那來回擺動讓他眼花繚亂的狼牙錘也頓時消失不見，腦海瞬間回復到一片空明，當一個人看透生死的時候，這個人的心境才會達到平和，而這種平和會讓你達到前所未有的冷靜和理智。

羅獵看到了一只狼牙錘正緩緩向下擊落，雖然閉著眼睛，可是他能夠清楚看到狼牙錘行進的軌跡，就這樣閉著雙目衝入了來回擺動的狼牙錘陣列之中。羅獵沒有睜眼，因為睜眼會干擾到他的感覺，眼睛看到的情景會讓他產生恐懼，而恐懼會讓他失去鎮定亂了陣腳，羅獵聽到自己平穩的呼吸，內心中彷彿看到那一只只來回擺動的狼牙錘。這種感覺非常奇妙，穿行於生死間，卻產生了一種勝似閑庭信步的逍遙感覺。

巨蠍看到羅獵衝入了狼牙錘陣列之中，他的身影隨著狼牙錘的擺動忽隱忽現，巨蠍沒有放棄，甩開牠的八條小短腿衝了進去，成功且幸運地躲過了第一只狼牙錘的攻擊，再往前行，被一只狼牙錘重重擊中了身體，巨蠍雖然體型龐大，仍然被狼牙錘擊打得向右側橫飛了出去，牠強橫的身體居然扛住了這次打擊，翻滾了一圈接著爬起，繼續向前方衝去。

並不是所有的執著都有好的結果，巨蠍剛爬出一段距離就被從另外一邊盪來的狼牙錘再次砸中，巨蠍公牛般的身軀騰飛了起來，還未落地又挨了一錘，巨蠍體表的甲殼就算再強硬，也無法卸去狼牙錘一次又一次的打擊力，牠的動作明顯變得遲緩，也因為這接連的撞擊而害怕，牠選擇後退，想要退出這可怕的殺陣，然而牠只退了一步就被狼牙錘再次砸飛。

羅獵以驚人的膽量和速度從快速擺動的狼牙錘陣列中跑了出去，等他通過這段路途，方才緩緩睜開了雙目，雙手摸了摸胸口，自己居然沒死。轉身望去，卻見那巨蝛已經被來回擺動的狼牙錘砸扁，地面上到處飛濺綠色的漿液。

羅獵摸了摸胸口，平復了一下心情，暗忖挑戰只不過完成了一半，看來他還要倒回頭再跑一遍，卻不知自己這次有沒有前兩次的幸運，深深吸了一口氣，卻發現狼牙錘擺動的頻率突然慢了下來，而且幅度也在明顯變小，過了一會兒竟然完全停了下來。

羅獵用手背擦去額頭的冷汗，莫非自己人品太好，連老天爺都出手相助？幫助他的當然不是老天爺，他看到了大殿前方的吳傑，看來吳傑並沒有拋棄他獨自一人走開，而是找到了這片陣列的機關，將擺動的狼牙錘停了下來。

羅獵從停止擺動的狼牙錘旁邊走過，經過那巨蝛屍體的時候，忍不住看了一眼，巨蝛外殼基本保持完整，可內臟已在狼牙錘的多次重擊下粉碎，地面上綠色的漿液腥臭難聞，羅獵生恐這漿液有毒，屏住呼吸小心通過。

回到吳傑的身邊，羅獵長舒了一口氣：「吳先生，多虧你了。」

吳傑淡然道：「不用謝我，如果沒有你為我解圍，恐怕我已經死了。」

羅獵道：「吳先生在那裡找到的開關讓狼牙錘停了下來？」

吳傑搖了搖頭道：「不是我！」

羅獵愕然道：「不是您？」

吳傑點了點頭道：「當然不是我，我還以為它是自己停下來的。」

羅獵摸了摸後腦勺道：「看來我的運氣真是不錯。」心中實在是有些納悶，如果不是吳傑將機關停下，那麼又會是誰？難不成真是自己的運氣太好？

第五章

佛像金身的秘密

黑衣人是要趁火打劫，在老僧和吳傑激鬥之時，
他躡手躡腳靠近佛像金身，
揚起手中一物罩住佛像胸前卍字標記。
羅獵雖然相隔遙遠，卻知道那佛像金身必有秘密。

「就是這裡！」瑪莎經過一段時間的觀察終於指向一棵松樹，這棵松樹和周圍其他的樹看起來並沒有任何分別，張長弓蹲下去觀察了一下周圍的山泥，並沒有發現有人出沒的痕跡。可瑪莎說得如此確定，幾人一起動手，在松樹旁開始挖掘，沒過多久就發現了一塊石板，他們合力將石板撬了起來，果然看到石板下方現出一個黑乎乎的洞口。

宋昌金一旁悄悄打量著瑪莎，這塔吉克少女說得如此肯定，看來她一定知道通往天廟的道路，張長弓此時抬起頭向宋昌金叫道：「還不過來幫忙？」

宋昌金歎了口氣道：「我年老體弱幫不上什麼忙。」其實他還不到五十，稱不上年老，緩步走了過去，張長弓直起身來，指了指下方的洞穴，徵求宋昌金的意見道：「你怎麼看？」雖然張長弓不喜歡宋昌金，卻不得不承認這廝的本領。

宋昌金觀察了一下洞口，這洞口應當也是一個人為的盜洞，絕非是主入口，他悄悄將張長弓拉到一邊，將自己的看法說了，而後又道：「張老弟，我看這塔吉克女子非常古怪，常言道非我族類必有異心，如果我侄子不是聽她的話來到這裡，也不會落到如此結局。」說起被沙蟲吞下的羅獵，宋昌金流露出幾分傷感。

張長弓道：「現在還不是說這些事的時候，我只問你的看法，你覺得這洞口能否通到天廟？」

宋昌金道：「張老弟啊，你也親眼看到了，那沙蟲將我侄兒一口吞了下去，他焉能還有命在？我當然想救他，可有些理智都應當明白，他此刻已變成沙蟲肚子裡的食物了，就算咱們能夠找到沙蟲，剖開牠的肚子，我侄兒也活不成了。」

張長弓默然無語，宋昌金的這番話卻是實情，羅獵被沙蟲吞到肚子裡，而且過去了這麼久的時間，按照常理來說，此刻已經被沙蟲消化得差不多了。

宋昌金繼續道：「我只有這一個侄兒，他死了我比你們更加傷心，可傷心歸傷心，咱們不能失去理智，這樣下去等於所有人都去送死，就算羅獵泉下有知，他也不希望咱們為他這麼做。」

張長弓當然明白宋昌金的意思，歎了口氣道：「這種事情原本就是全憑自願，我不會勉強你。」他環視了一下眾人道：「我也不會勉強任何人，想救人的，留下，認為我們是在做無用功的，現在就能離開，我絕不挽留。」

顏天心默默從行囊中找出繩索，在為進入洞穴做著準備，張長弓這句話說得不錯，救人全憑自願，她沒有權利勉強任何人，就算所有人離開，她也不會走，如果羅獵活著，她會將他找到，如果羅獵死了，她也要找到屍體。顏天心至今都不相信羅獵會死，她想起了兩人在水中被獨目獸群起而攻之的場景，當時她也認為兩人必死無疑，可羅獵利用那支筆製造了一個防護罩。

那支筆仍在羅獵的手中，以他的機智和反應不會想不到這一點。想到那支筆，顏天心的心情平復了許多，她認為羅獵仍然在世的希望很大。

從羅獵被沙蟲一口吞下到現在已經過去了接近兩個小時，眾人的心情也開始從悲憤漸漸回歸理智，擁有宋昌金這樣想法的人還有幾個，既然羅獵已經死了，為了一個死人去冒險還值不值得？

周文虎猶豫了一下，目光和趙魯新彼此交流之後，兩人已經達成了默契，他們決定不再繼續冒險，畢竟他們原本就不屬於這個團隊，而且兩人也幫不上太多的忙，更何況他們認為羅獵已經死了，雖然羅獵有恩於他們，可他們也沒必要拿著性命去陪葬。

兩名塔吉克族人正在嘰哩咕嚕地說著什麼，他們在用本族語言勸說瑪莎不要繼續跟隨前去，既然已經將這些人帶到了入口，也就算完成了使命，對死去的羅獵也算有了交代。

瑪莎搖了搖頭，表情堅定道：「我留下！」她用本族語言告訴兩名族人，讓他們離開，將這裡的遭遇告訴其他族人。促使她留下的不僅僅是對羅獵的歉疚，還因為那本可能藏在天廟中的古蘭經，為了信仰縱然犧牲性命也在所不惜。

張長弓道：「還有誰要走？」

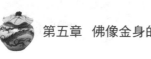

宋昌金正準備開口說自己，卻聽到身後陸威霖冷冷道：「你不能走，咱們這群人中就你一個盜墓的，回頭遇到機關陷阱怎麼辦？」

宋昌金哭喪著臉道：「天廟啊，不是墓葬……」

陸威霖的手已落在槍柄上：「要麼跟我們去，要麼我一槍崩了你，你選！」

其實張長弓也不想這廝離去，可他說過不勉強，向來言出必行的他總不能把話再收回來，現在有陸威霖出來唱黑臉自然最好不過。

宋昌金望向張長弓求助道：「張老弟，不是說不勉強……」

張長弓點了點頭道：「我絕不勉強你。」

宋昌金這下算是明白了，原本覺著張長弓忠厚，這廝壓根不是什麼好貨，搞了半天消遣老子呢，至於周文虎、趙魯新這種人，成事不足敗事有餘，對他們毫無用處，當然沒必要留下，自己則不同，陸威霖明白著呢，地下機關陷阱全靠自己呢。

鐵娃呸了一聲，充滿鄙夷地瞪了宋昌金一眼，對他想要臨陣脫逃的行為極度不齒。

宋昌金看情形明白自己根本就無法脫身，既然走不了乾脆表現得大氣一些，瞪圓了雙眼道：「我就是考驗你們，其實你們誰走我都不會走，我要為我侄兒報仇，誰不去誰是王八蛋。」

周文虎和趙魯新的臉都綠了，心中把宋昌金罵了個八百遍，這老混蛋分明是要把所有人都拖下水的節奏。還好張長弓沒有勉強其他人的意思，輕聲道：「太多人進去也沒什麼意義，這入口還得有人守著，阿諾、你和鐵娃負責在這裡守著。」

阿諾道：「我得去，爆炸方面你們誰都不如我，如果遇到需要開山炸石的活兒離了我可不成。」

陸威霖道：「有什麼了不起，讓你守著就守著，總不能讓鐵娃一人在外。」

鐵娃道：「我才不要在外面守著，要去一起去，我要去救我羅叔。」阿諾跟著點頭。

趙魯新也被這群人的重情重義所感染，他主動道：「還是我留下來吧，雖然幫不上什麼大忙，望風還是可以的。」

到最後，所有人都沒有離去，全都選擇留下。只是周文虎他們沒有隨同眾人進入洞穴，留在外面負責接應。

顏天心第一個從繩索上滑了下去，張長弓擔心她有所閃失，讓陸威霖緊跟她的腳步為她掩護。

所有人都進入了地洞之中，周文虎和趙魯新對望了一眼，兩人同時笑了起來，趙魯新道：「你為什麼不走？」

周文虎道：「又能去哪裡？回新滿營死路一條，外面不知藏著什麼怪物，與其被怪物吞了，還不如留在這裡。」他停頓了一下道：「你怎麼不走？」

趙魯新道：「我的命是人家救的，本來以為必死無疑了，這條命是撿回來的，丟了就丟了，也沒什麼好可惜的。」

兩名塔吉克族人此時突然站了起來，他們聽到了枝葉蕩動的聲音，同時彎弓搭箭瞄準了發出聲響的地方，可是那裡空無一人，兩人眨了眨眼睛。

周文虎掏出手槍，沉聲道：「是風嗎？」

一名塔吉克族人向枝葉晃動的地方走去，撥開枝葉，後方空蕩蕩並無一人，他轉過身來向幾人做了一個虛驚一場的手勢，可是他的脖子卻突然斷裂開來，腦袋從肩膀上滾落到了地上，斷裂的腔子裡鮮血宛如噴泉般向上噴射出去。

其餘三人大吃一驚，周文虎舉槍瞄準那裡連續開槍，可是他看不到任何的目標，周文虎不由得想起此前藤野忠信前往大帥府的情景，內心中惶恐到了極點。

一陣亂射之後，他們停了下來，發現周圍並無任何人或野獸出現，就在他們停止射擊的剎那，僅存的那名塔吉克族人發出一聲慘呼，只見他的身體從中剖開，分成左右兩半分別向一旁倒去。

趙魯新和周文虎心中大駭，他們兩人瞄準那名塔吉克族人的周圍不停射擊，趙魯新很快就將彈夾內的子彈打完，正準備單手更換彈夾的時候，一柄太刀從他的後頸穿頸而過，血淋淋的刀鋒從他的喉前探伸出來，趙魯新看到自己的鮮血，喉頭發出呵呵的聲音。

周文虎看到摯友在自己的面前死去，目眦欲裂，舉槍準備再射的時候，後腦被人重擊了一下，他撲倒在了地上。

百惠在周文虎的身後漸漸現出身來，樹林中兩名黑衣忍者陪同藤野忠信緩緩走出，藤野忠信輕聲道：「留下他，我還有用處。」

吳傑來到那巨蠍前方，吸了吸鼻子，羅獵擔心巨蠍體內流出的黏液有毒，提醒他道：「先生小心，這巨蠍或有奇毒。」

吳傑道：「如此巨大的蠍子你可曾見過？」

羅獵搖了搖頭道：「聞所未聞。」此時遠處傳來沙沙的摩擦聲，舉目望去，只見一條巨大的沙蟲已經從後方的那道壕溝中探出頭來，胖乎乎的極為可愛，看似人畜無傷，可羅獵卻早已領教過牠的厲害，心下一沉，自己利用鐳射光束切開的傷口應該沒有給沙蟲造成致命傷，這龐然大物而今捲土重來，十有八九是為了報復自己。

吳傑側耳傾聽，他從遠處傳來的摩擦聲已經判斷出來者體型之龐大。羅獵低聲道：「吳先生，咱們該走了！」

吳傑點了點頭，兩人轉身向大殿逃去。那沙蟲爬上壕溝，蠕動著通過狼牙錘陣，縱然那些狼牙錘已經停止了擺動，可沙蟲龐大而臃腫的身體仍然不可避免地觸及到了它們，不過狼牙錘上尖銳的鋼刺並不能給沙蟲造成損害，沙蟲的身體很軟，外皮韌性十足，遇到堅硬的物體時能夠改變形狀得以緩衝。

那沙蟲很快就爬到了巨蠍的屍體處，圓滾滾的腦袋往上一湊，頭部裂開一個菊花狀的開口，稍一抽吸已經將地上巨蠍的屍體吞得乾乾淨淨，地面上甚至連一丁點的漿液都沒有留下。

羅獵這才意識到這沙蟲還是個清潔工，打掃的效果堪比拖地。沙蟲的身體在通過狼牙錘陣列之時不停形變，而這也拖慢了牠前進的速度。羅獵和吳傑兩人得以逃入大殿進入角門，回到剛才遭遇巨蠍的地方。

後方傳來不停的倒伏聲，沙蟲已經進入了大殿。

吳傑安慰羅獵道：「牠身體那麼龐大，應該進不來。」

羅獵轉身看了看後方的長廊和角門，雖然角門很小只能容納兩個人並行通過，可是那沙蟲畢竟能夠形變。沙蟲一時半會兒還趕不過來，可他們又遇到了新的麻煩，前方已經無路可走。

羅獵從探測儀上也沒有發現道路，頭皮不禁為之一緊。

吳傑道：「如果沒有道路，那蠍子是如何到這裡的？」

羅獵看了看地面，又抬頭看了看頂面，吳傑說得很有道理，體型龐大的巨蠍既然能夠來到這裡，周圍就應當有通路。頂面上有一幅壁畫，因為經年日久已經模糊，不過仍然能夠看出畫的是一個人身蠍尾的怪物。

牆壁坍塌的聲音不絕於耳，沙蟲龐大的身體經過之處摧枯拉朽，圓滾滾的腦袋已經從角門處擠壓出來，因為不斷增加的壓力，角門的邊緣已經開裂，用不了太久的時間，角門那面的牆壁就會完全坍塌。

就在此時，他們前方的牆壁發出轟隆隆的聲響，卻是一道青銅懸梯從上方滑落下來，這青銅懸梯的出現簡直是雪中送炭，羅獵和吳傑顧不上多想，兩人奔向懸梯，吳傑先爬了上去。

羅獵緊隨其後，就要爬到頂端時，角門終於承受不住沙蟲身體不斷膨脹的壓力，所在的那面牆壁徹底開裂坍塌，沙蟲蠕動著臃腫的身體，向他們追趕而來。

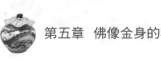

吳傑已經爬了上去，羅獵的手也抓住了上方的邊緣，眼看獵物就要從眼前溜走，那沙蟲的身體陡然鼓漲起來，然後一股強勁的沙浪從口部噴出，一時間腥風大作，血沙漫天，吳傑被這股怪風吹得宛如落葉般向後方飄去。

羅獵攀附的懸梯也被這股狂風掀起，羅獵雙手牢牢握住懸梯，生怕被這股腥風吹走，染血的黃沙拍擊在他的身上，好不疼痛。

沙蟲這邊吹完緊接著又是倒吸了一口氣，羅獵感覺身體即將就要撕裂，雙手死死抓住的青銅懸梯已經開始變形，生死一線之際，頂部懸掛的青銅組燈因承受不住壓力率先掉落下來，砸在沙蟲的大腦門上，沙蟲被砸得愣了一下，抽吸也戛然而止。

這停頓的瞬間卻已經可以決定一個人的生死，羅獵趁著這難得的時機從青銅懸梯上爬了上去，整個人被這番折騰弄得頭昏腦脹，腳步虛浮，他宛如一個醉漢一般踉踉蹌蹌向前方逃去。

眼前到處都是一片天旋地轉的景象，根本無從辨別方向，此時鼻青臉腫的吳傑斜刺裡衝了過來，拖住羅獵的臂膀將他拉入側方的狹小壁龕中。兩人剛剛進入壁龕內，外面就再度掀起了滾滾沙浪。

兩人捂住口鼻，屏住呼吸，黃沙本無毒，可是這些黃沙卻是經過沙蟲口中噴出，裡面不知混雜了多少的毒物和屍體，若是不慎吸入肺裡，恐怕會有意想不到的危險。

羅獵縮著脖子，蜷曲著身體，將面孔埋在雙膝之間，盡可能將所有裸露在外的地方保護起來。

沙潮平復之後，兩人抖落身體表面的黃沙，空氣的腥臭味道久久無法散去，羅獵本想點亮打火機，可是卻發現在他們的前方隱約有光線透入，他在前方引路，通往光亮處的甬道非常狹窄，雖然可供人通行，但是必須要匍匐前進。

羅獵和吳傑行至中途，後方又有沙塵襲來，是那沙蟲再度噴出沙暴，不過隨著他們距離沙蟲越來越遠，沙塵的影響也變得越來越小。

兩人爬到甬道的出口處，羅獵循著那光芒望去，之間下方卻是一間神殿，從神殿的規模來看應當是天廟的主殿之一，在主殿的正中供奉著一尊金光閃閃的佛像，佛像的兩側房樑之上，分別排列懸掛著九個青銅吊燈，吊燈青鳥回首般的形狀，每盞鳥身之上都有一個凹槽，凹槽內裝滿燈油，十八盞吊燈全都被點燃，整個大殿被映照得亮如白晝。

羅獵看到此情此境已經猜到這裡應當有人維護，嘶啞滄桑的誦經聲從下方傳來，羅獵循聲望去，只見一個白髮蒼蒼的老僧一步一拜走向那佛像金身。

那老僧蜷曲的頭髮已經全白，膚色卻是黧黑，看樣子不是中原人，應當是天竺人種，身上的褐紅色袈裟破破爛爛，幾乎失去了本來的顏色，來到佛像金身之前，他開始將供桌上的兩盞青銅檯燈點亮，燈光照亮他的面孔。

這老僧的眼眶只剩下兩個深深的凹窩，原來他和吳傑一樣都是盲人。

羅獵悄悄轉過身去，卻見吳傑攥緊了雙拳，向來沉穩冷漠的他竟顯得頗為激動，羅獵心中大奇，難道吳傑認得這老僧？

老僧湊在燭台上點燃檀香，轉身走下佛台，此時周邊傳來整齊的腳步聲，卻是十八名天廟武士邁著整齊的步伐來到大殿內，他們齊刷刷停下了腳步，同時單膝跪了下去，宛如雕塑般在佛台前方。

老僧口中念念有詞，雙手捧起檀香分別敲擊在那天廟武士的頭盔頂部，然後揭開他們胸前的護心鏡，周圍傳來窸窸窣窣的聲音，近百隻黑蠍從四面八方爬了過來，他們將天廟武士團團圍住，蠍尾揚起，輪番從天廟武士護心鏡的孔洞中探伸進去。

羅獵望著眼前這匪夷所思的場面，突然感覺一陣噁心，這些天廟武士在本質上和黑蠍沒有任何分別，只是這老僧豢養的寵物罷了，從他們此前的所作所為來看，這些看似威武的天廟武士早已喪失了意識和自我，根本就是一群行屍走肉。

吳傑看不到下方情景，不過也能從密密麻麻的腳步聲中判斷出黑蠍的到來。

老僧手中檀香在空中虛劃著圈兒，那些黑蠍開始潮水般向四周退去，不一會兒功夫已經退得乾乾淨淨。等到黑蠍遠走，老僧又將每名武士胸前的護心鏡移到原位扣緊。口中念念有詞，手掌在十八名武士的頭盔上分別擊了一掌，那十八名武士如夢初醒般逐一站起身來。

羅獵忽然感覺身邊有異，卻見吳傑宛如鬼魅般從他的身邊爬過，竟然貼著牆壁向下無聲無息溜了下去，羅獵心中暗叫不妙，這吳傑也不分時候，竟然在此時出動，別說那百餘隻黑蠍，單單是十八名天廟武士已經讓他們難於應付了。

吳傑以傳音入密向羅獵道：「別動，此事與你無關，你切勿插手。」

羅獵雖然有心想幫，可是也知道現在不能盲目出動，還是先觀望一下事態的發展，再考慮如何施以援手。

吳傑也非魯莽之人，他沿著牆壁下滑了一小段距離，就停了下來，等到那十八名武士全都離開神殿，吳傑的身軀凌空飛了出去，利劍出鞘，刷的一聲將牽絆吊燈的青銅鎖鏈斬斷，然後一腳踢在銅燈之上，那燃燒的青鳥帶著燭火向老僧面門激射而去。

老僧雙目失明，可是他的感知力和聽力都超人一等，雙耳以驚人的幅度劇烈抖動，破破爛爛的大袖一揮，露出骨瘦如柴的雙臂，骨骼粗大的右手竟然迎向那燃燒的青鳥燈，一拳擊在青銅燈體之上，那青鳥燈足有磨盤般大小，裡面盛滿燈油，被吳傑踢出之後，燈油潑濺得到處都是，火焰點燃了燈油，整個青銅燈變成了一隻火球。

尋常人若是硬碰硬去迎擊，恐怕不被燈油燙傷也得被沉重的青銅燈體撞得骨斷筋折，老僧揮袖之間一股勁風席捲而去，燃燒的青銅燈上方的火焰被盡數吹滅，潑灑的燈油被這股罡風吹得改變了方向，反向吳傑席捲而去。

老僧看似簡單的動作卻是精妙無窮，計算好防範威脅的每個可能，在清除掉可能危及自己的諸般因素之後，這一拳方才實打實落在青銅燈上，蓬的一聲青銅燈以加倍的速度倒飛回去。

吳傑削斷連結青銅燈的銅鏈，左手抓住銅鏈的斷端，如同蕩秋千一般從高處落下，老僧一拳擊回的青銅燈直奔空中的吳傑而去。

吳傑雖然看不清青銅燈，卻從颯然的風聲中判斷出了它的運行軌跡，左手鬆開銅鏈，身體借著迴盪之勢，人劍合一，細劍破空，劍鋒撕裂空氣，發出宛如毒蛇吐信的嘶嘶聲，直奔老僧的咽喉刺去。

羅獵並不清楚兩人之間的恩怨，可是吳傑出手就是殺招，足以證明他們之間的不共戴天。

吳傑出劍的速度奇快，瞬間已經來到老僧的面門前方，那老僧雙手合什，竟然以一雙肉掌硬生生將細劍夾住，劍鋒距離他的面門不過半寸，然而吳傑此時的力量也已經達到極致，劍鋒已經無力向前推進一步。

老僧身軀原地旋轉，猶如一個大號的陀螺，細劍在他的快速擰動下向後反折，老僧以身體撞向吳傑。

吳傑本想抽回細劍二次刺殺，可老僧的速度實在太快，轉瞬之間已經來到他的面前，吳傑只有兩個選擇，要麼棄去手中劍拉開彼此間的距離，要麼就只能和老僧硬碰硬貼身肉搏。

吳傑不想棄劍，右手握劍，左拳向老僧面門攻去，那老僧居然不閃不避，這一拳擊了個正著，吳傑只感到如同砸在堅硬的岩石之上，震得他痛徹心扉。

老僧以身軀撞擊在吳傑的身上，他看似乾枯的身體實則霸道，將吳傑撞得倒飛了出去，吳傑卻借著他的撞擊之力，猛地將細劍從老僧的雙掌之中抽出，身體在空中接連翻轉了兩拳，方才落在了地上，落地之後仍然腳步虛浮，接連向後退了三步方才卸去老僧強大的攻擊力，胸口間一陣氣血翻騰。

老僧一言不發，旋轉勢頭依舊，以身體作為武器再次向吳傑衝了過去。

吳傑挽了一個劍花，他的這柄細劍韌性絕佳，脫離老僧雙手之後馬上恢復了原狀，兩人都是盲人，全都依靠聽覺來辨別對方的動作，不過他們靈敏的聽覺已經可以將對方哪怕一個細微的動作都盡數把握。

吳傑再次刺出的這一招卻是虛招，出劍故意製造出尖銳的嘶嘯，劍到中途卻迅速回收，化刺為削，變招之後出劍的速度雖然慢了一些，可是卻無聲無息。

老僧並沒有被吳傑製造出的虛招所干擾，一掌拍出，準確無誤地拍在劍身之上，而後用肩頭撞向吳傑。他的厲害之處就是周身修煉得刀槍不入，身體的任何部分都可以用來充當摧毀對手的武器。

吳傑在最初硬碰硬吃了暗虧之後明顯就改變了打法，他不再選擇和老僧正面交鋒，而是憑藉詭異莫測的步法圍繞老僧展開遊走，尋找機會再展開刺殺。

羅獵在藏身處看得心驚肉跳，他也是第一次看到吳傑施展出全部的實力，這兩人都是超一流的高手，換成自己只怕早已敗下陣來，面對刀槍不入的老僧自己只有被動挨打的份兒。

羅獵身後仍然不時傳來呼哧呼哧的噴沙聲，看來那條沙蟲仍然沒有放棄對他們的追殺，羅獵轉身看了看，聲音雖然傳得過來，可沙蟲已鞭長莫及，牠臃腫龐大的身體是無法進入這狹窄甬道的，羅獵稍稍放下心來，目光重新投向大殿內的激鬥，可羅獵卻發現大殿內多了一個身影，那身影悄聲無息奔著佛像金身而去。

羅獵眨了眨眼睛確信自己沒有看錯，那人周身包裹在黑衣之中，只露出一雙眼睛，不過羅獵仍然從他的體態和身形猜測到他的身分，此人像極了卓一手。

黑衣人明顯是要趁火打劫，在老僧和吳傑激鬥之時，他躡手躡腳靠近佛像金身，揚起手中一物罩住佛像胸前卍字標記。

羅獵雖然相隔遙遠，卻知道那佛像金身必有秘密。

正所謂鷸蚌相爭漁人得利，老僧和吳傑的激鬥讓黑衣人有機可乘，他應當是早有準備，以最快的速度打開了佛像的胸口，從中掏出一物。

老僧聽到佛像處發出聲響，內心一驚，轉身向佛像衝去，吳傑卻恨極了他，豈肯錯過這個千載難逢的機會，一劍刺向老僧的咽喉，這一劍雖然無法將老僧刺殺，可也阻擋了老僧的去路。老僧急切之中，喉頭發出古怪的呼喝。

黑衣人已經成功取得了佛像內的東西，他向佛像右側快步奔去，此時一柄利斧風車般向他飛擲而來，直奔他的腦門劈落，黑衣人慌忙側身，利斧從他的肩頭掠過，誤中後方佛像的金身，斧刃深深嵌入佛像的右臂。

十八名天廟武士從四面八方出現在大殿之中，他們並未選擇去幫助老僧對付吳傑，而是將那名黑衣人包圍在中心。

黑衣人此時竟然向羅獵藏身的地方看了一眼，他忽然大聲道：「接好了！」揚起手中的東西猛地向斜上方投擲出去。

羅獵在對方望向自己的時候就已經明白，那黑衣人早就對他的行藏瞭若指掌，眼看著一個圓筒朝自己飛了過來，羅獵伸出手去穩穩將那圓筒接住，他不知圓筒之中裝著什麼。

那黑衣人緩緩揭開蒙在臉上的黑布，羅獵猜得果然不錯，此人正是神秘失蹤的卓一手。

吳傑也從聲音中辨認出了卓一手的身分，心中大感不解，卓一手的行徑反覆無常，他到底是何立場？

羅獵抓住那圓筒感覺裡面有東西彈跳了一下，擰開一看，只見綠光閃爍，雖然是匆匆一瞥，已經知道是綠寶石之類的東西，想必價值不菲。羅獵心中猶豫不決，一時間不知是應當留下來幫助吳傑，還是帶著卓一手扔給他的東西離去。

身後傳來雨點般密集的腳步聲，轉身望去，只見數十隻黑蠍從後方湧了上來，羅獵心中暗叫不妙，退回去原本就不現實，就算沒有這數十隻黑蠍的圍追堵截，那條沙蟲還沒有離去。

羅獵深吸了一口氣從出口騰空跳了出去，雙手穩穩抓住一條吊燈的銅鏈，身體蕩秋千一樣隨著吊燈蕩動，蕩到高點之時鬆開銅鏈騰空飛躍，宛如靈猿般抓住下一個。

原本向卓一手圍困的十八名天廟武士也因為圓筒的轉移而轉換了目標，他們向身在空中尚未落地的羅獵聚集而去，一名武士騰空躍起，彈跳力極其驚人，一身厚重的甲冑絲毫沒有給他造成任何的影響，平地起跳的高度竟然高達三米，雖然這樣，那名武士仍然未能成功抓住羅獵，羅獵距離地面還有七米多的高度。

羅獵暗自鬆了口氣，再次凌空飛躍抓住下一個目標，看到在他的左前方有一個拱形的洞口，那洞口藏在佛像的左上角，因為處在陰影之中所以不易被發現，剛才卓一手就是從那拱洞之中進來的。

羅獵準備進入拱洞，兩名天廟武士突然停下腳步，其餘天廟武士排成佇列，其中一人通過助跑之後騰空躍起，踩在兩名同伴交叉的手臂之上，那兩名天廟武士同時發力，將這名躍起的同伴拋向空中。這樣一來，天廟武士凌空飛躍的高度和距離成倍增加，一把抓住了空中吊燈的銅鏈，其餘的天廟武士如法炮製，一會兒功夫，已有六名天廟武士抓住吊燈，迅速接近逃走的羅獵。

羅獵暗叫不妙，匹夫無罪懷璧其罪，讓這些天廟武士窮追不捨的不是自己，而是卓一手扔給他的圓筒，羅獵雖然身手靈活，可是速度仍然無法和這些天廟武士相比。

所有天廟武士都被羅獵吸引，卓一手自然壓力驟減，向羅獵大聲叫道：「快，快扔給我！」

羅獵看到那些天廟武士越來越近，唯有將那圓筒向卓一手再度扔去。

卓一手一把將圓筒抓住，轉身向拱洞逃去，老僧再度發出呼喚，果然那幫天廟武士馬上就轉移了目標，拋下近在咫尺的羅獵紛紛向卓一手追去。

而卓一手卻因為這次的轉移獲得了足夠的時機，帶著圓筒以驚人的速度鑽入了那拱洞之中，十八名天廟武士焉能讓他就此逃掉，紛紛追入拱洞之中。

那老僧虛晃一招，竟然捨棄了吳傑，也追逐卓一手而去。吳傑卻不肯放過這老僧，怒吼一聲道：「扎罕，哪裡走？」

羅獵有心阻止吳傑，叫了一聲吳先生，可是吳傑充耳不聞，也跟著那老僧進入了拱洞。羅獵無可奈何，只能先溜到了地面上，環視周圍，除了那個拱洞之外，並無其他出口，羅獵小心進入了拱洞，這會兒功夫，那群人都已經走了個乾乾淨淨，看來所有人都去追逐卓一手了，自己反倒無人關注。

卓一手跑得飛快，他在分叉處進入了左側的甬道，往前跑出一段，奔上一座斷斷續續的石樑，在石樑的斷裂處，騰空飛躍抓住早已留在那裡的繩索，用力一蕩越過十多米的空隙，一名天廟武士已經追逐而至，也是騰空一躍，試圖抓住空中的卓一手，不料卻抓了個空，直接墜落入深淵之中，卓一手落下之後，手臂一抖一帶，繩索波浪般起伏，飛抓被他扯落下來。

後續趕來的天廟武士已經無法越過那近十五米的空隙，一個個轉身爬上山岩，他們手足並用，沿著頂壁向卓一手追去，卓一手轉身繼續狂奔。那名叫扎罕的僧人也已經趕到，怒吼一聲，扯斷手中的念珠，一顆顆念珠有若子彈般激射而出，向卓一手射去。

卓一手左閃右避，後背如同生了一雙眼睛一樣，將所有念珠輕鬆避過，趁著天廟武士尚未從岩壁之上爬過那段石樑空隙，他衝入前方的山洞。

扎罕本想在石樑斷裂處騰空而起，卻感到身後破空之聲響起，乃是吳傑已經殺到，扎罕不得不放棄繼續追趕的打算，轉身一把抓住細劍的劍鋒，怒道：「岳鷹，我知道是你！」

吳傑道：「沒想到你還活著，今日我必要討還昔日之血債，為佳虹報仇！」兩人在斷崖邊緣繼續纏鬥起來，扎罕一時間脫身不得，只能發出呼喝讓那幫武士繼續追趕卓一手。

天廟武士從上方石壁頂部小心攀援越過那道石樑的縫隙，雖然全部通過，可這樣一來大大拖慢了他們行進的節奏，他們剛剛進入山洞，就傳來一聲驚天動地的爆炸聲，氣浪帶著山岩從山洞之中迸射出來，數名天廟武士被這次的爆炸崩到了半空之中。

這次的爆炸自然是卓一手所引發，他也沒料到這次的行動居然會如此順利，爆炸引發了山洞坍塌，落石將身後的洞口堵塞，就算那些天廟武士再有本事，短時間內也不可能挖通洞口追上自己。

卓一手望著身後已經坍塌的山洞不由得發出一聲大笑，從懷中取出那個圓筒晃了晃，臉上的笑容卻突然消失了，他覺察到有些不對，慌忙擰開了圓筒，裡面並無任何的光芒透出，從圓筒中傾倒出一物，卻是一個方方正正的打火機，卓一手面孔的肌肉瞬間扭曲了，他將手中的圓筒用力扔在了地上，抓住那仍然帶著餘溫的火機，爆發出一聲撕心裂肺的怒吼：「羅獵！」

羅獵悄悄掀開腰間革囊，一抹綠光透射出來，其實他在空中之時就悄悄將綠寶石轉移，扔給卓一手的乃是一個盒子。羅獵原準備前去幫助吳傑，可走了幾步就看到前方出現了岔路，一時間無法判斷那群人究竟往那條路去了，只能根據手表掃描分析，選擇了一條自認為最可能的道路走了下去。走到中途，羅獵才感覺到地面震動了起來，判斷出應當是發生了爆炸，不過這爆炸應當距離自己很遠，且不在這條甬道之中。

看來自己選錯了路，選了一條和吳傑等人截然不同的路。這群人中能讓羅獵擔心的人是吳傑，他少有見到過吳傑失去理智的時候，而今天吳傑在見到那位僧人之後頓時失去了理智，不顧一切地發動了攻擊，雖然不清楚兩人之間的淵源，也能夠判斷出他們之間必有不共戴天的仇恨。

剛才在所有人去追卓一手的時候，吳傑明明可以像自己一樣趁機脫身，可是他仍然放棄，足見他已破釜沉舟，抱定必殺那僧人之心。

至於卓一手，此人在來到甘邊之後手段並不光彩，做了許多昧心之事，就算剛才將圓筒扔給自己，其用意也是為了解圍，羅獵多了個心眼，來了個偷樑換柱，卓一手就算能夠逃出去，也無法得償所願。

羅獵正在猶豫是否應當回去接應吳傑，此時身後傳來窸窸窣窣的聲音，卻是一群黑蠍尾隨而至，看來天意如此，在眼前的狀況下大家也只能各安天命了，羅獵繼續向前逃去。

「是這裡了！」瑪莎指了指出現在他們面前的石門。

張長弓道：「這裡就是天廟？」

瑪莎點了點頭。

顏天心道：「這是圖形鎖，需要破解圖形方能打開大門。」

阿諾道：「不如我用炸藥將它炸開。」

瑪莎已經走了過去，她拂去圖形上方的灰塵，仔細看了一會兒，然後開始移動圖形上的石塊，經過重新的排列，很快就將圖形鎖打開，只聽到吱吱嘎嘎的聲響，眼前的石門向左側移動，納入溝槽之中。

阿諾讚歎道：「厲害！」

陸威霖和張長弓卻交遞了一個眼色，他們都已經斷定瑪莎必然知道天廟的秘密，這塔吉克少女隱藏得也夠深。

眾人準備進入時，突然聽到身後傳來腳步聲，轉身望去，來人卻是周文虎。

陸威霖將槍口落下，冷冷道：「你來做什麼？」

周文虎道：「我擔心你們人手不夠，所以跟過來幫忙。」

阿諾道：「那也得幫得上忙才行。」

張長弓看到周文虎已經來了，總不能再將他趕回去，點了點頭道：「既然來了就一起進去吧，大家小心一些，這天廟裡很可能有機關陷阱。」

幾人又將目光投向瑪莎，是瑪莎將他們引到了這裡，進去之後自然還是要仰仗瑪莎帶路。

瑪莎道：「走一步看一步吧，我也沒有來過。」張長弓和阿諾兩人一左一右陪同她走到隊伍的最前方，陸威霖卻落在了最後。

顏天心向周文虎道：「外面情況怎麼樣？」

周文虎道：「沒什麼情況。」他面色如常，不苟言笑。

鐵娃道：「鬼獒和沙蟲有沒有出現？」

周文虎搖了搖頭。

宋昌金望著周文虎，總覺得這廝舉止有種說不出的古怪，一時間卻又看不出他究竟不對在什麼地方。

幾人不再說話，繼續向前方走去，他們很快就意識到瑪莎這個引路人選得不錯，她對天廟中的路線非常熟悉，帶著他們一路向正殿走去，通往正殿一共有三道石門，在瑪莎面前並沒有起到任何阻礙的作用。

前方出現了一個方形的小廣場，正中有一個噴泉池，池水早已乾涸，不過從池邊的雕塑來看應當是九龍灌浴。

瑪莎道：「就是這裡，前方的甬道可以直達神殿。」

周文虎道：「就快到了嗎？」

瑪莎點了點頭道：「就快到了，我所知道的就那麼多，下面的路應當如何走我也不清楚了，大家要多加小心。」

張長弓道：「既然如此，我在前面探路，大家都照顧好自己。」

周文虎卻突然發出一聲古怪的笑聲，眾人被他的笑聲弄得一愣，再看他的時候，卻見周文虎摸出一個白色的瓷瓶摔了下去，瓷瓶應聲而碎，煙霧迅速彌散開來，一股刺鼻的味道直衝頭腦。

鐵娃距離周文虎最近，首當其衝吸入了這股氣體，只覺得一陣頭暈目眩，周身痠軟，手足沒有任何的力氣，一屁股就坐倒在了地上。其他人也好不到哪裡去，陸威霖雖然一直在防範著周文虎，可也沒有想到他會用這種方式發動偷襲。陸威霖吸入的氣體不多，第一時間舉槍瞄準周文虎準備射擊，可沒等他扣動扳機，周文虎就已經倒在了地上，面色鐵青，周身抽搐不止。

陸威霖此時也撐不住了，趴倒在地上，手槍都拿捏不住，雙臂撐在地面上。他們人數雖然不少，可彼此分開的距離不遠，雖然都覺得周文虎有些奇怪，可誰也沒想到周文虎會突然發動襲擊，看周文虎的樣子，他自己也好不到哪裡去。

宋昌金手足痠麻，知道中了圈套，心中暗歎，自己根本就不該蹚這趟渾水，這下好了，終於還是踏上了不歸路。

一群人彼此相望，誰都知道遭到了暗算，此時遠處一道白色的身影憑空出現，她身姿窈窕，手握一泓明如秋水的太刀，雙眸冷冷掃視著眾人。逐一在幾人身上踢了一腳，確信他們已經喪失了抵抗力，等她確認完畢，又有三道身影來到了這裡。

藤野忠信微笑望著眾人，充滿了勝利者的姿態，他知道這些人中不乏高手存在，而且多半為人機警，如果跟得太近，容易暴露行藏，所以才控制周文虎讓周文虎這個傀儡加入到他們的隊伍中，在確信找到通往神殿的正確道路才控制周文虎摔碎瓷瓶，釋放出毒氣，這毒氣雖然並不致命，卻可以在短時間內麻痹吸入者的神經，讓中毒者喪失反抗能力。

藤野忠信點了點頭，兩名手下走過去將瑪莎從地上拽了起來。

周文虎這會兒方才恢復了意識，他怒視藤野忠信：「賊子……是你殺了他們……」

顏天心雖然沒有親眼看到外面的狀況，可此時也已經明白其餘人想必都已經死了，而周文虎不幸成為這個日本人控制的傀儡，藤野忠信顯然擁有著控制別人心神的強大能力，周文虎剛才的所作所為絕非出自本心。

此刻怨天尤人並無任何的用處，唯有儘快將吸入的毒氣逼出來，方能有反轉局面的機會，顏天心並不害怕，至多就是一個死，想起現在生死未卜的羅獵，她不由得擔心起來，擔心的並不是自己，而是羅獵，如果自己無法脫身，那麼還有誰能去救羅獵？

根據手錶上的探測回饋，羅獵少走了許多的冤枉路，他成功甩開了黑蠍群，就算沒有手錶的掃描，他也能夠根據不斷向上的台階判斷出自己可能找到了正確的出路，他正在不斷接近地面。

在藤野忠信的眼中，這群人最有價值的就是瑪莎，他的目光被正在咒罵自己的周文虎吸引了過去，唇角露出一絲冷冷的笑意，輕聲道：「我不殺你，我要你親眼看著這些人死去，記住，他們全都是你害死的。」他使了眼色，百惠手中的刀鋒指向了鐵娃的咽喉。

張長弓怒吼道：「有種衝著我來，何必對付一個孩子？」

第六章

憑空消失

在眾人談笑風生的時候，羅獵悄悄感知著周圍一切，
進入這條甬道的不僅僅是老僧和吳傑，
剛才藤野忠信也逃入了這裡，為何連藤野忠信也蹤影全無？
羅獵相信人不可能憑空消失，他和藤野忠信交手雖然不多，
卻仍然從短暫的交鋒中看出此人非同尋常。

藤野忠信盯住張長弓的雙目，他在試圖控制張長弓的心神，然而在遭遇到張長弓憤怒的目光之後，他馬上就改變了看法，像張長弓這種人，意志力極其強大，想要成功控制他可不容易。他點了點頭道：「好，我就讓他殺了你！」他微笑望著鐵娃：「好不好？」

鐵娃看著藤野忠信妖異的雙眼，整個人彷彿瞬間失去了魂魄，腦海中一片空白。藤野忠信掏出一個小瓶，擰開瓶塞在鐵娃的鼻翼前晃了晃，鐵娃感到鼻子一癢，打了個噴嚏，周身突然就有了力氣，他站起身來。

藤野忠信抽出一柄短刀遞給了他，鐵娃接過短刀向張長弓走去。

所有人都看出了藤野忠信的用意，他是要控制鐵娃親手殺死張長弓，要知道張長弓乃是鐵娃在這世上至親之人，如果鐵娃親手殺了他，就算能夠活下去，鐵娃的這一生也勢必活在痛苦之中，藤野忠信的心腸實在是歹毒到了極點。

張長弓怒吼道：「鐵娃！」他試圖驚醒鐵娃，並非是自己怕死，而是不想鐵娃親手釀成抱憾終生的大錯。阿諾和陸威霖也跟著叫了起來，然而鐵娃充耳不聞，繼續一步步向張長弓走去，來到張長弓的身後，他的手臂從後方繞過托起了張長弓的頭，然後手中短刀準備劃過張長弓的咽喉。

鐵娃的目光一片茫然，根本沒有意識到自己正在做怎樣可怕的事情。

陸威霖顫抖的手想去撿起地上的手槍，可無論他怎樣努力都無法觸及近在咫尺的槍柄。

遠處忽然傳來一串清越而響亮的笑聲，聲音雖然不大，這聲音卻猶如一連串的重錘一般擊打在鐵娃內心中，這聲音打亂了鐵娃心跳的節奏，內心的慌亂讓他如夢初醒般睜開了雙眼。

鐵娃看到了刀光，一道閃亮的刀光閃電般向藤野忠信射去。

藤野忠信在聽到笑聲的同時已經看到了刀光，這道刀光發起於笑聲之前，速度之快超乎想像，藤野忠信的瞳孔驟然收縮，他的身體向一旁側滑，上身後仰，躲避這追風逐電的一刀。

已經反應過來的鐵娃在第一時間摸出自己的鐵胎彈弓，瞄準了百惠接連射出了三彈，鐵娃畢竟年幼，欠缺臨陣經驗，如果讓他在四名對手之中選擇，他肯定會選擇藤野忠信，因為他認定藤野忠信才是罪魁禍首，剛才也正是藤野忠信控制了他的精神，讓他險些親手將師父的性命斷送。

之所以選擇百惠是因為那個驚醒他的聲音提醒他這樣做。

百惠在鐵娃發動進攻之後，揮動手中太刀，刀光變幻，細窄的刀背準確無誤地將射向自己的三顆彈丸盡數擊落。百惠出手的同時就覺察到一股強大壓力的到來，此時她方才明白鐵娃出手的目的是在吸引自己的注意力，真正的威脅卻是來自於自己的身後。

羅獵如同一隻獵豹般出動，手中接連投擲出五柄飛刀，前兩柄是為了將藤野忠信和其他人分隔開來，後三柄是要封住百惠的退路，想要在亂局中掌控住大勢，必須要有超人一等的預見性。

原本無處可退的百惠突然於眾人的視線中消失，隱身術也是忍術中的一種，不過隱身術雖然可以暫時隱藏行蹤，卻無法將你的身體真正消失於空氣之中，更何況這次百惠遇到的是羅獵，相比於眼前的幻象，羅獵更相信自己的意識。

百惠的錯誤在於她過分相信自己的隱身術，看到獵豹般衝向自己的羅獵她非但沒有感到害怕，反而認為一個絕佳機會到來，羅獵看不到自己，而自己卻可以看清他的每一個動作，百惠揚起太刀準備一擊必殺，在她出手的剎那，她就已經意識到自己完全錯了，羅獵興許看得到自己，即便是他看不到自己，也能夠清楚把握住她的每一個細微動作。

百惠再想變招已經來不及了，右腕已經被羅獵握住，旋即擰動她的手臂，以她的太刀橫在了她自己的脖子上。

消失和現行就在一瞬間，藤野忠信在躲過羅獵的飛刀之後，逼近了阿諾，同樣以太刀橫在他的脖子上，羅獵手中的籌碼只有一個，他這邊還有一個瑪莎，藤野忠信有恃無恐道：「放開她！」

羅獵微笑望著藤野忠信，這正中藤野忠信下懷，眼睛是心靈的窗戶，對方主動和自己對視，等於將破綻暴露在自己的面前，藤野忠信要充分把握住這次機會，要控制對方的心神，不過他足夠冷靜，剛才鐵娃突然恢復理智和羅獵有著直接的關係，一個能夠破去自己心靈控制的人必然對此有著很深的瞭解，甚至羅獵本身就擅長催眠。

想要用目光控制別人，同樣要將目光暴露給對方，這個道理非常簡單，你攻擊別人的同時就會不可避免地削弱防守。任何人的精力都是有限的，不可能在兩方面都做到盡善盡美。

兩人目光接觸的剎那，彼此都明白了一個事實，對方都屬於意志力極其強大的人物，想要控制對方的心神都不容易。藤野忠信很快就轉攻為守，既然無法控制對方的意志，那麼首先要保證自己的意志不要被對方控制。

羅獵並沒有被藤野忠信的威脅嚇怕，雖然藤野忠信手中的籌碼比自己要多，可如果他和自己一樣重視同伴的性命，那麼他也不敢做出太過出格的事情。羅獵道：「把解藥交出來，大家各自放手。」

藤野忠信冷冷道：「你有什麼資格跟我討價還價？」

羅獵正準備回答，地面震動起來。

藤野忠信內心一怔，他並不知道裡面到底發生了怎樣的狀況。

羅獵道：「要麼一起死，要麼大家儘快離開這裡！」說話間，他們腳下的地面開始發出一陣陣的戰慄，一條裂縫從遠端迅速蔓延而來，迅速向他們所在的地面處擴展。

藤野忠信在短暫的猶豫之後，終於還是將刀鋒從阿諾的脖子上緩緩移動開來，他擺了擺手，兩名手下將瑪莎放開，羅獵卻仍然沒有放開百惠。

蓬！狂風席捲著沙塵從地底裂縫中噴薄而出，羅獵向藤野忠信怒吼道：「解藥呢？」

藤野忠信居然被他的這聲怒吼給震住，從懷中摸出一個小瓶向羅獵扔了過去，正是他剛才給鐵娃聞過的那個，鐵娃驚喜道：「就是這個！」

羅獵將小瓶扔給鐵娃，鐵娃先拿著給張長弓聞了，張長弓聞到瓶中的刺激性味道，馬上精神一震，瞬間覺得身體有了力氣，其他幾人也是一樣。羅獵放開了百惠，此時地面上的裂縫越來越大，藤野忠信幾人已經顧不上對付羅獵他們，先行向羅獵進入的甬道逃了進去。

羅獵來到顏天心身邊將她抱起，卻見顏天心已經哭得說不出話來，她原本就認定羅獵不會遇難，可是真正見到羅獵活著歸來之後卻無法控制住內心激動的情緒，哽咽得不能言語。

羅獵向鐵娃要來那小瓶為顏天心解毒，最後才來到宋昌金面前。宋昌金望著死而復生的羅獵，表情也是喜不自勝，有句話他並沒有撒謊，他只有羅獵這個親侄子，若說不擔心是假的，此時心中的喜悅和欣慰更是明顯寫在了臉上，羅獵從他的表情也看出了他對自己的關心，微笑將小瓶湊在他的鼻子上。宋昌金打了個噴嚏，恢復了自由，第一句話就是：「看來我這個叔叔在你心中的地位遠不及小媳婦兒。」

顏天心俏臉一紅，正想斥責宋昌金胡說八道。

這會兒功夫他們所在的地方已經遍佈沙塵，地底裂縫也是越來越大，遠處不停傳來坍塌之聲，應當是沙蟲從地底破土而出，將張長弓他們來時的道路全部毀去，想要從原路回到地面已經沒有可能。

羅獵帶著他們回頭向神殿走去，整座天廟都是藏在黃沙之中，沙蟲顯然已經被觸怒，以牠龐大的體魄可以將這座隱藏於黃沙內的建築拆個七零八落，到時候天廟就成為他們最終的埋骨之地。

羅獵帶著他們走回甬道深處，來自地底的震動居然神奇地平復了，看來沙蟲已經控制了情緒，也可能牠剛才躁動的目的只不過是為了毀掉他們的出路，將這群潛入者困在天廟之中。

羅獵對自己來時的路線非常熟悉，他在前方負責為眾人引路，藤野忠信提供的解藥非常靈驗，眾人很快就恢復了體力，張長弓跟上羅獵的腳步道：「還有沒有其他的出路？」

羅獵搖搖頭道：「我不清楚，不過前面有一個岔路口，還有一條甬道不知通往何方。」那條甬道是卓一手選擇進入的，天廟武士、老僧扎罕和吳傑先後追了進去。羅獵因為選錯了路，所以並未來得及進入其中，不過他聽到了一聲爆炸。

來到岔路口，地上多了一具忍者的屍體，屍體之上還爬著兩隻黑蠍，張長弓和鐵娃一起出手，用弓箭和彈弓將黑蠍射殺，回去的道路通往神廟，另外的那條甬道不知通往何方，羅獵向眾人說明兩個方向分別通往哪裡。

瑪莎道：「你答應過我！」在他們進入天廟之前，她和羅獵之間曾經偷偷達成了協定，她為羅獵引路，將大家帶來天廟，而羅獵則答應幫她找回《古蘭經》，從嚴格意義上來講，羅獵進入天廟跟她並無任何關係，是沙蟲將羅獵帶到了這個地方。

羅獵這才想起他和瑪莎之間的協議，現在返回天廟很可能重新置身於危險之中，他不再是一個人孤軍奮戰，也就意味著他不僅僅要為自己的性命負責，還要為所有人的安全負責，因為那本《古蘭經》而將所有人的安全置之不理，這顯然是不理智的。

瑪莎看出了羅獵的猶豫，她咬了咬櫻唇道：「你不必勉強，我一個人去。」她選擇向神殿走去，阿諾慌忙攔住她的去路：「瑪莎，你不可以冒險，那些日本人已經去了神殿。」

宋昌金悄悄向張長弓使了個眼色，因為一己之私而將團隊的安全置之不顧是極不明智的，就算羅獵答應，他們也不會允許，如今好不容易才將羅獵找回，所有人都平安無恙，正是全身而退的絕佳時機，不能因為瑪莎而改變計畫，張長弓明白了他的意思，悄悄揚起了手，準備趁著瑪莎不備將她擊暈，強行帶離這裡。

他還未出手，就聽到一陣急促的腳步聲朝著這邊奔跑過來，卻是剛才趁亂先行離去的藤野忠信和百惠，在他們的身後數百隻黑蠍狂追不已，藤野忠信大呼道：「有怪物，有怪物！」

阿諾摸出一顆手雷全力扔了出去，手雷越過藤野忠信和百惠的頭頂，落在黑蠍群中爆炸，蓬！黑蠍到處橫飛，陸威霖和張長弓兩人同時將槍口瞄準了倉皇逃來的兩人，不過他們最終還是沒有將子彈射向他們，而是瞄準了他們身後潮水般湧來的黑蠍，很快其他人也都加入了戰團。

這其中最恨藤野忠信的就是周文虎，因為他親眼目睹好友被這些日本忍者所殺，可是在眼前的狀況下，他又不得不選擇先除外患。

藤野忠信和百惠逃到他們的身邊仍然沒有停下腳步，或許是擔心這群人在消滅蠍群之後調轉槍口再瞄準他們，兩人朝著前方甬道大步逃離。

羅獵卻意識到有些不對，蠍群在受到他們的阻擊之後，馬上向左右分開，一隻宛如螳螂般的黑色大蟲以驚人的速度從中通過，向他們衝刺而來，藤野忠信剛剛驚呼的怪物就是這隻怪蟲。

鐵娃接連射出兩顆精鋼彈丸，被那怪蟲揮舞砍刀一樣的前肢擊飛，前肢擊打在精鋼彈丸之上發出鏘鏘之聲，明顯是金屬相撞發出的聲音。

陸威霖在這群人中槍法最準，衝鋒槍瞄準怪蟲的頭部射出一連串的子彈，子彈密集撞擊在怪蟲的頭部，那怪蟲被子彈打得腦袋不斷抖動，可是子彈根本無法擊穿牠堅硬的外殼，更談不上能夠給牠造成致命傷害。

阿諾大吼道：「閃開，我來！」再次掏出一顆手雷扔了過去。怪蟲望著那顆手雷，揮舞右前肢，宛如打高爾夫球一樣將手雷猛地拍了回來。阿諾暗叫不妙，自己這下弄巧成拙，等於給怪蟲送上了一顆威力巨大的武器。危急關頭，陸威霖一槍命中那顆被怪蟲反拍回來的手雷，手雷在怪蟲的小腦袋前方不遠處炸裂，掀起的氣浪幾乎將怪蟲震翻，不過依然沒有對牠造成傷害。

羅獵此時出手了，一柄用地玄晶鑄造的飛刀倏然射向怪蟲的肚臍，飛刀劃出一道藍光，毫無阻礙地刺入怪蟲的肚臍，直至末柄，然後看到怪蟲的腹部傷口處開始融化，迅速出現了一個藍色透明的大洞。

怪蟲一雙砍刀一樣的前肢慌忙去捂那洞口，怎奈洞口迅速擴大，從傷口中滾落出一個個饅頭大小的黑色圓球，卻是蟲卵，蟲卵落在地面上，馬上裂開，一隻隻蝙蝠大小的怪蟲從中破殼而出。這小蟲和母體的形狀並不相同，主要的區別在於牠們的身上擁有一雙可以完全覆蓋身體的透明翅膀，母體雖然也有翅膀，可是很短，根本無法飛翔。

羅獵慌忙下令撤退，那黑色蟲卵從怪蟲的肚子裡不停滾落出來，轉瞬之間已經鋪滿了地面，孵化出的一隻隻小蟲宛如餓死鬼投胎一般撲向周圍的黑蠍屍體，牠們宛如啄木鳥一般的嘴喙毫不留情地插入到周圍黑蠍的身體之中，從中吸取著黑蠍的體液。

眾人看到眼前情景無不心頭發毛，阿諾臨走之前又將一顆手雷從地面上溜了過去，那顆手雷嘰哩咕嚕地滾到了蟲卵群中，然後爆炸開來，將蟲卵迸射得到處都是。

他們不敢逗留，跟著羅獵一起向此前卓一手進入的甬道逃去。

眾人進入甬道並沒有多久，爆炸掀起的煙塵中，一隻黑色的小蟲率先飛起，牠震動雙翅，揮舞一雙寒光凜凜的前肢，向甬道追逐而去。

眾人一路狂奔，逃出不遠就聽到身後怪蟲振翅的轟鳴聲，還好前方出現了兩道銅門，張長弓招呼眾人快逃，負責斷後的他和羅獵兩人合力將銅門掩上，希望銅門能夠阻擋怪蟲的進擊。

銅門剛剛關上，就聽到外面篤篤的撞擊聲。一隻尖銳的嘴喙竟然穿透了足有一寸厚度的銅門，張長弓手起刀落，照著露出前端的嘴喙猛地砍了下去，鋒利的砍刀斬落在嘴喙上竟然沒有成功將之斬斷，那嘴喙迅速抽離回去。

銅門外響起密集的篤篤聲，一隻又一隻的嘴喙穿透銅門刺了進來，羅獵暗叫不妙，從眼前的狀況來看，用不了太久時間，這銅門就會被戳得千瘡百孔，這些怪蟲就會破門而入。

顏天心下意識地握住鐳射槍的槍柄，不知鐳射槍能否對付這些攻擊性驚人的小怪物。又想起羅獵此前的叮囑，不到迫不得已不可輕易動用鐳射槍，尤其是在周圍還有其他人的情況下。她意識到眼前的形勢已經迫在眉睫，向眾人道：「你們先逃，我和羅獵斷後。」

羅獵自然知道她的想法，點點頭道：「大家快逃！我和張大哥留下斷後。」

眾人雖然不理解羅獵的這種安排，可是相信羅獵既然這樣命令就有這樣的道理，在張長弓看來，他和羅獵擁有地玄晶的武器，羅獵既然能用地玄晶鍛造的飛刀將那隻巨型怪蟲擊傷，想必也一定能夠殺死牠的幼蟲，只是他們兩人擁有的武器畢竟有限，面對那近百隻怪蟲可能要捉襟見肘，張長弓暗暗佩服羅獵高義，關鍵時刻挺身而出，將生的機會留給他人，相比較而言藤野忠信兩人的臨陣脫逃更加讓人不齒。

羅獵向顏天心使了個眼色，顏天心將鐳射槍取出，張長弓乃忠厚赤誠之人，也深得他們的信任，在他面前不必保留這個秘密。

張長弓因為全部的注意力都集中在銅門上，反倒忽略了顏天心的鐳射槍。

顏天心道：「你們兩人為我掩護，我來射殺這些怪蟲！」

張長弓聽她說得如此信心滿滿，這才轉臉看了一眼，雖然覺得顏天心手中的武器造型有些奇特，可仍然沒有想到這武器擁有怎樣的威力。

百餘隻怪蟲同時叮啄銅門，不一會兒功夫銅門已經被破出一個大洞，一隻怪蟲振翅率先飛入，張長弓拉滿弓弦，扣在弓弦上的箭矢正欲離弦而發，可沒等他鬆開弓弦，就聽到咻的一聲，伴隨著這道聲音，一道細窄灼熱的紅亮光線準確無誤地擊中了怪蟲，怪蟲的身體被燒穿了一個洞口，從空中直墜地下。

張長弓目瞪口呆，此時方才意識到顏天心手中竟然擁有一件終極殺器。

羅獵隔著顏天心向他眨了眨眼睛，微笑道：「別忘了掩護！」

此時從銅門破損的洞口一隻隻怪蟲爭先恐後地湧了進來，顏天心手中鐳射槍不停發射，她槍法本就極準，再加上鐳射槍驚人的殺傷力，轉瞬之間就將飛來的怪蟲射殺過半，竟無一隻怪蟲能夠飛越他們之間的一半距離。

羅獵和張長弓原本準備為顏天心掩護，可是很快就意識到顏天心根本無需他們兩人相助，手中鐳射槍百發百中，剛才讓他們膽戰心驚的怪蟲而今在顏天心的面前只有等死的份兒。

那些小蟲在損失過半之後終於意識到不能這樣白白送死，停止了攻擊，只剩下滿地的屍體。

羅獵拍了拍已經被眼前場景震驚的張長弓，低聲道：「秘密！」

「我懂！」張長弓如夢初醒。

顏天心收起鐳射槍，三人繼續向前追逐同伴的腳步。

陸威霖率領其他人進入甬道，不久就遇到了新麻煩，藤野忠信和百惠並沒有逃遠，中途就遇到了十多名天廟武士，兩人被圍攏在垓心苦苦鏖戰，藤野忠信的攝魂術，百惠的隱身術面對這些包裹嚴實的天廟武士起不到絲毫作用，他們本身就不依靠視力對敵，這些天廟武士雖然身穿甲冑，可是動作依然輕巧如同靈猿。

藤野忠信和對方硬碰硬對了幾招之後，已經認識到這些天廟武士的強大實力，他無心戀戰，向百惠傳遞信號，抓緊時間突圍擺脫這群天廟武士，然而天廟武士人多勢眾，非但武功高強而且他們彼此之間配合默契，將兩人困在包圍圈內，任他們兩人用盡辦法都無法從中突圍。

陸威霖這群人的到來方才讓他們兩人看到了一線曙光，陸威霖他們並不想介入這場戰鬥，畢竟雙方都不是什麼好人，他們本想作壁上觀，可他們的到來馬上就吸引了那群天廟武士的注意，十六名天廟武士竟分出了大半向他們衝了上來。

這樣一來藤野忠信和百惠兩人反倒壓力頓減，藤野忠信趁著這群武士重新分配勢力之際，從剛剛出現的缺口中衝出，向前方沒命逃去，百惠緊隨其後，可她的動作終究遲緩了一些，眼看就要逃出包圍圈，一名天廟武士迎面攔住了她的去路，揚起手中長矛，雪亮的矛尖化成一道流星直奔百惠的面門扎去。

百惠以手中太刀迎擊，噹的一聲，太刀雖然成功將長矛托起，可矛身傳來的強大力量也震得百惠雙臂發麻，手中太刀幾乎拿捏不住。

持矛天廟武士出手快如閃電，這一刺被百惠擋住之後，槍桿就勢上揚，然後以一招力劈華山從上到下狠狠向百惠的天靈蓋砸落下去。此時藤野忠信已經逃遠，他轉身回望，看到百惠並未能夠隨同自己成功突圍，目光猶豫了一下，可終究還是沒有回來支援，而是繼續向遠方逃去。

看到藤野忠信如此絕情，百惠雙眸之中不由得流露出深深失望，這種時候任何人都已經指望不上，想要活命只能依靠自己，她再度以太刀去擋格對方的這次劈砸，藤野忠信的不顧而去給百惠的內心造成了相當大的打擊，更何況她本身的實力就遜色於天廟武士，剛才硬碰硬的交鋒已經讓她雙臂麻木，還未能從此前的重擊中恢復過來，對方的攻擊再次來到。

長矛重擊在刀背之上，一股強大的潛力循著刀背傳到她身上，旋即感覺胸口有若被重錘擊中，喉頭發熱，吐出了一口鮮血，雙腿一軟跌坐在了地上。

那天廟武士絲毫沒有因為她是女子而手下留情，長矛向前挺近直奔她的咽喉而去。百惠心頭一涼，這一擊她無論如何也避不過去了，雙目一閉，引頸待死。

生死一線之時卻聽到一連串的槍聲響起，子彈在她頭頂上方呼嘯而過，密集的子彈擊打在天廟武士的面門之上，一時間天廟武士面門金星亂冒，雖然子彈並未射穿他堅韌的金屬面具，可是子彈挾帶的衝擊力卻讓那武士連續後退了數步，刺向百惠的一槍頓告落空。

百惠把握住這難得時機，身軀接連兩個翻滾躲過天廟武士志在必得的刺殺。關鍵時刻是陸威霖化解了百惠的危機，而他的這次介入，也讓那名天廟武士轉移了攻擊的目標，天廟武士向前跨出一步，右腳重重落在地面上，猶如踩了彈簧一般騰飛起來，很少有人擁有如此驚人的彈跳力，更何況那天廟武士是在身穿沉重甲冑的前提下。身在空中，單手持矛，矛頭瞄準陸威霖的面門扎去。

陸威霖端起衝鋒槍，密集的子彈向空中射去，然而子彈依然無法射穿天廟武士的甲冑，天廟武士飛躍他們之間近七米的距離，這凝聚全力的一槍穿透槍林彈雨，誓要將陸威霖的面龐扎出一個透明的窟窿。

陸威霖看到勢頭不妙，一個前滾翻躲過對方的刺殺，翻滾的過程中已經更換了彈夾，繼續向天廟武士射擊。

又有一名天廟武士斜刺裡衝了上來，手中砍刀向陸威霖的頸後斬去。陸威霖感到身後風聲颯然，心中暗叫不妙，準備轉身射擊之時，突聽到噹的一聲，卻是百惠衝上來為他擋住了那名天廟武士的偷襲，百惠此舉也算是投之以桃報之以李，剛才陸威霖將她從生死關頭拉了回來，她馬上就還了陸威霖這個人情。

阿諾護住瑪莎，一顆手榴彈向右前方的四名天廟武士丟了過去，他這次學了個乖，不敢直接瞄準目標，生怕被誰接住再給扔回來，瞄準的是天廟武士前方的地面，手榴彈順利爆炸，掀起的氣浪將四名天廟武士震得跌倒在地，不過他們很快又搖搖晃晃站了起來，陸威霖大吼道：「大家不要分開，集中火力，逐個擊破！」

趁著這次爆炸將天廟武士陣型打亂的時機，在場人迅速聚攏在了一起，陸威霖、阿諾、宋昌金、周文虎，四人集中火力，將槍口瞄準了同一名天廟騎士，鐵娃、百惠、瑪莎三人在一旁為他們進行掩護。

集中火力之後果然威力大增，一名天廟武士臉上的面具被迅猛的火力擊飛，他的肌膚一旦接觸到光芒，頓時燃燒了起來，其餘天廟武士也因為折損了一名同伴而不再一味勇往直前，他們的甲冑畢竟不是整體，如果被擊散，一旦肌膚暴露在光線下，他們的身體就會馬上燃燒成為灰燼，也就是真正意義的死亡。

除去前往追逐藤野忠信的四名天廟武士，仍然有十一名天廟武士圍攏在他們的周圍，在人數上明顯佔有優勢。陸威霖一方則在遠距離火力攻擊上佔有優勢，他們聚在一起，緩步向前方推進。

幸好這群天廟武士之中並無擅長遠距離攻擊的弓箭手，他們很快也改變了戰略，其中一人從背後取出護盾排在最前方，一字型排列，以護盾護住頭面部，宛如一列火車般向陸威霖他們的陣營衝去。

阿諾巴不得他們聚在一起，一摸腰間，手雷也所剩無幾，取出一顆手雷向天廟武士的佇列扔了過去，因為太過謹慎，手雷拋出的距離不夠遠，這次的爆炸只是讓對方的陣營波動了一下，掀起的氣浪甚至沒有打亂他們的陣營，更不用說造成傷害。

陸威霖提醒眾人不要盲目射擊，務必要節省子彈，此時對方明顯加快了靠近的速度。陸威霖內心頓時緊張了起來，天廟武士排出一字長蛇陣，明擺著是要用最小的犧牲換取全域勝利，他們的集中射擊只能瞄準隊伍最前方的武士，就算將這名手握護盾的天廟武士幹掉，可也無法阻止後方十人的靠近。

陸威霖向阿諾看了一眼，阿諾雖然還有手雷，可是現在的距離下扔出手雷對他們自己也是不安全的，他們並沒有天廟武士那樣強大的防禦力。

身後傳來張長弓沉穩的聲音：「把手雷向上丟！」

阿諾聞言大喜，掏出一顆手雷向天廟武士隊伍的上方扔了過去，在他拋出手雷的同時，剛剛趕到的張長弓彎弓搭箭，一箭瞄準了空中的手雷，於空中追風逐電般射中手雷，手雷在受到這次的撞擊後爆炸，爆炸點剛好在排列成一字長蛇陣的天廟武士的中間上方，氣浪夾雜著彈片從上方向下衝擊，天廟武士的陣型頓時潰散。

陸威霖豈會放過這絕佳的戰機，高呼射擊，他們手中的槍支同時施射，陣營打亂的天廟武士又有兩人被擊落面具，身體燃燒成灰。羅獵、張長弓、顏天心三人加入了陣營，此消彼長，雙方的實力對比發生了逆轉。

眾人抓住機會擴大勝果，天廟武士一方損失過半，倖存者不再戀戰，他們向周圍牆壁攀爬而去，很快就消失在岩壁上方的罅隙之中。

宋昌金鬆了口氣，抬起手臂擦去額頭的汗水，強敵退散，眾人好不容易才得到喘息之機，陸威霖的目光警惕地望著百惠，她並不屬於這個團隊，百惠顯然也意識到了這一點，在天廟武士離去之後，她第一時間施展隱身術，在眾目睽睽之下隱形，可是她還沒有來得及逃走，周圍就有數支槍口瞄準了她。

剛剛隱形的百惠再度現身出來，她面無懼色地環視眾人，在這種狀況下，她已經落盡下風，根本沒有反轉的機會。

周文虎親眼看到她殺了自己的老友，心中恨極了百惠，怒吼道：「我殺了你這個賤人！」

顏天心卻阻止了周文虎，她走向百惠，盯住她道：「你們為何要來這裡？」

百惠仍然是一言不發，昂起頭將雪白的脖子暴露出來，一副引頸待死的架勢。她心中明白，現在殺死自己是不會有任何人為她說情的，她也沒什麼好怕，剩下的只有一些遺憾，藤野忠信剛才的不顧而去讓她內心涼透。

陸威霖道：「有什麼事還是離開這裡再說，暫時留下她的性命還有用處。」

百惠有些詫異地睜開了雙目，她並沒有想到對方的陣營中居然還有人會為自己說話，她對陸威霖的印象非常深刻，剛才就是陸威霖將她從死亡邊緣拉了回來。她不明白陸威霖因何會為自己說話，興許是因為他剛才救了自己，所以不想被救的人馬上就死？又或者他想利用自己去要脅藤野忠信？如果真存有這個念頭，他肯定會失望，自己在藤野忠信的心中並無任何的價值，屬於隨時都可以被犧牲的棋子。管他呢？自己已經沒什麼好在乎的。

羅獵和顏天心對望了一眼，同時點了點頭。

他們向前方走去，走了並沒有多遠就已經看到了盡頭，前方的甬道發生了坍塌，阿諾從空氣中尚未散盡的火藥味道就推斷出不久前這裡發生了爆炸，羅獵曾經親耳聽到了那聲爆炸，他雖然未曾親眼目睹，可是也能夠猜到應當是卓一手引發了爆炸，卓一手以為得到了他需要的東西，所以才炸毀了這條出路。

只是那老僧扎罕和吳傑兩人不知去了哪裡？

宋昌金借著火光四處觀察了一下，他搖了搖頭道：「這條路走不出去了，咱們只能另覓出路。」

張長弓道：「還有出路嗎？」

宋昌金沉吟了一下道：「一定有！」他的目光投向羅獵，雖然他還沒有來得及詢問羅獵究竟是如何脫險，不過他親眼看到羅獵被沙蟲吞入了肚子裡，一定是沙蟲將他帶到了天廟，既然沙蟲這麼龐大的身軀都能夠進入天廟，那麼他們肯定能夠找到出路。

羅獵從宋昌金的目光中理解了他的意思，苦笑道：「沙蟲特殊的身體構造能夠在流沙中穿行，這座天廟應當就是牠不停噴沙掩埋起來的。」

陸威霖道：「天廟裡既然有人，就會有出口。」

阿諾關心的卻是羅獵如何脫險的問題：「你是被沙蟲吐出來，還是被牠拉出來的？」

一群人因為這貨的問題同時笑了起來，緊張的心情也算稍稍得以放鬆。

百惠其實完全可以趁著這個時機逃走，可是她斟酌之後並未這樣去做，因為天廟的道路錯綜複雜，她孤身一人離開恐怕等於主動選擇了一條死路。

在眾人談笑風生的時候，羅獵卻悄悄感知著周圍的一切，進入這條甬道的不僅僅是老僧和吳傑，就在剛才藤野忠信也逃入了這裡，為何連藤野忠信也蹤影全無？羅獵相信人不可能憑空消失，他和藤野忠信交手雖然不多，卻仍然從短暫的交鋒中看出此人非同尋常。

「瑪莎！」阿諾驚呼道，瑪莎在眾人說話的時候悄悄退到了最後，趁著無人注意她，轉身向後跑去。她奔跑的速度顯然無法和阿諾相比，沒跑幾步就被阿諾追上，阿諾一把抓住她的手臂，瑪莎尖聲叫道：「放開我！」她掙脫不開阿諾的手臂，低下頭去狠狠在阿諾的手背上咬了一口。阿諾痛得慘叫了一聲，卻仍然堅持沒有放手，生恐放手後瑪莎會就此逃走。

瑪莎的嘴唇上沾染了不少的鮮血，她鳳目圓睜，怒視羅獵道：「懦夫！你答應過我，你答應過我為我找回古蘭經，為什麼食言？」

顏天心此時繞到她的身邊，揚起手來，一掌就將瑪莎擊打得暈了過去，在場眾人之中也唯有她下得去手。

阿諾慌忙將瑪莎抱住，顏天心道：「搜搜她身上有什麼？」

阿諾聞言正欲動手，卻被顏天心瞪了一眼，阿諾這才意識到男女有別，訕訕將手縮了回去，顏天心在瑪莎的身上搜索了一遍，從她身上找出了一張羊皮地圖。其實在瑪莎帶他們找到天廟並進入其中之後，顏天心就開始對她產生了懷疑，只是一直沒來得及動手。

顏天心帶著地圖回到羅獵身邊，宋昌金也湊了上來，顏天心雖然對他反感，卻知道他是這方面的行家。羅獵對宋昌金卻表現出很大的信任，接過地圖直接遞給了他，用人不疑疑人不用，這正是羅獵能夠將這群人凝聚在一起的原因。

宋昌金看了看那地圖，低聲道：「這應當是天廟的地圖，小妮子藏得夠深，一直都沒有將地圖的事情告訴咱們，有這張地圖在手，走出去不難。」

眾人聽到離開這裡有了希望，一個個臉上都露出了笑容。

通過對這張地圖的分析發現，最可能的通路還是在天廟裡，他們必須要先返回天廟神殿，從那裡找到離開天廟的通路。羅獵首先確認通路並非是自己此前進入的那條，如果原路返回，就連他自己也無法做到。

一行人跟隨羅獵向天廟神殿走去，回到剛才激戰怪蟲的地方，看到銅門上已經被被幼蟲啄得密密麻麻有若蜂巢，門前地面上躺滿了幼蟲的屍體。

眾人小心從中通過，鐵娃好奇想用手拎起一隻幼蟲，卻被張長弓及時阻止，張長弓剛才已經親眼見證了這些幼蟲的厲害，如果不是顏天心出手，他們此刻只怕已經被這些牙尖嘴利的幼蟲扎個千瘡百孔。

羅獵小心將銅門拉開，還好銅門外已經沒有了那些幼蟲的蹤影，剛才被顏天心用鐳射槍射殺了大半，倖存的幼蟲也嚇破了膽子，逃得無影無蹤。羅獵本來還擔心那怪蟲的母體並未死去，不過外面也看不到那母體的影蹤，地面上尚有三十多顆蟲卵尚未孵化。

羅獵讓阿諾取出用地玄晶鍛造的匕首，逐一在蟲卵上扎了一刀，這些蟲卵外殼堅固，刀槍不入，可地玄晶鍛造的兵器卻是牠們的剋星，否則羅獵也不可能將那巨大的怪蟲母體擊敗。

阿諾將每顆蟲卵都扎了一刀，刀鋒毫無阻滯地插入蟲卵堅硬的外殼，沿著刀鋒插入的部分，裂口變成了透明的藍色，然後這藍色開始迅速擴展，蟲卵也隨之融化。

百惠驚奇地望著眼前的景象，一旁陸威霖道：「你們日本人不知道非禮勿視的道理？」

百惠抬頭看了陸威霖一眼，面無表情道：「可我不是瞎子。」

她的話倒是提醒了宋昌金，宋昌金道：「老吳呢？有沒有見到老吳？」此前吳傑不辭而別，在宋昌金看來這就是一種背叛團隊背叛組織的行為。

羅獵沒有回答，其實他也奇怪，吳傑到底去了哪裡？吳傑和老僧扎罕最終的決鬥鹿死誰手？他們肯定進入了這條甬道，可直到現在羅獵都未曾見到兩人的蹤影，難道他們兩人又從這裡返回了神殿？

羅獵引著眾人返回神殿，神殿內一片狼藉，到處都是打鬥後的痕跡，不過裡面空無一人。宋昌金看到那佛像之時目光陡然一亮，脫離隊伍來到佛像前方，圍繞佛像仔仔細細地檢查了一遍，發現那佛像胸前的孔洞，他向孔洞中看了看，又將手指伸入其中掏了掏。

羅獵早就留意到他的一舉一動，來到他近前道：「這佛像有什麼不對？」其實他明知故問，此前卓一手從佛像胸口取走了綠寶石，而今綠寶石被自己偷樑換柱就藏在身上，羅獵並不知那塊寶石的用處，可是卓一手冒著那麼大的風險前來尋找，其意義必然非同尋常。從宋昌金鬼鬼祟祟的表現來看，他或許知道內情。

宋昌金道：「這不是佛像，天廟之中供奉的乃是昊日大祭司的金身塑像，雖然不是肉身，可是你看，他和真人比例一般大小，栩栩如生，我想昊日大祭司生前就是這幅模樣，這尊塑像就是根據他倒模複製而成。」

羅獵指了指那洞口道：「這裡好像缺了什麼東西？」

宋昌金道：「慧心石，在他們的宗教中，大祭司升天之後會利用終生修為凝聚成一顆寶石，這寶石就是慧心石。」

羅獵點了點頭，想來那綠寶石就是慧心石了，豈不是類似於佛教中的舍利子？現在已經證明舍利子就是僧人坐化留下的結石之類，難道這綠寶石就是昊日大祭司體內的結晶？不過那慧心石晶瑩瑰麗，溢彩流光，一看就是稀世之寶。羅獵低聲問道：「那慧心石究竟有什麼作用？」

宋昌金道：「你還記得咱們此前見到的轉生陣嗎？」

羅獵當然不會忘記，從宋昌金的話鋒中已經推測出慧心石和轉生陣有關。

宋昌金道：「轉生陣能夠復活的是肉身，慧心石才能恢復他的修為和法力，兩者缺一不可。」

羅獵道：「既然如此，為何要將慧心石和肉身分開，兩者保存在一起豈不更加妥當？」

宋昌金道：「這你就不懂了，慧心石乃通靈寶玉，肉身死亡之後，如果繼續保存在肉身之中，那麼慧心石就會被陰寒之氣所吸，不停黯淡下去，到最後失去所有的靈氣，變成一塊普普通通的石頭，所以想要讓慧心石保持最初的狀態，就必須要將它從肉身分離，安置在特製的地方，香火不滅，誦經不停，也唯有如此才能保持慧心石的靈氣。」

宋昌金的這番話說得荒誕離奇，可仔細推敲卻又不無道理，就算轉生的事情存疑，但是從天廟和百靈祭壇的設立來看，當初昊日大祭司去世之後的確按照這個方法進行安葬。

宋昌金仍然有些不死心，圍著那塑像又仔細找了一遍，最終還是沒有發現那顆慧心石，充滿惋惜地歎了口氣道：「看來有人捷足先登取走了。」

羅獵點了點頭道：「被一個神秘黑衣人盜走了。」他當然不會將實情相告，也沒有將此事推到卓一手的身上。

張長弓提醒道：「此地不宜久留，咱們還是儘快離開吧。」雖然從瑪莎那裡得到了地圖，可是那地圖也非隨隨便便輕易讀懂，想要離開這個地方還得仰仗宋昌金。

宋昌金卻拿著那幅地圖仔仔細細研究了起來，並沒有即刻離開的意思，羅獵看出他就是不死心，催促道：「還是快走吧，萬一再有什麼怪物冒出來，到時候跑都來不及。」

宋昌金不耐煩道：「催什麼催？我這不是在找出路嗎？」他讓張長弓和羅獵兩人合力將佛像金身逆時針轉動，羅獵和張長弓分別抓住佛像的一隻臂膀同時用力，想不到那佛像居然真的緩緩轉動起來。

阿諾為之大奇，愕然道：「你怎麼知道這裡會有機關？」那張地圖他也跟著看過，地圖上壓根就沒有任何的指示。

宋昌金嗤之以鼻道：「你一個老外懂個屁？」心中卻暗忖，若是什麼都被你們知道，老子豈不是沒有了利用價值，你們恐怕早就把我拋棄了。

阿諾被他噎得滿臉通紅，正準備上前跟他理論時，卻見那佛像被羅獵和張長弓轉了一圈之後發出吱吱嘎嘎的聲響，佛像朝著前方平移，暴露出隱藏在後方的入口。

第七章

沒有聲音的國度

羅獵的腦海中看到一幅迷幻景象，
看到自己正踩著血色的沙漠一步步走向巨眼，
天空沒有一絲雲，周遭沒有一絲風，
踩在鬆軟的血色沙漠上甚至沒有留下一隻腳印，
一切寂靜得嚇人，羅獵彷彿進入了一個沒有聲音的國度，
那巨眼散發著妖異的光芒，那目光充滿著無法拒絕的誘惑力。

羅獵和張長弓生恐會觸動機關，兩人第一時間閃開，又提醒眾人小心提防，然而整個過程並未觸動什麼機關陷阱，宋昌金望著他們一個個緊張戒備的樣子不禁呵呵笑了起來：「別怕，沒什麼機關陷阱，這圖上標記得清清楚楚。」

張長弓道：「我看看！」

宋昌金作勢要遞給他，等張長弓伸出手來卻又迅速地縮了回去，笑道：「看了你也不懂。」

羅獵道：「三叔，咱們還是快走吧。」

宋昌金對羅獵的話顯然還是聽從的，不僅僅因為他和羅獵的親戚關係，更因為羅獵是這群人中毫無疑問的首領，無論是智慧還是勇氣都讓宋昌金這位長輩不得不佩服。

宋昌金做了個邀請的手勢，羅獵從張長弓手中接過火炬，毫不猶豫地走了進去，宋昌金緊接著進去。火炬的光芒照亮了深藏在佛像後方的甬道，甬道四壁金光燦爛，宋昌金用手撫摸了一下牆壁，觸手處冰冷堅硬，這甬道的側壁和頂面是用金箔貼成，甬道高寬各有兩米，腳下的地面用長方形紅色石塊鋪成，鎏金勾縫，每隔一段距離，腳下就會出現一朵白玉蓮花的浮雕。

步步生蓮常見於佛教，不過這世上的多數宗教相輔相成。

宋昌金特地蹲了下去，用手指觸摸了一下一朵白玉蓮花，憑著溫潤的手感判斷出這一朵朵的白玉蓮花都是用上好的和田玉雕刻而成，完成後又鑲嵌在地面上，當初西夏人建設這座天廟一定花費了大量的人力和物力，其中隱藏的財富絕不次於外面聳立的一座座西夏王陵，甚至比起他一直致力尋找的西夏王宮的秘密寶庫也不遑多讓。

宋昌金的內心無比激動，又擔心自己真實的情緒被周圍人看出，最擔心的就是羅獵，這小子超級精明。他的擔憂很快就得到了印證，羅獵原本就擅長心理分析，他的感知能力在這群人中無人能及，這方面雖然是吳傑對他進行的啟蒙，可是在父親將那顆智慧種子種入他的體內之後，他的身體在不停發生著變化。改善體質的同時，也讓他的感知能力和分析能力產生了日新月異的進步。

宋昌金雖然老奸巨猾，表面掩飾得也是滴水不漏，但是一個人的心理變化多半會在呼吸脈搏方面產生或多或少的影響，遇到感知能力超強的羅獵，宋昌金這隻老狐狸也變得無所遁形了。

羅獵看似漫不經心地提醒宋昌金道：「留得青山在不怕沒柴燒，你心裡想什麼我知道，可咱們還是要先平安離開再說，等離開了這個地方，大家各奔東西。」意思表達得已經很明確，只要離開這裡，哪怕你宋昌金再回頭來尋寶我也絕不過問，只是你如果為了一己之私想要拿所有人的性命冒險，我也不會答應。

宋昌金何等狡詐，嘿嘿笑道：「大侄子，你多慮了，什麼寶貝也比不上性命重要，錢財乃身外之物，若是性命沒了，再稀罕的寶貝終究也是別人的。」他直起腰來，舉起火把照亮前方：「多半法像金身周圍都藏有暗室，繪製這張地圖的人是一個行家，這張地圖若是讓外行人看來和普通的地圖並無分別，可行家看來就不一樣了。」

阿諾仍沒忘記剛剛被懟的怨氣，哼了一聲道：「說得跟自己是行家一樣。」

宋昌金笑瞇瞇看了阿諾一眼，發現他背上的瑪莎仍然沒醒，意味深長道：「畫虎畫皮難畫骨，知人知面不知心，小夥子千萬別被表面的假像所迷惑，紅顏禍水，自古以來都是這個道理。」說完後又向顏天心看了一眼道：「顏掌櫃，我可不是說你。」

羅獵卻道：「是福不是禍，是禍躲不過。三叔說得那麼透徹，必然在這方面有過深切的領悟。」

宋昌金暗讚羅獵的情商夠高，點了點頭道：「不止深切還很痛徹。」

幾人聽他如此說話都不禁笑了起來，宋昌金卻沒覺得自己好笑，歎了口氣道：「若是能夠從來，我寧願當個和尚。」

顏天心道：「若無誠意待人，又怎能期待別人真心對你？」

宋昌金卻因顏天心的這句話而沉默了下去，對他而言卻是極其少有的狀況。

羅獵相信每個人都有自己的心事，沒有人生來就老奸巨猾，也沒有人生來就苦大仇深，每個人的性格先天只是占其中的一部分，而很大的一部分卻是因後天而養成。借著火光看到前方道路已經被封閉，叫了聲三叔藉以提醒宋昌金。

來到道路的盡頭發現擋住他們去路的是兩扇大門，和甬道的側壁和頂壁一樣通體鎏金，兩扇大門嚴絲合縫，就算是鋒利的刀刃也插不進其中的縫隙。不過這難不倒宋昌金，他將張長弓和羅獵叫到身邊，三人分別抵住腳下白蓮花的一朵花瓣，按照宋昌金的吩咐同時發力，花瓣在三人的按壓下徐徐下沉，花瓣下沉的同時，兩扇嚴絲合縫的大門緩緩向左右分開。

裡面溢彩流光，晶瑩奪目，眾人的視力適應了裡面的光線之後，發現大門後卻是一間藏寶窟，裡面金銀財寶散亂一地，阿諾看得目光一亮，如果不是他還背著瑪莎，肯定第一個衝過去挑選幾件喜歡的寶物。

顏天心卻關切地望著羅獵，易求無價寶難得有情人，在她看來這世上再珍貴的寶物也比不上羅獵。

羅獵提醒同伴道：「大家不可輕舉妄動，以防有詐。」

宋昌金道：「根據地圖上的標注，這裡珠寶的上面塗有毒藥。」

阿諾道：「危言聳聽，有人是想據為己有。」

宋昌金也不解釋，等到眾人全都進了那藏寶窟方才和羅獵三人鬆開花瓣走了進去，他們這邊剛一鬆開，兩扇敞開的大門就緩緩閉合。張長弓擔心他們被困在其中出不去，伸出雙臂想要去撐住門扇。

宋昌金道：「你是想被擠成肉夾饃嗎？這麼大的個子，可惜腦子不靈光。」

張長弓看他鎮定自若，馬上就明白宋昌金必然對眼前狀況了然於胸，看來那張地圖上記載得非常詳細，於是回到宋昌金身邊，只是笑了笑並不說話。

宋昌金心中暗自得意，他何嘗不明白這群人對自己的尊重全都建立在他是唯一能夠讀懂地圖的份上，在逃離天廟之前，他就算有什麼過分的行徑，這群人也都得忍著。

宋昌金取出一雙鹿皮手套慢條斯理地戴上，走向那堆寶物，開始扒拉起來。

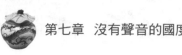

阿諾道：「不讓我們碰，你自己難道不怕死？」

宋昌金振振有辭道：「有危險我衝在前頭，我老了，你們還年輕。」

阿諾真是哭笑不得，明明自私貪婪還說得如此冠冕堂皇，這老傢伙的臉皮真不是蓋的，身後微微一動，卻是瑪莎有了動靜，這細微的動靜並沒有瞞過羅獵的感知，羅獵警惕地望著瑪莎，擔心她甦醒後會做出不理智的事情。

瑪莎清醒之後馬上要求阿諾放下自己，望著周邊的環境，她意識到他們仍然沒有離開天廟的範圍。

顏天心警告她道：「不想吃苦頭就乖乖聽話。」

瑪莎咬了咬嘴唇，雙眸中雖然充滿了憤怒卻不敢發作，畢竟她勢單力孤，無法和這麼多人對抗。

鐵娃驚喜道：「彈弓！」卻是他看到宋昌金從那堆東西裡面扒拉出來一柄金光閃閃的彈弓，宋昌金將彈弓撿起，很慷慨地遞給了鐵娃道：「拿去！」

鐵娃欣喜異常本想伸手去接，張長弓提醒他道：「小心有毒。」

宋昌金歎了口氣道：「真是服了你，我會害一個孩子？」他摘下一隻手套，然後抓住那彈弓向鐵娃遞了過去：「放心吧，有毒也是我先被毒死。」

鐵娃這才喜孜孜接了過去，那彈弓入手極沉，造型雖然古樸，可是工藝絕佳，彈弓並非黃金鍛造，通體可見深淺不一的紋理，鐵娃將隨身攜帶的牛筋連在其上，用力拉了拉，感覺襯手之極。

宋昌金又將一個裝滿彈子的皮囊遞給了他：「這也給你。」

鐵娃慌忙道謝。

阿諾湊了上去，卻被宋昌金惡狠狠瞪了一眼：「你幹什麼？」

阿諾道：「見者有份，這麼多的寶貝你一人也不能全都拿走。」

宋昌金道：「有毒！你自己找死別怪我沒提醒你。」

阿諾才不相信，你宋昌金有手套，我也有，剛才你遞給鐵娃彈弓足以證明你的那番話全都是謊言，這麼多財寶當然不能讓你一個人獨吞。

宋昌金看到這貨非得往上湊，不由得怒道：「還想不想離開這個地方？是不是想大家一起都困在這裡？」

威脅，已經是赤裸裸地威脅了，羅獵知道阿諾也是個財迷，不過這種時候畢竟有求於宋昌金，若是惹他生氣自然不好，於是讓阿諾去宋昌金挑過的地方選幾樣東西，沒必要跟宋昌金爭鋒。

宋昌金感歎道：「到底是羅家子孫，這倆傻小子加起來也比不上你的頭腦。」

張長弓哭笑不得，顯然自己也被宋昌金給罵進去了，姑且忍耐一時。

宋昌金又從那堆東西裡找出一個盒子，展開一看然後咚地扔到了一邊，阿諾撿到寶一樣拾了起來，打開之後卻大失所望，裡面只有一本破書，難怪宋昌金只看了一眼就扔掉。阿諾拿起那本書準備遠遠拋開的時候，卻聽到瑪莎驚呼道：

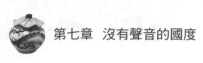

「別扔，別扔！」她衝上來從阿諾手中小心將那本書拿了過來，借著火光仔細一看，竟然是那本讓她夢牽縈繞的古蘭經，天涯海角無覓處，得來全不費工夫，瑪莎一直以為古蘭經被收藏在大殿之中，卻沒有想到這本被他們族人視為聖物的至寶真經卻被人隨隨便便丟棄在這裡。

想起父親和族人的慘死，瑪莎一時間百感交集，手捧古蘭經，跪在了地上，口中念念有詞，已經是淚如雨下。

眾人都理解她的信仰，宋昌金此時方才知道自己扔出的那盒子裡面裝著古蘭經，在場的所有人中除了瑪莎，其他人都不會如此看重，宋昌金將這堆財寶扒拉了一遍，忙得滿頭大汗，卻沒有找到想要的東西。

羅獵一直旁觀，也沒有阻止宋昌金的行為，心中卻感覺到不妙，宋昌金很可能欺騙了所有人，他們來的地方應當不是離開天廟的出路，宋昌金仍然沒有放棄尋找慧心石的打算，他一定是從瑪莎的地圖上發現了藏寶窟的位置，藉口帶著大家離開，其實將所有人帶到了藏寶窟。

宋昌金終於停了下來，有些沮喪地喘著粗氣，羅獵來到他身邊，低聲道：「這裡沒有出路的，對不對？」

宋昌金錯愕的表情稍閃即逝，向羅獵狡黠一笑，低聲道：「當真什麼也瞞不過你這小子。」

兩人的對話雖然聲音不大，可仍然還是被陸威霖聽到，陸威霖怒道：「就為了你一己之私，騙得我們好苦！」

宋昌金道：「沒人求你們跟我過來。」他向瑪莎看了一眼道：「我是看這小姑娘太可憐，所以才帶她過來完成心願。」

阿諾可不領情，宋昌金騙大家來此之前根本就不知道古蘭經收藏在這裡。

事已至此，就算所有人埋怨宋昌金也是沒什麼用處，顏天心道：「這一趟也不算是毫無收穫，咱們還是儘快離開。」

滿地的金銀財寶宋昌金居然一樣未取，他走向右側牆壁，擰動壁龕上的迦陵頻伽像，擰動之後兩扇大門再度打開，其實剛才羅獵在進入這座藏寶窟之後就留意到周圍共有七座壁龕，憑直覺判斷開啟大門的機關就在其中，不過他無法在短時間內準確判斷出是哪一個。

對宋昌金此人羅獵還是非常佩服的，別的不說，如果沒有他引路，他們這群人只能像沒頭蒼蠅一般的亂走，理不出方向，即便是瑪莎，也未必能夠做到像宋昌金這般熟悉地圖。

眾人出了大門，重新回到神殿，原本擔心神殿內會有埋伏，可是出來之後發現外面仍然是空無一人。所有人的目光都投向宋昌金，雖然都知道他老奸巨猾，可在這種時候又不得不倚重他的經驗和能力。

宋昌金不慌不忙掏出地圖，瑪莎道：「把地圖還給我！」

宋昌金嘿嘿笑道：「我把地圖還給你，你能夠帶我們走出去嗎？」一句話就把瑪莎給問住了，瑪莎在得到古蘭經之後明顯情緒平和了許多，父親交給她這幅圖的用意就是讓她尋找古蘭經，如今也算得上功德圓滿，從宋昌金輕鬆找到金身後方的藏寶庫，瑪莎就已經明白他對地圖的理解遠勝於自己。如果由自己帶路肯定沒那麼容易走出去，想到了這一層，於是不再堅持讓宋昌金將地圖還給自己。

羅獵道：「咱們應該往何處去？」

宋昌金道：「從哪裡來到哪裡去。」

顏天心道：「可是後路已經被封死了。」

百惠是所有人中說話最少的那個，可是她也在全神貫注地聽宋昌金說話。

宋昌金道：「我們來的道路雖然已經被封死了，可羅獵是怎麼進來的？」

羅獵道：「我倒是從天廟的正門進來，不過是沙蟲將我帶到了正門。」他並不認為沿著沙蟲來時的道路能夠出去，不過吳傑和譚天德兩人也進入了天廟，他們應該是通過了另外的一條途徑。

宋昌金道：「你從正門進入之前，是否看到有一條深溝？」

羅獵回憶了一下，他在進入天廟正門之前的確看到了一條深溝，他還看到壕溝之中有閃爍著紅光的大蟲遊動，那條大蟲很可能就是此前將他吞入腹中的沙蟲，出於對沙蟲的忌憚，羅獵並未進入那條壕溝探察。他點了點頭道：「地圖上標注了那條深溝？」

宋昌金道：「果然有那條深溝，那就對了，只要我們沿著你來時的道路出去，離開天廟正門，找到那條深溝，出路就在其中。」

除了羅獵以外的所有人都因宋昌金的這番話而鬆了口氣，畢竟他們看到了離開的希望，羅獵用力搖了搖頭道：「沒可能的，沙蟲的巢穴很可能就在那條深坑之中。」他領教過沙蟲的厲害，也親眼看到沙蟲就在壕溝中遊動，按照宋昌金的安排無異於自投羅網。

顏天心道：「一定還有其他的出路對不對？」

宋昌金搖了搖頭道：「從地圖上的標注來看，咱們進入的是一條後路，還有一條就是那條壕溝裡面的通路，那條才是主路，如今後路被斷，我們只剩下這個選擇。」

羅獵道：「這座天廟應當不止一條通路。」他已經推斷出這天廟沉入地下的原因，是那沙蟲不停在周圍噴沙，經年日久終於將天廟掩埋於黃沙之下。

宋昌金道：「反正我的能力只限於此。」

顏天心斟酌了一下，目前來說宋昌金所說的道路是最為可行的，回去已經沒有可能，繼續留在這裡很可能會遭遇接踵而來的危險，與其坐以待斃，不如主動求生。

羅獵經過一番考慮終於還是認同了宋昌金的提議，不管怎樣還是先離開這裡再說，回到天廟的正門，興許能夠找到吳傑和譚天德來時的途徑，未必一定要通過那條壕溝離開。

羅獵讓張長弓和陸威霖兩人負責斷後，他和顏天心在前方探路，畢竟這條道路他親自走過了一遍，他悄悄叮囑顏天心，如果情況緊急可以動用鐳射槍，和暴露這個秘密相比，這些人的生命更加重要。

眾人跟隨羅獵從原路返回，一路之上可以見到不少黑蠍的屍體，羅獵提醒同伴要小心避開，那些黑蠍毒性極強，若是誤碰後果不堪設想。除了羅獵之外，其他人都是第一次經過這條道路，單單是途中看到那橫七豎八的蟲屍已經讓他們感到觸目驚心，由此不難想像羅獵剛才進入時經歷了怎樣的凶險。

甬道之中有不少的黃沙，這些黃沙都是沙蟲噴出，謹慎起見，所有人都盡可能將身體包裹起來，避免肌膚暴露在外，以免接觸到這些黃沙，越是接近出口，甬道中堆積的黃沙越多，到最後幾乎將整個甬道填塞，幸好這段阻塞的路段並不算長，羅獵用兵工鏟並沒花費太大的功夫就將之挖穿。

他和吳傑被沙蟲追逐的場景仍然歷歷在目，暴怒的沙蟲雖然將外面衝撞得亂七八糟，可幸運的是他爬入洞口的懸梯並未被破壞掉，羅獵凝神傾聽了一會兒外面的動靜，外面死一般沉寂，顏天心將火炬伸了出去，照亮外面空曠的空間，只見下方的地面已經完全被紅色的血沙覆蓋。

羅獵率先沿著懸梯爬了下去，陸威霖來到羅獵剛才所在的地方，舉槍從高處為他掩護。

羅獵讓眾人暫時先留在洞內，他悄悄觀察手錶螢幕，探測儀並未在周邊探測到其他的生命資訊，探測儀上回饋的資訊遠不止這些，還有周圍的環境以及物質成分，地面上的血沙厚度在三十公分左右，沙層下並未隱藏可怕的生物。

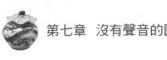

羅獵的腳小心翼翼落在地面上，血沙比起尋常的黃沙要堅硬一些，大概是因為裡面摻雜了過多雜質的緣故，羅獵向上方做了個ＯＫ的手勢，按照他們此前的約定，顏天心第二個來到地面上，兩人就地展開探索。

其他人仍然按兵不動，張長弓和陸威霖兩人分別守住洞口，居高臨下為他們兩人進行掩護。

宋昌金在洞內找到了青銅懸梯收放的開關，鐵娃和阿諾分別負責監視百惠和瑪莎，瑪莎現在的情緒已經明顯穩定了，趁著這會兒功夫她默默誦經祈禱，以慰藉父親和族人的在天之靈。百惠盤膝坐在她的身邊，對周圍發生的事情不聞不問，她的內心卻不如表面那般鎮定。

周文虎眼睛雖然睜得很大，腦子裡卻亂糟糟一團，那場血腥的戰鬥，完全是一場屠殺，他這一生都無法擺脫這可怕的夢魘。

先行探路是必須的，這樣的安排不僅僅是為了掩蓋他們所擁有的先進裝備，羅獵憑藉印象找到了他逃生時的角門，等到了地方才看到角門已經完全坍塌，通往前殿的地方已經成為了一片廢墟，沙蟲那龐大的身軀已經摧毀了整座前殿。

幸好羅獵有探測儀，面對這堆廢墟可以迅速分析出最可行的路線，兩人僅僅花費了不到十分鐘的時間就找到了最佳的路線。這才將同伴們叫下來，引領這群同伴鑽出了這片坍塌的廢墟。

宋昌金雖是摸金倒斗的高手，可是面對如此錯綜複雜的地形也是束手無策，這廢墟簡直就是一片迷宮，真不知道這小子是如何從中理出頭緒的。龍生龍鳳生鳳，老鼠的兒子會打洞，老羅家的子孫看來在這方面果然擁有超人一等的天賦。

沒有人對羅獵的能力產生懷疑，即便是和羅獵接觸不久的周文虎，在親眼目睹羅獵被沙蟲吞入腹部又神奇逃生之後，根本不會質疑，這樣的人怎樣的奇蹟都可以創造。

走出廢墟就已經來到了天廟的入口處，狼牙錘陣已經停止了擺動，比起羅獵兩度通過這裡的驚心動魄，現在已經是風平浪靜，經過那隻巨蠍屍體的時候，羅獵特地提醒眾人要小心繞行。

宋昌金看出了其中的奧妙，低聲道：「這怪物是被大錘給撞死的？」

羅獵點了點頭。

宋昌金繼續追問道：「當時你在哪裡？」

羅獵笑了笑，語氣平淡地說道：「我在逃，牠在追我。」

他說得雖然輕描淡寫，可在周圍人聽來都是驚心動魄，腦海中還原了當時羅獵逃亡的驚險場面，換成他們中的任何一個都只怕無法逃脫這隻巨蠍的追擊，即便是能夠逃離，又怎能躲過這一個個巨大的狼牙擺錘？

宋昌金忽然感覺到自己可能真的老了，已經不是他的時代了，放眼望去，身邊全都是年輕人，看來應該考慮退休了。

穿過狼牙錘陣列，前方是凸凹不平的石柱群，羅獵提醒大家要小心，這片石柱群並不穩定，走過去很可能會再度將之觸發，上下起伏。

宋昌金道：「不妨事！」他已經走向右側，沒多久就聽到前方傳來石柱重新排列的聲音，凸凹不平的石柱群短時間內回歸原位，變成了一片平整的地面，薑是老的辣。

阿諾一直對宋昌金不服氣，可現在也不得不同意正是因為有宋昌金在，他們才少走了很多的彎路，也避免了許多的麻煩。對羅獵他一直都服氣，對宋昌金他是不得不服氣。

羅獵在走上去之前向宋昌金看了一眼，宋昌金笑道：「怎麼？擔心我這個做叔叔的會坑你？」

羅獵道：「我是擔心誤碰機關。」

宋昌金已經大步走了上去：「機關也是人設計的，古今中外，東南西北，機關雖然錯綜複雜，可萬變不離其宗。就像美食駁雜，可最終的目的是為了取悅人的味蕾，機關的變化再繁複，歸根結底還是為了坑人。」

阿諾及時補充了一句道：「你對坑人特別在行對不對？」

宋昌金哈哈大笑，沒有跟他一般計較。

走過這段路途，羅獵所說的深溝就在前方了，溝壑寬度在十米左右，羅獵剛才過來的時候是攀援側壁凸出的石塊來回騰躍，可側壁的石塊因為承受不住力量多半已經墜落下去，現在側壁雖然還有攀附的地方，可之間的距離實在太長，就算是羅獵也沒把握通過。

張長弓觀察對側，估摸著利用繩索渡過這條壕溝的可能。

羅獵卻發現對面的道路已經完全被黃沙封死，就算他們能夠抵達對面，也必須從黃沙中挖掘出一條通道，方才有可能離開。這些黃沙應該是新近才湧入的，羅獵甚至懷疑是沙蟲發現了潛入者，馬上噴出黃沙改變了地貌，以保護這座天廟。如果當真如此，沙蟲非但破壞力驚人，而且牠的智商也相當可怕。

幾人沿著這條溝壑觀察時，羅獵悄悄掃了一眼手錶，在手錶上並沒有看到任何的生命資訊。溝壑內黑暗寂靜，既聽不到任何聲音也看不到任何光芒。

宋昌金道：「你來的時候當真看到了那條沙蟲？」

羅獵點了點頭，他沒必要在這件事上隱瞞。眾人對那條可怕的沙蟲仍然心有餘悸，陸威霖道：「依我看，咱們還是另選道路吧。」

宋昌金道：「出路？哪還有出路？後邊被堵住了，前面也被堵住了，這條壕溝乃是過去天廟的神道。」他將地圖取出攤開放在了地面上，幾人湊了過去。

宋昌金指向那條壕溝的位置道：「根據圖上的標注，咱們沿著壕溝向右走出一段距離會有階梯向下，沿著階梯走到盡頭就可走到化神池，化神池和賀蘭山的攬月井相通。」

周文虎皺了皺眉頭道：「我在這邊生活多年，從未聽說過賀蘭山有什麼攬月井。」

宋昌金根本看不起他，不屑道：「你知道個屁！」

周文虎被他噎得滿臉通紅，這群人中他是最沒存在感的一個，有些後悔自己不該多嘴。

宋昌金道：「都說有沙蟲，可是那沙蟲這麼大的體魄只要經行到附近，必然會有動靜。」

幾人經他一說不由得同時心頭一亮，不錯，此前沙蟲每次現身都是天翻地覆，畢竟沙蟲體型龐大，穿行在流沙中牠的動作就會被傳遞出很遠，而現在周遭寂靜無聲，沒有感到絲毫的動靜。

宋昌金道：「不入虎穴焉得虎子，咱們想要逃出去唯有賭上一把，這條路應該是咱們唯一的出路，羅獵此前雖然看到沙蟲從這裡經行，可說不定那沙蟲正在別的地方不急趕來，所以時間就是一切。」

張長弓道：「宋先生既然說得那麼有把握，是否願意先行下去探路呢？」

宋昌金搖搖頭道：「探路非我強項，這條道路也沒什麼機關陷阱，如果運氣好的話一路暢通，如果運氣不好，中途就可能被黃沙堵塞，如果咱們運氣不好，就只能留在這天廟中等死了。」他臉皮夠厚，任何事都能說得如此理直氣壯。

張長弓也懶得跟他理論，取出繩索找到固定點。他決定和羅獵、顏天心先行下去探路，張長弓見識過顏天心鐳射槍的威力，也知道顏天心並不想將之暴露，畢竟這麼厲害的武器容易招來太多心存不良者的覬覦。

準備停當之後，三人分從三條繩索下滑，順利來到二十米下的溝壑底部，裡面充斥著一股腥臭的氣味，雖然他們全都做好了防護，可仍然感到惡臭難忍。

羅獵第一個落在地面上，腳下都是血沙，他警惕地望著左右，探測儀上並未有生物信號，這讓他的心情放鬆了不少，張長弓第二個落地，他抽出一把霰彈槍提防沙蟲來襲，其實心中明白，霰彈槍的威力雖然巨大，可真正遇到沙蟲也頂不上什麼作用。

顏天心抽出鐳射槍，張長弓既然已經知道這個秘密，也沒必要再掩飾，更何況他的人品絕對可信得過。三人按照宋昌金所指引的路線向前方走去，並沒有走出太遠就發現了張長弓所說的階梯，這條溝壑極其寬闊，看來是沙蟲平日裡經過的主要途徑之一。

沿著階梯慢慢走下去，三個長長的轉折之後，看到一條極長的階梯一直通往下方，中途並無歇腳之處，一眼望去就知道階梯大概有百步之多，在階梯的盡頭有一個水潭，水潭泛起柔和的光芒，將地下世界照亮，卻是外面的月光直射，月亮倒映在水潭之中，水潭反射月光所致。

三人彼此對望了一眼，心中都是驚喜萬分，他們也沒有想到這次居然如此順利，張長弓道：「我去叫他們，你們先在這裡等著。」

羅獵點了點頭，雖然找到了出口，可是在這個地方耽擱的時間越久，沙蟲出現的可能性就越大，他看了看探測儀，目前周圍還沒有任何生命的跡象，低聲道：「大哥速去速回！」

張長弓點了點頭，轉身快步離去。

羅獵和顏天心並沒有原地停歇，兩人繼續向台階下走去，按照羅獵的瞭解，走得越近，探測儀探察到的結果就越精確，不過那口水潭並不算大，沙蟲龐大的身軀應當無法藏匿在其中。

顏天心邊走邊觀察著四周，兩人配合默契，很快就走下了台階來到那水潭前方，這會兒功夫月亮已經就快移走，水潭中的倒影只剩下一半，光芒也不如剛才強烈。

探測儀內並無生命信號的波動，羅獵暗自鬆了口氣，看來他們總算開始走運了，抬頭望去在頭頂十米左右的地方有一個直徑約三米的圓洞，那圓洞恰巧投影在水潭的上方，所以從外面看這裡就是一口水井，羅獵看到了井口的天空，只有臉盆般大小，不由得倒吸了一口涼氣，調整探測儀很快就測出了從他們所處位置到井口的距離，足足五十米，這五十米的距離恐怕都要依靠他們手足並用攀爬上去了。

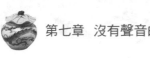

顏天心左手在羅獵的肩頭拍了拍，既是給他鼓勵，又是一種逃出生天的慶幸，和他們此前的遭遇相比，這點困難根本算不上什麼。

他們面前的水潭直徑大概有五米，不知是不是天然形成，水池的邊緣用上好的白玉砌成，在水池的周圍佈滿紅色的細沙，羅獵蹲下去抓了一把細沙，紅色的細沙質地非常細膩，和沙蟲過去噴出的並不相同，而且這沙並無腥臭的味道，事實上他們在走下這道長長的階梯之後就沒有聞到那股臭味。

水潭周圍的環境非但沒有讓人感到恐怖，反而讓人覺得心定神寧。

顏天心道：「你有沒有覺得這裡怪怪的？」

羅獵搖了搖頭，和感覺相比他更相信手腕上的探測儀，周圍沒有任何的生命跡象，他不明白探測儀的原理，不過很可能是通過生物體溫和移動產生的信號來回饋。

這世上沒有任何生物可以做到絕對靜止，羅獵在心中默想著，就在此時手錶的螢幕上方卻突然出現了一個強烈的信號，紅色的信號幾乎覆蓋了整個螢幕，羅獵心中劇震，抬頭望去卻沒有看到任何的生物，顏天心從羅獵的動作中也意識到了危險的來臨，她意識到了什麼，慌忙舉起了鐳射槍。

一個巨大的生物宛如神兵天降般從井內直墜而下，羅獵和顏天心根本搞不清牠是如何隱藏的。更不清楚牠將身軀收藏在什麼地方，剛才他們明明仔細搜索過四周。

顏天心還未來得及射出鐳射光束，那生物就咚的一聲落入了水潭之中，水潭中掀起了滔天巨浪，水浪四處迸射，羅獵和顏天心兩人根本來不及躲避，就被激起的水浪撲頭蓋臉地擊中，他們立足不穩，摔倒在地，顏天心手中的鐳射槍也因拿捏不住飛了出去，她驚呼一聲，看清鐳射槍的位置，不顧身體的疼痛拚命撲向那支槍。

又一個浪頭擊中了顏天心，水浪如同一隻巨大的手掌將顏天心打得橫飛出去，足足飛出了十多米方才落在地上，頭部距離台階只剩下不到一尺，如果這水浪的力量再大一點，恐怕顏天心就會撞得頭破血流。饒是如此，顏天心也已經摔得昏迷了過去。

羅獵的狀況比顏天心好不到哪裡去，剛才在第一朵浪花打來的時候，他下意識的用身體去掩護顏天心，結果首當其衝被水浪拍擊在後背，身體如同中了狠狠一拳，到現在還沒能從地上爬起來。

外面響起急促的腳步聲，卻是張長弓帶領眾人前來會合，他們還沒有來得及走下最後這道長長的階梯，水潭中鼓起一個巨大的圓球，那透明的圓球中飽吸了潭水，噗！那圓球將滿腹的潭水當成武器發射了出去，有如高壓水槍一般越過長長的台階，噴射在那群準備發起攻擊的人身上。

張長弓幾人剛剛作出射擊的動作，就遭遇到這股強大的水流，幾人大叫著，立足不穩，被噴射的水流噴得倒飛出去，一個個丟盔卸甲摔倒在地。

那墜入水潭的怪物將水噴完之後，馬上如泄了氣的皮球一樣癟了下去，不過牠的頂端彎曲到了水潭邊的沙地上，菊花般的嘴唇探入到紅沙之中，用力一吸，身體頃刻間膨脹起來。

羅獵艱難地爬起，看到眼前情景已經明白這是一條沙蟲，雖然不知是否是他之前所遇的那條，不過這沙蟲不但可以吸沙，而且可以吸入水流，並將兩者當成武器。

宛如落湯雞一般的陸威霖從地面上爬了起來，撿起地上的衝鋒槍瞄準那沙蟲射擊，一連串的子彈射擊在沙蟲的身上，只是出現了幾圈藍紅相間的光暈，常規武器無法擊穿沙蟲堅韌的皮囊，更談不上給牠造成致命傷害。

沙蟲原本準備近距離攻擊羅獵和顏天心，卻因陸威霖的射擊而轉移了目標，牠的下半身從水潭內吸取潭水，身軀膨脹成球，體內因為紅沙的混合變成了紅色。瞄準陸威霖將混合著紅沙的砂漿噴了出去。

陸威霖暗叫不妙，沙漿不知要比水的攻擊力強大多少倍，如果被正面擊中，恐怕性命不保。可現在逃也來不及，唯有硬著頭皮承受了。

不過水和沙漿的濃度不同，沙蟲雖然用了同樣的力氣，沙漿卻沒能如水一樣噴出那麼遠的距離，沙漿落在陸威霖身前兩米處的地方，黏稠的沙漿轉瞬之間就將通往水潭的路口完全堵塞。

此時張長弓他們也都全部站起身來，除了瑪莎在跌倒的時候右臂不慎骨折，其他人都安然無恙，陸威霖來到那堵砂漿牆面前，身手去推了一把，讓他詫異的是，這會兒功夫沙漿竟然已經開始凝固了。

沙蟲雖然沒用沙漿將這群人活埋，可是牠卻成功在他們的前方築起了一堵牆，將他們和羅獵顏天心隔離起來。

羅獵艱難爬了起來，他看到了躺在遠處一動不動的顏天心，內心中生出前去營救她的衝動，可理智卻控制住了他，即便是他現在即刻飛奔到顏天心的身邊，也於事無補。

沙蟲抽吸著潭水，身軀再度開始膨脹，宛如一個巨大的水球在水潭之上不斷膨脹。

羅獵產生了一種奇怪的感覺，這古怪的生物似乎在通過一雙眼睛觀察著自己，可是這沙蟲的周身並沒有看到類似於眼睛的器官。羅獵緩緩向顏天心的方向移動，感覺有目光隨著自己移動。

沙蟲並沒有急於發動新的攻勢，只是不停地從水潭內抽吸蓄水，牠的身體隨著不斷膨脹而變得越來越大。

羅獵掃了一眼手錶的螢幕，整個螢幕幾乎被一個紅色的光點佔據，警示已經達到了最高級別，曾經幫助羅獵接連兩次逃脫劫難的那支筆仍然沒有恢復能量。

腦海中仿若看到一隻妖異的巨眼，這隻眼睛宛如一個巨大的紡錘虛浮在空中，綠色的眼睛正中鑲嵌著深藍色的瞳仁，藍綠相間的光霧從巨眼向周圍彌散，只是看了一眼，就感覺到自己的腦海一片空白，腦海中的世界只剩下那一隻巨大眼睛。

羅獵閉上了雙眼，再度睜開發現自己赤身裸體地躺在血色沙漠中，天色湛藍，在他前方的不遠處，仍然漂浮著那隻巨大的眼睛，眼睛的中心有一個黑洞，像是一個深不可測的入口，讓人不由自主向入口走去。

羅獵機械麻木地從血色沙面上爬了起來，宛如行屍走肉一般向那巨眼走去。

顏天心此時從暈厥中醒來，周身疼痛欲裂，她醒來的第一件事就是去尋找羅獵的所在，目光所及，看到羅獵正一步步走向水潭，水潭的上方，一個巨大的透明圓球不斷膨脹著，圓球的頂端，沙蟲宛如菊花形狀的嘴正緩緩張開，等待著羅獵的自投羅網。

顏天心馬上就看出羅獵已經失去了意識，他根本不知道此刻在做什麼。鐳射槍就落在她身邊不遠的地方，顏天心伸手抓住鐳射槍，在她瞄準那沙蟲準備射擊的剎那，眼前綠光大盛，同樣看到了一隻巨大的綠色眼睛。在這隻巨眼的注視下，她突然忘記了自己要幹什麼，整個人陷入無盡空虛和迷惘之中。

羅獵的腦海中看到一幅迷幻的景象，他看到自己正踩著血色的沙漠一步步走向巨眼，天空沒有一絲雲，周遭沒有一絲風，自己踩在鬆軟的血色沙漠上甚至沒有留下一隻腳印，一切寂靜得嚇人，羅獵彷彿進入了一個沒有聲音的國度，那巨眼散發著妖異的光芒，那目光充滿著無法拒絕的誘惑力。

深藍色的瞳孔有若一個不斷旋轉的漩渦，深不見底，羅獵有種即刻要投入其中的衝動。

現實中，那沙蟲宛如菊花般的口部開始緩緩張開，牠的身體已經注滿了水，逐漸張開的口部有無數的透明觸角在舒展舞動，看起來猶如一隻巨大的透明水母，展示出牠自身美麗的一面，然而另一面卻是致命的。

就在羅獵感到全身冰冷，他的精神在一點點被抽離出他的軀體，這種抽離讓他感到冰冷且麻木，不過身體有一個部分似乎仍然在發出熱量，這熱量讓羅獵身體的局部仍然保持著一定的知覺，這溫暖始終沒有消失，而且這種感覺正緩慢向他的身體周圍浸潤著。

羅獵的手下意識地握住那溫暖的部分，猶如溺水的人抓住了一支救命稻草，他所抓住的東西正是從卓一手那裡偷樑換柱得到的綠色寶石，也就是宋昌金口中的慧心石。

連羅獵自己都搞不清他何時抓住了慧心石，只是覺得掌心中的慧心石質地溫潤，似乎有源源不斷的熱量從慧心石上傳出，透過他的掌心肌膚送入他的體內，羅獵感覺從右手開始恢復，雖然身體的寒冷並未在短時間內驅散，可是知覺沿著神經迅速回到了他的全身，叫醒了他的大腦。

在羅獵的大腦恢復意識之後，血色沙漠和天空的幻象迅速被驅離他的腦海。他的視線終於看清了現實中的景象。

那隻巨大的沙蟲因為不停吸入潭水的緣故，身軀已經增大膨脹，暴露在水潭外的頭顱有若一節火車頭般大小，張開菊花般的嘴巴正準備將羅獵一口吞下去，可此刻羅獵的周身已經籠罩上了一層綠光，他感到掌心中的慧心石開始變軟，原本堅硬的頑石竟似乎突然擁有了生命一般，它的底部產生出無數的觸角，這密密麻麻的觸角有如吸盤一般吸附在羅獵的掌心，又刺破了他的肌膚。

已經擺出攻擊架勢的沙蟲突然凝滯在那裡，牠對眼前的一切感到敬畏。

羅獵感覺到有股熱流從掌心湧入自己的血脈，剛開始柔和，後來卻變得越來越猛烈，充斥血脈的感覺近乎一種燒灼的痛感，抬起右手，卻看到右手掌心內的慧心石開始不斷縮小，到最後竟然變成了薄薄的一層，從他的掌心肌膚上脫落，羅獵周身變得灼熱，體內彷彿被一團火炙烤著，他不顧一切地向水潭衝了過去。

沙蟲看到向自己衝來的羅獵竟然不敢正面迎擊，從水潭之中倏然跳了出去，一頭扎入上方的洞口，怎奈上方洞口太小，吸滿潭水之後牠的身軀增加數倍根本無法進入其中，嘩！又從牠的身體中排出。

羅獵跳入水潭試圖利用潭水讓自己的身體降溫，剛剛跳入其中，沙蟲就將體內的水全都排入潭內，大量的水從上而下進入水潭中，產生了一股急流，羅獵被這股急流衝入了水潭的底部，瞬間施加在羅獵體內強大的壓力讓他的身體應激發出強烈的綠色光芒，心臟因短時間內的承壓，瞬間泵血量提升至最大，羅獵感覺到自己的手足宛如被千萬根針扎一樣，刺痛過後又是麻酥酥的感覺。

沙蟲逃走之後，顏天心的意識慢慢得以恢復，清醒過來之後，她發現沙蟲已經不知去向，而讓她驚恐的是，周圍也看不到羅獵的身影，顏天心大聲呼喊著羅獵的名字，她想到了一個極其可怕的結果，不過馬上又從腦海中清除出這個念頭，撿起鐳射槍向水潭奔去。

顏天心起身剛走了幾步，身後就傳來一聲爆炸，卻是被堵在外面的幾人利用炸藥引爆了那堵沙蟲噴沙砌起的圍牆。這並非是第一次引爆，身為爆破專家的阿諾第一次引爆並未成功將沙牆炸穿，只是在牆體上炸出一個沙坑，重新調整炸藥的用量，將炸藥塞入彈坑之中，這次方才在沙牆上炸出一個大洞。

洞口已經可以容納他們從中通過，不等硝煙散盡，張長弓第一個從洞內鑽了進去，其餘人也全都沒有猶豫，緊跟在張長弓身後進入洞中，甚至連貪生怕死的宋昌金都表現得無所畏懼。

決定進入洞中之前每個人就已經做好了和沙蟲殊死搏殺的準備，當他們進入其中看到沙蟲已經消失不見，所有人打心底鬆了口氣，不過很快他們就意識到隨之消失不見的還有羅獵。

他們還未來得及走下台階，就看到顏天心躍入了那水潭中，從眼前所見不難推斷出羅獵十有八九就在水潭內。

陸威霖低聲提醒眾人留意周圍動向，他和張長弓加快了腳步向水潭靠近。

顏天心竭力向水池深處潛去，就在她進入水池不久，那隻剛剛逃入水潭上方洞口的沙蟲卻又無聲無息滑落下來。

張長弓看到那沙蟲透明的軀體剛一出現，就彎弓搭箭射了出去，他選擇的是一支用地玄晶鑄造的羽箭，箭似流星，追風逐電般射在沙蟲的軀體之上，弓弦賦予的強大衝擊力讓沙蟲的體表出現了一個明顯的凹陷，鋒利的鏃尖威力卻不足以穿透沙蟲堅韌的肌膚，箭矢攜帶的力量被緩衝減弱，然後歪歪斜斜落在了地面。

陸威霖大吼道：「開槍！」所有人舉起武器扣動扳機，子彈如同暴風驟雨般向沙蟲的軀體傾斜而去。

沙蟲並未急於發動進攻，龐大透明的軀體覆蓋在水潭的表面，將整個水潭蒙住，然後中心向上拱起，水潭內的水被瞬間抽吸到牠的體內，沙蟲的軀體以肉眼可見的速度迅速膨脹開來。

隨著潭水被吸入沙蟲體內的還有顏天心，顏天心正努力潛入水潭深處，卻感覺身後一股無形的吸力傳來，這強大的力量讓她無法抗拒，她隨著潭水一起被吸入了一個密閉的空間。

顏天心尚未搞清自己身處何處的時候，外面的同伴已經看到她被沙蟲吸入了體內。

開火聲突然就停了下來，因為所有人都感到投鼠忌器，他們擔心子彈會誤傷到顏天心，不過只是片刻遲疑罷了，很快所有人就意識到，他們的子彈根本無法射穿沙蟲的身體。

阿諾剛剛掏出手雷準備扔出去，看到眼前場景又不得不放棄這個打算。

沙蟲不斷膨脹的身體開始形變，身體的右側先是突出了一個椎體，然後迅速膨脹擴展，遠遠望去如同一隻巨大的鰭，這隻鰭緩緩揚起，然後猛地拍打在前方的沙地之上，地動山搖，眾人感覺腳下的地面劇震，他們一個個立足不穩，七扭八歪地摔倒在地面上，巨鰭掀起的紅色沙浪，鋪天蓋地向他們的頭頂覆蓋而來，將他們掩蓋在紅沙之下。

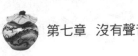

沙蟲因為這一動作而導致體內潭水的動盪，一個隱形的漩渦自牠的體內形成，顏天心的嬌軀在沙蟲體內密閉的環境下旋轉翻騰，又如秋風中反轉的落葉，

又如被風吹雨打的浮萍，命運完全不由自己左右。恍惚中顏天心看到一個紅色的身影從下方緩緩漂浮起來，紅裙搖曳，肌膚蒼白，慘白的小臉幾乎和她面貼面正對著。倏然她睜開雙目，血淋淋的眼眶中看不到眼珠，鮮血源源不斷向外冒著。

顏天心惶恐到了極致，她想要擺脫開這可怖的女孩，對方飄舞的頭髮卻在瞬間長長，千絲萬縷和她的頭髮纏繞在一起，逼迫她無法遠離，牽扯著她不斷貼近，顏天心竭力掙扎，她已經猜到了這女孩的身分，龍玉公主，她就是龍玉公主。

第八章

慧心石

羅獵想起宋昌金在天廟中執意尋找慧心石的事情，
想必他對慧心石非常的瞭解，
難道慧心石當真如他所說是昊日大祭司轉生的必須品之一？
如果慧心石當真儲存了昊日大祭司前世的記憶和能量，
何以自己的腦海中記不起任何關於他的事情？

龍玉公主的頭髮仍然在不斷生長，無處不在地纏繞著顏天心的周身，顏天心越是掙扎，頭髮纏繞得就越緊，咽喉似乎被一雙無形的手扼住，扼得她幾乎無法呼吸。龍玉公主眼眶中流出的鮮血將周圍染紅，顏天心的視野中已經是一片血色。

沙蟲龐大的軀體隨著不停吸入潭水而急劇膨脹，這麼大的目標任何人都可以輕易射中，牠並沒有急於發動進攻。

剛才被紅沙掩埋的幾個人已經扒開覆蓋在身上的沙塵爬了出來，張長弓擦去口鼻上的沙塵，喘了口氣，看到沙蟲體內的顏天心掙扎的動作變得越來越微弱，已經出現了窒息的徵兆。

張長弓抽出羽箭再次瞄準沙蟲施射，形勢危急已經考慮不了太多，唯有將沙蟲的肌膚穿透才能將牠體內的水排出，興許能夠挽救顏天心危在旦夕的性命。

陸威霖幾人也隨後開始射擊，其實他們每個人都清楚，即便是他們現在能夠擊穿沙蟲的肌膚，營救顏天心的可能性也不大，畢竟沙蟲體內攝入了大量的液體，不可能在短時間內完全排出。

他們看到的情景和顏天心看到的完全不同，沙蟲呈現出透明無色的狀態，沙蟲的體內只有顏天心一個人在掙扎，並沒有看到龍玉公主的身影，更沒有被鮮血染紅。

沙蟲變形出的巨鰭再度舉起，擋住他們的射擊，又在沙地上拍出一記重擊，這群人中有人及時跳起，避免被震傷內腑，周文虎和瑪莎、阿諾三人做出的反應稍晚，被震得飛起，而後又被掀起的沙塵拍倒在地面上，受到的創傷最重。

張長弓幾人雖然反應及時，躲過了地面傳來的震動卻無法逃過撲面而來的沙塵，再度被沙塵拍倒在地，紅沙將他們的身體掩埋了起來，短時間內想要脫困發動攻擊已經沒有可能，更不用說去挽救危在旦夕的顏天心。

顏天心雙手抓住瘋狂增長的長髮，卻無法從中掙脫開來，龍玉公主的頭髮已經蒙住了她的視線，顏天心感覺到雙目有種針扎般的刺痛，似乎有人正在將她的雙目從中挖出一樣。

沙蟲的身體仍然在不斷膨脹著，水潭的水位隨著牠的抽吸而不斷下降，倏然一道身影進入了牠的體內，綠色的光芒以這道身影為中心向周圍彌散開來，瞬間充滿了整個沙蟲的內部，沙蟲如同被染色一般變成了綠色透明。

在沙蟲的體內因牠不斷的抽吸水流而瘋狂旋轉，顏天心隨著這旋轉的水流轉動，剛剛進入沙蟲體內的身影卻巍然不動，漂浮在沙蟲體內的中心，雙腿併攏，雙臂平伸，整個人又如凝固了一般，周圍的環境對他造不成絲毫的影響。

這身影來自於羅獵，羅獵的周身籠罩著一層綠色的光霧，越是靠近他的身體部分色彩越淡，貼近肌膚的地方已經完全變成了白色。羅獵依然雙目緊閉，昔日心口植入智慧種子的地方彷佛正在萌芽生長，無形的根系沿著他的血脈生長到身體的每一個部分，滲透到他的血肉之中和他的身體密不可分。

羅獵感覺到身體被無形的網路所束縛，他竭力想要掙脫這種桎梏，在沙蟲的體內身體竭力後仰，雙臂拚命後伸，試圖掙破這遍佈身體的無形網路，重新獲得自由。

他清晰聽到自己血液流動的聲音，恍惚間又被拉回到那寧靜的血色沙漠，看到那隻詭異的巨眼，深藍色的瞳孔飛速逆時針旋轉並向自己衝了過來，宛如一張深不見底的巨嘴，想要將自己一口吞噬進去。羅獵揚起右拳，猛然向那隻巨眼擊打過去。

蓬！出拳之後一股強大無匹的罡風打破了這寧靜的世界，這股罡風捲起血色的沙塵撲向那隻巨眼，巨眼因沾染上血沙而顯得越發可怖，轉瞬之間，飄浮於血色沙漠之上，虛空之中的巨眼體積成倍增加，站在巨眼前方的羅獵身軀顯得越發渺小。

現實世界中，沙蟲因吸入大量的水流身體不斷膨脹著，被吸入沙蟲體內的顏天心因為缺氧已經瀕臨窒息，她的身體隨著水流內部的漩渦不停旋轉著，行將放棄之時，羅獵陡然一拳擊打在水中，拳力沿著水流傳導了出去，狠狠撞擊在沙蟲的體壁之上，沙蟲龐大而臃腫的身軀抖動了一下，綠色的光芒猶如閃電般從水流撞擊的地方迅速擴展到遠處。

內部瞬間增強的壓力讓沙蟲張開了嘴巴，噗地噴出一股水流，顏天心隨著這股水流被噴出了沙蟲的體內。

顏天心的潛意識之中猛然掙脫了龍玉公主那雙蒼白纖細的小手，扯斷了她的頭髮，然後一腳踹在龍玉公主的小腹，終於成功擺脫了她的糾纏，隨著這股水流脫離了沙蟲的身體。

羅獵也看到了龍玉公主的身影，這模糊的身影隨著水波晃動，雙目之中流露出怨毒到了極致的目光，她尖叫著向羅獵撲來，羅獵一拳擊碎幻影，在沙蟲的體內拳打腳踢，沙蟲因體內的變動而不斷變換著外形。

顏天心隨著水流摔倒在紅色細沙之上，她雙手撐地，劇烈咳嗽著，接連吐出幾口冷水之後，意識終於開始回歸，轉身望去，只見羅獵在沙蟲的體內橫衝直撞，拳打腳踢，那沙蟲的外形瞬息百變。

顏天心清醒之後，取出鐳射槍，瞄準了沙蟲的身體，沙蟲全部的注意力都集中在體內羅獵的身上，此時已經無暇兼顧其他。顏天心確認自己射擊的地方不可能傷及羅獵之後方才扣動了扳機，一道紅色的鐳射光束射中了沙蟲，並在沙蟲的體表撕裂出一個近一米長度的裂口。

綠色的光芒已經充滿了沙蟲的體內，蓄滿的潭水，終於找到了一個可以宣洩的地方，短時間內大量的潭水從裂口中全部湧出，羅獵隨著水流從缺口中逃出，在他離開沙蟲軀體之前將兩顆手雷狠狠向沙蟲的腹內扔了進去。

手雷在沙蟲的身體深處爆炸，內部引發的爆炸將瞬間的壓力增長到最大，沙蟲龐大的身軀被這來自內部的爆炸撕扯成千百個碎片，剛剛吸入的潭水瞬間狂湧而出，羅獵被水流衝出很遠一直來到台階處。

水流洗去地表的紅沙，剛剛被紅沙掩蓋的張長弓等人也濕漉漉地從裡面站起身來，他們並未看到顏天心用鐳射槍撕裂沙蟲身體的一幕，不過從遍地透明的碎肉也推斷出沙蟲已經被羅獵他們除去了。

顏天心撲向羅獵，羅獵張開雙臂將同樣濕漉漉的她緊緊擁入懷中，顏天心仍然沒能夠從恐懼中恢復過來，嬌軀宛如受驚的小鳥一般戰慄著，羅獵輕輕撫摸她的背脊幫她儘快鎮定下來。

這場直面沙蟲的戰鬥他們雖然沒有人員損失，可是有不少人都受了震盪傷，其中以瑪莎最為嚴重。他們雖然成功剷除了沙蟲，可是還需通過水潭上方直通山頂的豎洞離開。五十米的距離如果是在平地自然不在話下，可直上直下的五十米，單憑手足至少有多半人無法攀爬上去，商量之後決定還是由張長弓和鐵娃先行，由他們兩人從洞口爬上去，找到固定物然後放繩子下來。

也是在此時眾人方才發現百惠不見了，一定是趁著剛才混戰悄悄逃離，百惠善於隱形，在場的所有人中只有羅獵能夠憑藉自己靈敏的感覺來判斷她的動向，剛才羅獵忙於對付沙蟲自然無暇顧及百惠的事情。

目前眾人尚未脫離險境，只能暫且放下百惠的事情，她若是不幸死了也是罪有應得。

張長弓和鐵娃師徒兩人沿著岩壁上行，其餘幾人則負責為他們進行掩護，看著張長弓他們越爬越高，眾人心中也變得越來越緊張，如果現在上方有任何變化他們也是鞭長莫及了。

還好並無任何的險情發生，張長弓和鐵娃師徒二人順利從豎洞裡面爬了上去，來到外面，卻發現這口井開在一處荒無人煙的裂谷之中，外面月朗星稀，涼風習習，張長弓和鐵娃同時深深吸了一口氣，師徒二人相視而笑，張長弓在附近找到一棵足以承載成人身體重量的松樹，將繩索繫好，他們爬出來之前已經將所有的繩索帶了過來，可加起來也不過只有三十米左右，還有二十米的缺口。

張長弓就地取材，利用山藤搓了繩索，和原來的繩索加在一起，湊出五十米放了下去，只是這樣一來又耗費了三個小時，等到將同伴全都解救上來的時候，已經是第二天上午十點。

驕陽似火，不過還好他們所在地方恰恰處於陰影之中，羅獵觀察了一下周圍的地形，他們所在的地方一片荒蕪，誰也不會想到在這個地方居然會藏著一口井。

井口西南不遠處躺著半塊破裂的石碑，上面是西夏文，顏天心走過去看了看，那石碑經年日久歷經風吹日曬，上面的字跡多半已經模糊，不過還是從殘存的字跡上看出，這石碑是當年昊日大祭司祈求風調雨順的祭文。

羅獵不由得想到自己今日的遭遇，那顆慧心石已經不見了，在生死存亡的關頭，慧心石竟然成了活物，非但如此，其中的詭異物質通過某種奇怪的途徑進入了自己的體內。

羅獵揚起右手，看到掌心中仍有無數密密麻麻的紅點，應當是慧心石生出觸角，那些觸角成為連通慧心石和自己身體的細微通道，而慧心石中的綠色物質通過這些通道進入了自己的體內。一時間許許多多的想法湧入了羅獵的腦海，他看到車來車往的未來都市影像，看到金戈鐵馬的古戰場，時而又看到了寧靜深邃的太空，五彩繽紛的海底世界，羅獵用力搖了搖頭，將這些突然擁入腦海中的紛亂影像排擠出去。

一直在關注羅獵的顏天心察覺到了他的異常，來到他的身邊，悄悄握住了他的大手。

羅獵轉過臉去向顏天心笑了笑，笑容卻明顯透著緊張，慧心石的作用他並不清楚，可是有一點他能夠確定，慧心石絕不是一塊普普通通的石頭，記得他曾經在蒼白山九幽秘境的冰宮遇到天眼蟲，那種鑲嵌於玩偶眼眶內的眼珠乍看上去也如同寶石一般，然而在遭遇體溫之後，天眼蟲復甦並黏在了他的手掌上。從目前的狀況來看，慧心石和天眼蟲有一定的相似之處。

羅獵現在還無法斷定慧心石對自己的身體到底是好是壞，腦海中此時如同翻江倒海般沸騰，四季變換，滄海桑田，過去他聞所未聞，想都未想過的景象輪番在腦中出現。

宋昌金氣喘吁吁坐在一塊岩石上，此時太陽已經升高了不少，他們所在的位置陰影褪去，陽光直射在他們的身上，不一會兒功夫宋昌金已經是滿頭大汗，不過這樣的好處卻是能將他們濕漉漉的衣服儘快曬乾。

宋昌金打量著羅獵，可巧羅獵也向他望來，宋昌金咧開嘴笑了笑，笑容之中滿懷深意。

羅獵想起宋昌金在天廟中執意尋找慧心石的事情，想必他對慧心石非常的瞭解，難道慧心石當真如他所說是昊日大祭司轉生的必須品之一？如果慧心石當真儲存了昊日大祭司前世的記憶和能量，何以自己的腦海中記不起任何關於他的事情？又或著慧心石的作用也要隨著時間的推移慢慢顯現出來？

張長弓和鐵娃已經找到了從裂谷中離開的道路，兩人回到同伴身邊將這一消息告訴大家。

瑪莎無力靠在阿諾的肩頭，她受傷頗重，這段時間都是阿諾在照顧她。

眾人不約而同地來到羅獵身邊，何去何從還要和羅獵商量。

陸威霖道：「此地不宜久留，沙蟲雖然死了，可是附近很可能還有鬼獒埋伏。」這一帶詭異的事情層出不窮，在陸威霖看來比起蒼白山的遭遇猶有過之。

羅獵道：「好，咱們先下山再說。」

顏天心點了點頭道：「我也想早點回去。」她的族人目前全都在雅布賴山的紅石寨，雖然此前董方明已經回去報訊，可是周邊的狀況非常惡劣，不知殭屍病毒擴散的速度到底怎樣了。

此番前來天廟他們還抱著尋找克制殭屍病毒解藥的目的，而今譚天德已死，羅獵想起譚天德臨終前的囑託，吳傑既然告訴譚天德他能夠救治譚子聰，想必不會欺騙他。只是現在吳傑因為追殺扎罕而不見影蹤，更不知他此刻是死是活。

羅獵抬起頭道：「走吧，趁著天亮儘快離開這片區域。」

眾人簡單收拾之後即刻啟程，只有宋昌金仍然坐在那裡，並沒有起身的跡象，羅獵讓眾人先行，轉身來到他的身邊道：「怎麼？還不捨得走？」

宋昌金歎了口氣道：「這麼走了總是不甘心。」

羅獵道：「是不是因為那顆慧心石？」

宋昌金抬頭看了他一眼道：「什麼都瞞不住你這小子，那可不是普通的石頭，據我所知，如果能夠找到慧心石，就能得到昊日大祭司昔日所有的能量。」

羅獵哈哈大笑：「就算得到了又能怎樣？昊日大祭司自己還不是死了？」

宋昌金道：「你懂什麼？普通人死了就意味著生命終結，可是像昊日大祭司那種神秘人物，咱們認為的死可能只是他輪迴的開始。」

羅獵道：「你當真相信生死輪迴之說？」

宋昌金道：「在來此之前你相信這世上會有鬼獒、獨目獸、沙蟲這些古怪的生物嗎？」

羅獵微微一笑，他已經不是第一次進入這種秘境，在蒼白山、在圓明園他經歷的險境並不次於這裡。

宋昌金卻以為他的笑容代表著一種蔑視，歎了口氣道：「算你命大，畢竟是老羅家的種，天生就擁有讓鬼怪退散的本事。」

羅獵心中暗忖，自己應當和羅家並無血緣關係，只是這秘密會永遠埋在心裡。拍了拍宋昌金的肩頭道：「走吧，留下來也沒什麼意思。」

宋昌金仍然有些不甘心，可孤身一人留下來就意味著送死，在羅獵的勸說下終於還是站起身來，跟在羅獵身後走了幾步道：「那隻蠆，你究竟是怎麼幹掉的？」此前只顧著逃生，宋昌金甚至沒顧得上考慮這個問題，其實多半人都是這樣，逃出生天之後方才開始慢慢回憶在天廟中發生的事情，別的不說，那隻巨大的沙蟲身體超出常人數百倍，且刀槍不入，近似於無敵的存在。

顏天心和羅獵聯手將沙蟲剷除的時候，宋昌金等人都被沙蟲拍出的紅沙掩埋，全都沒有看到當時的具體狀況，所以他才會有此一問。

羅獵想了想，壓低聲音向宋昌金道：「我自己也搞不清楚。」

宋昌金滿臉質疑地看著他，認為這小子又在跟自己說謊話。羅獵將自己的右手掌心出示給宋昌金看，宋昌金看到他掌心中密密麻麻的紅點兒，皺了皺眉頭道：「什麼意思？」

羅獵取出一個乾癟的透明物體遞給了宋昌金，宋昌金接過看了看，這東西似皮非皮，在手中捏了捏還有些彈性，其中的一面生有許多密密麻麻的觸角，興許曾經是個活物，不過現在已經死了，他追問道：「什麼？沙蟲卵？」這已經是他想像力的極限了。

羅獵神神秘秘道：「慧心石。」

宋昌金睜大了眼睛，然後哈哈大笑起來，一邊笑一邊搖頭，這小子真當自己是個沒見過世面的老頭子？慧心石什麼樣子他雖沒見過，可肯定不是這個樣子。

羅獵這才將卓一手用特殊工具從法像金身上取下慧心石，自己又是如何偷樑換柱的過程告訴了他，宋昌金聽著聽著，臉上的笑容漸漸收斂，他開始相信羅獵的話。

羅獵之所以告訴宋昌金這些也有他自己的用意，他想通過宋昌金瞭解這顆慧心石的奧秘，看看這東西到底是不是像天目蟲那般可怕。

宋昌金滿臉悲憤地望著羅獵，痛心疾首道：「羅獵啊羅獵，我是你親叔叔，我是你親三叔，你居然連我都騙，還有親情嗎？你還是人嗎？難為我對你這麼好，毫無保留地對你，摸摸你自己的良心難道不會痛嗎？」

羅獵道：「咱們之間算是扯平了，您這位做叔叔的也沒少騙我。」

宋昌金氣得直翻白眼，不過懊惱歸懊惱，現實歸現實，就算他對那顆慧心石再渴望，可現在也已經沒可能得到了，拿起那個慧心石的乾癟外殼反反覆覆看了看道：「傳說中慧心石是有生命的靈物，原來如此。」

羅獵道：「三叔對這東西應當瞭解不少吧。」

宋昌金何其狡猾，從羅獵的話中已經聽出這小子在探自己的口風，想從自己這裡得到慧心石的秘密，歪嘴一笑道：「瞭解個屁，東西都被你獨吞了，也不留一點給我。」

羅獵苦笑道：「這東西可由不得我，當時水流將我衝入水潭深處，我就快被凍僵，唯有這東西發出陣陣溫暖，我也不知怎麼了，就稀裡糊塗地將它握在掌心，可沒想到這東西竟然是個活物。」

宋昌金點了點頭，用拇指戳了一下那密密麻麻的觸角，腦補出羅獵當時喚醒慧心石的場景，低聲道：「這裡面的東西是不是全都進入你身體裡面了？」

羅獵點了點頭道：「應當如此。」

宋昌金歎了口氣道：「難怪那沙蟲也被你殺死，看來你已經獲取了昊日大祭司的所有力量。」

羅獵道：「三叔，我倒沒覺得自己有什麼變化。」

宋昌金道：「沒變化你能殺死沙蟲？小子，你造化大了，用不了多久你就能呼風喚雨，搬山填海，甚至長生不老，總而言之，昊日大祭司生前能幹什麼，你現在就能幹什麼？」

羅獵道：「當真？」

宋昌金嘿嘿笑了一聲道：「我也就是隨口那麼一說，說不定你消化不良待會兒全都拉出來也說不定。」腦海中靈光一閃，若是拉出來倒也不錯，豈不是意味著自己就有可能得到慧心石，可是以這種方式得到未免有些噁心，自己總不能將慧心石再吞到嘴裡？宋昌金想到這裡真是哭笑不得，過去他一直以為慧心石是吞下去才有效果，怎麼都不會想到居然是這種方式來傳遞能量。

羅獵道：「興許這東西對我沒什麼作用，好比輸血一樣，不同的血型在一起，非但無益，反而有害。」

宋昌金道：「是福不是禍，是禍躲不過，反正你已經將那東西獨吞了……」說到這裡他突然停頓了一下，想起了一個非常重要的問題，如果羅獵當真將慧心石融入體內，那麼昊日大祭司豈不是就再沒了復生的可能。

羅獵從宋昌金的目光中已經看出了他的恐懼。

宋昌金搖了搖頭道：「壞事了，你麻煩大了，昊日大祭司沒可能復生了。」他們此前在青銅建築內找到的橄欖形銅棺，裡面極有可能保存著昊日大祭司的肉身，可慧心石中才是他保存能量和記憶的地方，失去了慧心石，即便是昊日大祭司能夠成功復生，那麼他也只是一個沒有魂魄的行屍走肉，由此不難推測，昊日大祭司的信徒必將不惜一切代價尋找羅獵，奪回那顆已經不存在的慧心石。

考慮到這一層，宋昌金頓時產生了要和羅獵分道揚鑣的念頭，這廝不但是個福星，還是一個如假包換的災星，跟在他的身邊必然會有源源不斷的麻煩。

羅獵微笑道：「三叔是不是擔心我會帶給你麻煩？」

宋昌金苦笑道：「麻煩？你帶來的麻煩還少嗎？還是那句話，是福不是禍，是禍躲不過。」心中暗忖，只希望那顆慧心石的能量真如傳說中那般強大，這小子如果能夠吸收其中的能量，興許能夠逆轉局面，帶著這群人走出困境。不過想想這一路走來的過程，羅獵的運氣的確不差，幾度死裡逃生，還殺死了那隻刀槍不入的龐然大物。

一行人來到賀蘭山下，再次回到他們遭遇沙蟲的地方，如今這裡已經看不到任何搏鬥過的痕跡，甚至此前存放屍體的沙坑也已經隱藏不見。天空瓦藍，白雲悠悠，雖然已經是下午兩點，太陽卻依舊毒辣，沙丘延綿起伏，遠遠望去有若金黃色的錦緞，放眼望去除了一堆白森森的馬骨，根本看不到任何的活物。

他們本來還擔心會遭遇鬼獒的圍堵，不過利用望遠鏡觀察環境之後發現並無任何的異常，這才稍稍放下心來。

他們目前所處的位置向南行就是原路返回，很可能遭遇到麻煩，向東則是前往新滿營的方向，那條道路極不現實，向北是他們剛才過來的賀蘭山，最合理的路線是向西然後折返向南前往雅布賴山，這條路線雖然要長一些，卻是最為穩妥的方案。

羅獵想起譚天德臨終時的囑託，內心一沉，他為人向來看重承諾，君子一言快馬一鞭，既然答應了譚天德，就沒理由拋棄譚子聰，選擇不顧而去。目前時間尚早，根據羅獵的估算，他可以先行前往西夏王陵，到約定的地點和老于頭兩人會合，然後再追趕其他人。

陸威霖率先反對道：「為了譚子聰不值得，更何況他已經中了殭屍病毒，無藥可醫，現在恐怕已經死了。」

顏天心點了點頭。

阿諾自然希望儘快離去，瑪莎受傷不輕，需要儘快對她進行醫治。

張長弓明白羅獵的心思，知道他心中放不下承諾過的事情，其實張長弓和羅獵都是同一種人，他低聲道：「不如這樣，我和鐵娃一起過去看看，你們先走，爭取日落之前追趕上你們。」

羅獵尚未作出決斷，卻聽顏天心道：「那邊有人！」她舉著望遠鏡指向東南方向，視野中出現了兩個小黑點，放大之後發現竟然是老于頭牽著一匹駱駝朝這邊跋涉。

羅獵從顏天心手中接過望遠鏡，這會兒功夫，老于頭他們走得更近了，老于頭牽著駱駝，駝背上趴著一人，那人應當就是譚子聰。得知這一狀況，眾人都打心底鬆了口氣，可謂是天從人願，至少他們不用再冒著風險兵分兩路。

眾人迎上前去，十五分鐘後雙方會合在了一處，老于頭帶著譚子聰原本等在約定的地點，後來陵區發生了戰鬥，老于頭帶著譚子聰東躲西藏，等到了約定時間仍然不見他們返回，譚子聰眼看就要死了。

老于頭隨身攜帶的水也已經就快耗盡，如果繼續在原地等候，連他也要面臨被渴死的結局，於是他就牽著駱駝往賀蘭山的方向而來，一來是為了尋找水源，尋找水源的過程中期望能夠和同伴會面。至於譚子聰，他既然答應過要照顧這廝，就要忠人之事，不過看譚子聰也應當熬不過今天了，老于頭想著等這廝死後就將他埋了，也算是為這次的使命劃上了句號。

譚子聰雖然還有氣在，不過已經完全喪失了意識，血紅的雙眼目光渙散，喉頭只見出氣不見進氣，顯然已經活不太久了。

羅獵信守承諾，取出譚天德交給自己的藥丸，這顆藥丸是譚天德不惜犧牲性命為吳傑引路換來的，可憐天下父母心，譚天德縱然生前惡貫滿盈，可是在對待子女方面仍然不失為一個好父親，為了兒子他可以不計代價。

羅獵取出藥丸的時候卻聽到手錶發出滴的一聲，原本他就刻意和眾人分開了一些，所以這聲音並未引起其他人的注意，低頭望去發現手錶的螢幕上居然顯示出一系列的資料，卻是關於這藥丸的詳細成份分析。

羅獵心中暗自驚喜，想不到撿到這只手錶居然還有這樣的作用，如果這藥丸對譚子聰有效，那麼只要按照分析出的成分來配置藥方就可以制出同樣的藥丸，那麼也就可以解救那些被殭屍病毒感染的人。

旋即許許多多的念頭一股腦湧入羅獵的腦海中，包括這手錶的功能和作用，他意識到其實自己撿到的手錶和筆全都是來自於未來世界的裝備，其中包含著未來世界的最新科技，其實在父親為他種下智慧種子的那一刻，包括手錶在內的使用方法全都植入他的大腦中，只是關於這部分的記憶不知存放在什麼地方，而現在他已經找到了那個存放的角落。

羅獵感覺到自己的大腦如同突然打開了無數視窗，透過每一個視窗他都能夠看到一個全新的世界，這改變就是在慧心石融入他的身體之後，看來慧心石改變了他的體質，不知不覺中促進了智慧種子在他體內的吸收生長。

進步總會讓人感到欣喜，羅獵欣慰於自身改變的同時也意識到壓力倍增，能力越強所承擔的責任就越大。

在救治譚子聽的問題上，眾人的意見並不一致，在顏天心和瑪莎看來這種人死有餘辜，救活了也是個禍害。不過縱然心中有意見，可並沒有人公開反對，畢竟羅獵已經將情況說明，他在譚天德面前許下承諾，對一位真正的男人而言承諾比天大，她們總不能建議羅獵做出背叛承諾的事情，更何況這枚藥丸是譚天德用性命換來的。

張長弓掰開譚子聽緊閉的嘴巴，羅獵將藥丸塞了進去，譚子聽掙扎著想要將藥丸吐出，張長弓帶著手套的手將他的嘴巴捂住，強迫這廝將藥丸咽了進去。譚子聽服藥後不久就睡了過去，不知藥效到底怎樣。

按照他們預定的計畫是要前往雅布賴山，老于得知顏天心的身分之後，猶豫了一會兒道：「我聽到一個消息，好像是紅石寨出動了一支軍隊前往新滿營。」

顏天心聞言一怔，追問道：「這消息是否確實？」

老于頭道：「應該不會有錯，我聽新滿營一名瀕死的士官說起的。」

羅獵留意到周文虎此時臉色微微一變，周文虎也察覺到羅獵正在看自己，慌忙將目光投向遠處。從他的表現羅獵推斷出這其中必有隱情，輕聲道：「周副官是不是有什麼消息？」

周文虎驚慌失措道：「沒有……」

這下連顏天心也看出周文虎明顯不對頭，冷冷望著周文虎道：「你最好將事情說清楚，如有絲毫隱瞞休怪我無情。」

周文虎歎了口氣道：「顏掌櫃，不是我有意欺瞞，而是此前生死未卜，根本就忘了這件事。」他說的都是實情，在此之前幾度死裡逃生，他甚至都沒有想過能夠活著離開天廟，自然忽略了其他的事情，心中想著的都是如何逃命，現在暫時擺脫了危機，又聽老于頭提起這件事方才回憶了起來，他苦笑道：「顏掌櫃你們逃出新滿營之後，按照馬將軍……不，馬永平的命令，我們故意放出顏掌櫃被俘的消息，紅石寨那邊其實也有我們的內線，他們得到你被俘的消息之後一定會前來救援。」

顏天心柳眉倒豎，怒道：「你們故意放出假消息騙他們去新滿營？」

周文虎搖了搖頭道：「不是，按照馬永平的計畫不是將他們引向新滿營。」

顏天心忽然想到了一個極為可怕的可能，她強行抑制住內心中的憤怒道：「難道你們故意放出消息我被困在老營盤？」

其實羅獵也想到了這一層，馬永平能夠篡奪顏拓疆的軍權，掌控新滿營軍隊，單從這一點上看這個人就很不簡單，故意放出顏天心再度被俘的消息，將顏天心的族人引向老營盤正是馬永平一石二鳥的毒計，如果奸計得逞，那麼顏天心的那些部下就會在老營盤和已經被殭屍病毒感染的軍隊展開決戰，勝了則能幫助馬永平消滅盤踞在那裡的殭屍軍隊，敗了也沒什麼可惜，大不了只是讓老營盤盤踞的殭屍數量增加一些罷了。無論結局怎樣，對馬永平而言都沒有損失。

顏天心怒從心生，拔出手槍，槍口對準了周文虎的額頭：「卑鄙！」

周文虎並沒有流露出任何的畏懼：「對不起，我知道怎樣都無法彌補自己犯下的錯，可我也是人，也有良心，若是顏掌櫃信我，我願盡力彌補我的過錯。」

顏天心終於還是沒有將扳機扣下，垂下槍口。

羅獵道：「咱們現在就去老營盤興許還來得及。」其實他只是在安慰顏天心，他心中明白即便是現在就出發，也沒可能阻止一場戰爭的發生，興許現在一切已經塵埃落定。

所有人心中都明白顏天心不會放棄，不親眼去老營盤見證一下最終的結果她是絕不會甘心的。

宋昌金暗自歎了口氣，他搖了搖頭道：「要去你們去，我是不去了。」想起自己這麼多年在甘邊的經營如今已經白費，他不禁有些心灰意冷。

羅獵對此並不強求，此番前來天廟大家都抱著不同的目的，而宋昌金更是在吳傑的要脅之下才跟著一起過來，現在天廟的事情已經暫時了結，仍然將其他人綁在一條船上，要求他們陪著自己一起去冒險也不現實，他豁達表示道：「何去何從，悉聽尊便，我絕不會勉強大家。」

周文虎原本就有些內疚，再加上他覺得自己的這條性命又是羅獵他們救的，正如他自己所說，他並非喪盡天良之人，趁著這個機會剛好報恩，他第一個表示要追隨羅獵前往老營盤。

張長弓、阿諾、陸威霖、鐵娃這幫人原本就是奔著羅獵前來，羅獵去哪裡，他們當然要去哪裡。瑪莎受了傷，現在也並不適合一個人單獨離開，她和周文虎一樣對羅獵他們抱有感恩之心，雖然幫不上忙，可也沒打算在這時候離開，更何況老營盤那邊的殭屍是導致她父親死亡的主因，她下定決心要隨同眾人一起回去將那些禍患殺個一乾二淨，以告慰父親的在天之靈。

老于頭也不願離開，至於譚子聰現在仍然處於昏睡之中，不知何時才能醒來，在他甦醒之前，註定是要帶著他一起的，這樣一來只有宋昌金一個人明確表示要離開。

羅獵本以為宋昌金仍然會像剛才那般改變主意，卻想不到這次宋昌金離去的念頭頗為堅決，離開之前宋昌金將羅獵叫到遠離人群之處，低聲道：「你我叔侄一場，有些話我還是要對你說。」

羅獵微笑道：「三叔只管說，我仔細聽著。」

宋昌金道：「水能載舟亦能覆舟，那東西對你的身體應當有些好處，可帶來的麻煩也是不小，若是我得到那樣東西，絕不會用在自己的身上。」

羅獵道：「三叔是否還有事情瞞著我？」

宋昌金歎了口氣道：「事已至此，說了也是沒用，總而言之你凡事小心為妙，咱們雖然逃出了天廟，並不意味著天廟所有的麻煩都就此了結。」

羅獵點了點頭，他隱約猜到了宋昌金的意思，這顆慧心石應當會帶給自己很大的麻煩，他向宋昌金道：「三叔，您一個人走就沒了照應，不如……」

宋昌金笑道：「難得你這小子還關心我這個叔叔。」他伸手拍了拍羅獵的肩膀道：「我從小就多災多難，雖然沒有你這麼大的造化，可也不至於差到哪裡去，我可沒膽量跟你去和殭屍軍團周旋，老嘍，我還有家人要照顧，咱們就此別過，若是有緣，必有相見之日。」他向羅獵抱了抱拳，轉身就走。

鐵娃望著宋昌金遠去的身影，小聲嘟囔了一句膽小鬼，在他看來宋昌金顯然不是個英雄好漢，居然在這種關鍵時刻將出生入死的同伴給拋棄了。

馬永平一連幾夜都未曾合眼，外面傳來的消息讓他寢食難安，他和藤野忠信結盟，在對方的建議下派周文虎率領一支千餘人的精銳部隊前往西夏王陵區域執行任務，卻想不到這支軍隊突然離奇消失，就連藤野忠信也莫名其妙失去了下落。

他讓人故意放出顏天心再次被俘的消息給紅石寨，將紅石寨的人馬引向老營盤，計策雖然完美，可現實中進行得卻並不順利，根據前方線報，騰格里一帶刮起了沙塵暴，這讓人馬的出行變得極其困難，目前只是知道紅石寨派出一支五百人的隊伍前去營救顏天心，可具體的進程並不清楚。

在他果斷對新滿營實行清除計畫和宵禁之後，城內並未有新的疫情發生。馬永平希望自己的噩運就此過去，可他又清楚現實不會那麼理想，即便是他能夠將城內的感染者全都清掃乾淨，可是還有大量的病毒攜帶者遊蕩在城外，那些遊蕩者很難全部清除。

副官敲門走了進來，他將最新的情報向馬永平稟報了一遍，依然沒有太多的進展。最好的消息就是損毀的西門如今已經緊急修復，新滿營的城牆重新恢復了完整，而他們也隨即恢復了對這座城池的完全控制。

馬永平道：「城內的情況怎麼樣？」

副官道：「老百姓的情緒目前已經趨於穩定，按照將軍的命令，仍然在全城範圍內展開地毯式的搜索，力求不讓任何一個感染者漏網。」

馬永平點了點頭，坐在太師椅上，有些痛苦地不停揉著眉宇，重複了好一會兒這個動作，方才開口道：「有沒有我妹妹的消息？」

副官搖了搖頭：「目前還沒有，不過軍中開始有流言……」

馬永平做了個制止的手勢，不想副官重複那些讓他頭疼的流言，確切地說並非流言，有人在說他用馬永卿換取顏拓疆信任，然後又趁機謀奪軍權的事情，這其實已經是個公開的秘密，為此他剛剛又殺掉了三名傳播者，可馬永平也明白一個道理，這種事是無法徹底掩蓋的。

外面響起了雷聲，馬永平站起身，緩緩來到窗前，伸出手臂用力推開了窗子，一股狂風從外面撲面而來，剛才還晴朗的天空此刻已經變成了烏紫色，濃重的雲層已經將湛藍色的天空完全掩蓋，馬永平抬頭望著天空，有些納悶地說道：「難道要下雨了嗎？」甘邊少雨，即便是夏季。

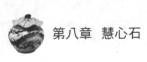

副官道：「看樣子好像是要下雨了。」

新滿營的西門損毀的城牆已經被修補好，百餘名民工正在烏雲和狂風下忙碌著，進行著最後的清理掃尾工作，在他們身後的不遠處，一群士兵正在來回巡視，城牆之所以損毀是因為馬永平下令炮擊，利用炮火將那些感染殭屍病毒的士兵全部轟成灰燼，非常時期需用非常之法，南陽大街也是採用同樣的辦法，昔日新滿營最繁華的街道而今已經成為了一片瓦礫，修復還不知要等到何年何月。

兩邊的清理工作幾乎是同時進行的，不過西門修補城牆被擺放在首要的位置，畢竟城牆乃是新滿營的第一道防線，只有將城牆的缺口堵住，才能將有可能到來的危險第一時間隔離於城牆之外。

常懷新負責西門的警戒，確信修補工程進行的順利，他又巡視了西門周邊，已經能夠斷定所有的感染者都被炮火轟殺，常懷新這才鬆了口氣，沿著台階走向西門的城樓，站在城樓之上舉目遠望，只見遠方天地已經模糊，經驗告訴他，在天地交接的地方一定刮起了沙塵暴。天空的雲層由紫色轉黑，濃稠得就像化不開的墨。

常懷新從心底歎了口氣，出了城樓角門，走向城牆，城牆上還有三名工匠正在進行著最後的修補工作。常懷新從其中一人身邊經過的時候，卻聽到了一個熟悉的聲音在呼喊他的名字。

常懷新內心一震，他並沒有答應，甚至沒有向呼喊他的人多看一眼，而是先轉過身去，有些憤怒地望著遠遠追隨他的那名衛兵道：「跟著我做什麼？讓我靜一靜！」

那名衛兵嚇得轉身回了城樓。

常懷新這才向那名帶著草帽，穿著破衣爛衫的工匠走了過去，那工匠正拿著瓦刀在城牆上修補，等常懷新來到近前的時候，他方才微微抬起了頭，沾滿泥漿的大手飛快地將草帽沿向上一掀，而後又迅速壓低。雖然是驚鴻一瞥，常懷新已經辨認出他就是此前以馬永卿為質成功逃離新滿營的大帥顏拓疆。

常懷新內心中極為震驚，他沒想到顏拓疆會這麼大膽，好不容易才從新滿營逃了出去，卻又去而復返，不過他馬上又想明白了，新滿營乃是顏拓疆的畢生心血，換成任何人都不捨得將自己的心血白白便宜別人。只是他想不通，顏拓疆到底是通過何種途徑回到了城內，而且做到神不知鬼不覺？難道他從頭到尾都未曾離開過？

常懷新裝出若無其事的樣子，抽出一支煙，在背風處點燃，而後靠在城牆的箭垛之上，低聲道：「為何還要回來？」

顏拓疆不慌不忙地修補著城牆，他的手法嫻熟而老道，就算是內行也不容易看出破綻，小聲道：「我若是不回來，你以為馬永平能守得住新滿營？」

常懷新用力抽了口煙，在他們的頭頂，一道紫色的閃電宛如靈蛇般扭曲躍動著，隨之而來的就是一個震徹天地的悶雷，常海心雖然早有準備，可仍然被嚇得打了個哆嗦，煙灰隨著抖落下去，飄落在顏拓疆的身上。

常懷新的嘴唇動了動，換成過去，他會馬上向顏拓疆致歉，雖然無心，畢竟有不敬之嫌，可現在的狀況並不允許。

顏拓疆毫不介意，繼續道：「這次的麻煩很大，不是誰當家的問題，是能否保住性命的問題……」停頓了一下又補充道：「不止你我，關乎整個新滿營乃至甘邊的百姓。」

常懷新並沒有認為顏拓疆是在危言聳聽，只要是親眼目睹過那些病毒感染者的瘋狂，都會相信這或許是末日來臨之前的徵兆。又抽了口煙道：「大帥就是為了這件事回來的？」

顏拓疆手中的瓦刀噹的一聲落下，將青磚一分為二，恰到好處地堵在城牆的缺口之上。

常懷新目睹顏拓疆乾脆俐落地劈斬動作，彷彿又看到了昔日那個橫刀立馬不可一世的梟雄來到了身邊，他抑制住內心中的激動，低聲道：「大帥，鞍前馬後，誓死相隨！」

在確定了前往老營盤最近的道路之後，羅獵率眾開始前行，從這裡前往老營盤走直線最近，只是為了避免麻煩，他們還是繞過了西夏王陵的區域，徒步行進在戈壁之中，速度難免會受到影響。

雖然顏天心急於趕路，可是她也明白欲速則不達的道理，耐下性子掌握行進的節奏，盡可能在趕路中恢復體力。

譚子聰在服藥兩個小時後甦醒過來，他的意識竟然恢復了清醒，當他發現自己被五花大綁捆在駱駝身上之後，有些惶恐地叫了起來：「你們想幹什麼？我爹呢？我爹和我的那些兄弟不會放過你們的。」

阿諾道：「拉倒吧，你的那些兄弟早就各自逃命去了。」

看到譚子聰恢復了清醒，羅獵心中暗喜，倒不是為了譚子聰感到欣慰，而是因為譚子聰既然能夠從殭屍狀態中恢復正常，就意味著殭屍病毒有藥可醫，通過分析儀，他已經查出了那顆藥丸的成份，只要能夠按照配方配製，應當不難做出解藥。

張長弓為譚子聰鬆綁，將他從駝背上放了下來，譚子聰充滿警惕地看著周圍的人，他並不知道自己被殭屍咬傷之後發生的事情，環顧四周並沒有看到父親的身影，內心不由得有些惶恐，再次問道：「我爹呢？」

第九章

神秘的龍玉公主

羅獵愣了一下，顏天心的幻覺已經不是第一次產生了，
幾乎每次都是自己負責將她叫醒，
在過去，顏天心從未有過像現在這般清醒過，
她應該知道自己在做什麼？
難道顏天心能夠看到他人所看不見的東西？
又或者那位神秘的龍玉公主通過某種特殊的方式和她聯絡？

羅獵歎了口氣道：「他遇難了！」

譚子聰雖然惡貫滿盈，可聽到父親遇難的消息仍然止不住落下淚來，他哽咽道：「你們……你們……」

阿諾聽他懷疑到他們的身上不由得怒道：「還不是為了你，你老子是為了給你找解藥遇難的，混帳玩意兒，別冤枉好人！」

譚子聰點了點頭，抱拳道：「各位恩人，救命之恩，我譚子聰沒齒難忘！咱們就此別過，他日必然報答。」他又不是傻子，明白自己在這個隊伍之中絕討不了什麼好處，眼前最明智的做法就是離開這群人。

瑪莎的手落在槍柄之上，她恨極了譚子聰，此前譚子聰搶劫商隊屠殺她的族人，這筆帳還未來得及算。

顏天心從一旁抓住她的手臂，阻止瑪莎向譚子聰開槍，冷冷道：「最好不要再見，否則下次相見之日就是你的死期。」

譚子聰不敢多說，抓起駱駝的韁繩準備離去，卻聽張長弓道：「怎麼？這駱駝你也打算帶走？」這匹駱駝是他們目前唯一的坐騎，剛才譚子聰昏迷一直負責馱著他，現在譚子聰清醒過來準備將駱駝牽走，眾人肯定不會答應。

譚子聰道：「也罷，咱們就此別過。」他不敢停留，放下駱駝的韁繩，轉身向正北方向快步逃去。羅獵本想叫住他，畢竟譚天德還有事情委託自己，可轉念一想，譚天德委託自己的另外一件事卻和譚子聰無關，還是等日後見到譚子明再說。

瑪莎咬牙切齒道：「下次我一定要殺了他！」剛剛說完話，就噴出一口血，卻是一時氣急又勾起了內傷。阿諾慌忙勸慰她不要動氣，讓瑪莎上了駱駝。

此時天空中烏雲聚集，老于頭抬起頭觀察了一下天空，提醒眾人道：「要變天了！」他並沒有認為會下雨，畢竟在這一帶很少有雨。

羅獵道：「快走！」

張長弓道：「僅僅依靠步行，咱們只怕今天趕不到老營盤了。」

周文虎道：「可以的。」

眾人同時向他望去，不知他因何說得如此肯定。

周文虎道：「我率領軍隊前去圍堵你們的時候，開了不少的車過來。」

這其實是一個很容易想到的問題，周文虎率領那麼多人從新滿營到這裡，依靠步行是不可能達到這樣的行軍速度，不過周文虎一直到現在都沒有提起這件事，所有人還以為他全軍覆沒，連隨行的車輛都被毀了。

陸威霖對他頗不滿意，斥責道：「也不早說。」

周文虎訕訕笑了笑道：「因為我看到你們設計的路線剛好從我們棄車步行的地方經過，所以我就沒說，而且我怕那邊出了事情，害得大家空歡喜一場。」

羅獵道：「還有多遠？」

周文虎指向東南方向的土丘道：「翻過那裡就是了。」

眾人按照周文虎的指引，還沒有來到土丘上，天空中開始落下花生米大小的冰雹，他們不由自主加快了行進的速度，翻過土丘的時候，冰雹已經變成了乒乓球大小，盡可能做好了防護措施，隔著衣服砸在腦袋上仍然陣陣作痛。

來到土丘高處就已經看到下方停靠的數十輛汽車，不過多半已經遭到了破壞，周圍也沒有人，羅獵先指揮眾人進入駕駛室相對完整的汽車內躲避冰雹，他和張長弓、陸威霖三人並沒有馬上進去，冒著被冰雹砸傷的危險找到了一輛狀況相對較好的卡車，修復車廂的頂棚之後，讓眾人全都坐了進去，阿諾進入駕駛室，啟動了汽車，他們必須要儘快離開這片下冰雹的區域。

張長弓將駕駛室的門關閉，其餘人全都在後面的車廂裡，張長弓向阿諾道：「按照你的吩咐，把輪子卸下來幾個，都扔在後面了。」

阿諾點了點頭，張長弓將手中的霰彈槍向他揚了揚，笑道：「剩下不少武器，居然還有一挺馬克沁機槍，得虧他們沒帶到陵區，不然夠咱們受的了。」

此時，一顆足有磨盤大小的冰雹砸落下來，阿諾眼疾手快，猛打方向，避免那冰雹正面砸在引擎蓋上，若是砸中引擎，只怕整個發動系統都要報廢。

阿諾加快了車速，卡車因為高速行進和不斷改變的方向劇烈顛簸起來，鐵娃暈車了，趴在後邊，將頭露出帆布斗篷吐了起來。

羅獵抓住他的肩膀，擔心這小子被劇烈顛簸的汽車給甩出去。

咚！又一顆磨盤大小的冰雹砸在了帆布頂棚上，將頂棚砸出了一個大洞，然後落在車廂內，冰屑飛濺得到處都是，幸虧沒有砸中他們的身體。羅獵也是驚出了一身的冷汗，他讓大家分散開來，儘量在車廂的兩側坐下，頂棚在這個位置也是最為堅固的地方。

老于頭緊抓車廂緊張得滿頭大汗，他在甘邊生活了那麼多年，從未見過如此詭異的天象。

阿諾已經不敢繼續往前開，他將卡車停了下來，眾人全都爬到了車底，冰雹下得越來越密集，只聽到乒乒乓乓擊中汽車的聲音不斷，透過車底的空隙向外望去，但見一個個大小不一的冰雹不停落在地上，他們若是繼續留在車內恐怕已經被砸得血肉模糊了。

阿諾感覺到一支冰冷的手握住了自己，側臉望去卻是瑪莎因為恐懼而主動抓住了自己的手，阿諾心中大喜，反手將瑪莎的手緊緊握住，瑪莎並沒有掙脫。

羅獵雙臂張開分別護住顏天心和鐵娃，顏天心暗歎天公不作美，越是想儘快趕到老營盤，越是給他們製造麻煩。還好有羅獵在自己身邊，心中覺得只要有他在，這世上再沒什麼事情好怕。

張長弓此刻更多的感慨卻是對大自然的敬畏，一個人再強，在自然的面前也顯得渺小，如果不是結識了這幫朋友，或許自己仍然穿行在蒼白山的深山老林中打獵為生，或許一生都不可能來到這荒蕪廣闊的西部，更不可能見識到如此玄妙的世界。

老于頭從開始的緊張已經變得淡然，因為他看到周文虎無所畏懼的表情，連周文虎都能做到如此，到了他這個年紀，再大的危險又有什麼好怕，老于頭開始回憶從頭，自己到底是怎樣一步步捲入到這件事中來，冰雹劈哩啪啦砸落在車身鐵皮的聲音似乎隨著他的回憶起舞。

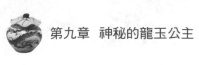

約莫過了半個小時，這場冰雹方才過去，幾人從車底爬了出去，看到外面的卡車已經被冰雹砸得面目全非，阿諾抓緊時間檢查了一下，還好最關鍵的發動機並沒有被炸毀，輪子也好端端的。

維修之後，卡車重新發動起來，在阿諾維修的功夫，眾人合力將車廂清理了一遍，又將破破爛爛的斗篷將就著遮好。駕駛艙受創不小，擋風玻璃全部被擊碎，乾脆將玻璃的碎屑清除出去，阿諾開動這輛千瘡百孔的卡車載著眾人繼續向老營盤駛去。

上天對他們的折磨仍沒有結束，冰雹停歇後不久，天空下起了暴雨，按照老于頭的說法，這一帶多少年都沒有遭遇這樣的暴雨了。不過讓他們感到欣慰的是，途中並未遭遇天廟騎士的圍追阻截，當天傍晚六點十分，他們終於來到了老營盤。

老營盤仍然保持著他們此前到來的樣子，周圍並沒有看到人蹤，看樣子並不像剛剛經歷一場戰鬥，顏天心這才放下心來，只是從雅布賴山到這裡並不算遠，難道她的族人發現異常選擇繞行？又或者他們中途改變了主意返回了紅石寨？

陸威霖和阿諾合力將那挺馬克沁機槍架在了車頂，眾人商議之後還是決定由羅獵、顏天心、張長弓三人先行進入老營盤探路，如果裡面有殭屍盤踞，他們馬上離開，這挺馬克沁機槍完全可以殲滅一支殭屍軍團。

羅獵三人走向老營盤，雨仍未停歇，非但沒有減弱反而有越下越大的趨勢，羅獵抬起手腕，這只手錶擁有強大的防水功能，水下一千米仍然可以正常使用，能量來源於手錶內部的微型電池，還可以通過太陽能源源不斷地提供給手錶能量，在這種空曠的地帶，手錶的掃描範圍很大，在目前能夠探及的範圍內並沒有發現異常的生物。

擁有了這只手錶等於擁有了另一隻眼睛，張長弓有些羨慕地看了羅獵的手腕一眼，低聲道：「趕明兒我也買一隻。」

顏天心不禁莞爾，這只手錶只怕他走遍世界也買不到。她率先從圍牆的缺口跳了進去，院落內果真空無一人，那些盤踞在老營盤的殭屍應該已經走了。

陸威霖端著機槍瞄準老營盤的方向準備隨時接應，此時阿諾拍了拍他的肩膀，驚聲道：「你看後面……」

陸威霖從阿諾的手中接過望遠鏡，向他們的身後望去，卻見在遠方的戈壁灘上，一支黑壓壓的軍團正朝著他們的方向緩慢行進。鐵娃也有發現，在東西兩側都有隊伍向老營盤包抄。

周文虎道：「我們被包圍了！」

陸威霖道：「知不知道是哪邊的人馬？」阿諾搖了搖頭，雨下得太大，對方的距離也足夠遠，他目前還無法分辨對方來自何方。

顏天心雙手握槍，警惕地望著周圍，雖然羅獵的探測儀已經證明老營盤內沒有生命存在，可是她仍然打心底感到緊張。羅獵做了個手勢，示意他們兩人掩護，一腳踹開了前方的房門，室內一片凌亂，到處都是搏鬥後的痕跡，裡面躺著橫七豎八的屍體，這些屍體一動不動，應當是完全喪失了生命。

羅獵擔心這些屍體沒死絕，還會突然站起發動攻擊，走過去在其中一具屍體上踢了一腳，張長弓湊在門前向裡面看了一眼道：「看來全都死了。」即便是殭屍病毒的感染者也會進入真正的死亡狀態。

顏天心忽然道：「你們聽！」

羅獵和張長弓同時側耳聽去，剛好聽到阿諾的大聲示警聲，提醒他們老營盤已經被人從四面八方包圍了。

羅獵皺了皺眉頭道：「來得很快。」

張長弓道：「看來他們早就掌握了咱們的動向，是想等咱們來到老營盤，然後再形成包圍圈，將我們一網打盡。」

羅獵點了點頭，可顏天心卻道：「你們有沒有聽到一個女孩子說話……」她的聲音中透著明顯的恐懼。

張長弓左顧右盼，並沒有看到顏天心所說的女孩子。羅獵絕對相信自己的感覺，這院落中除了他們之外應該沒有其他活人在，更不可能有什麼女孩子說話，一定是顏天心又產生了幻覺。

張長弓有些無奈地望著羅獵，他也認為顏天心產生了幻覺。

羅獵抓住顏天心的手臂道：「走，咱們先離開這裡！」

顏天心卻用力搖了搖頭，她的目光投向西北角落，角落中有一個如同火焰般的紅色身影，這紅色並不熱烈，卻讓人感覺到一種發自心底的寒冷。

顏天心咬了咬嘴唇，提醒自己看到的只不過是幻象，那女孩是不存在的。女孩蒼白的雙臂交叉抱著自己，她似乎很冷，周身水淋淋的，淋漓的大雨讓她原本就瘦小的身軀顯得孱弱而模糊，黑色的長髮蒙住了面孔，顏天心看不到她的臉，只看到有殷紅色的血水沿著女孩的髮梢不停滴落下去，很快就在地面上彙集成一灘血水。

羅獵輕輕呼喊了一聲顏天心的名字，想拉著她離去，卻被顏天心掙脫開來，顏天心的聲音無比冷靜：「等等，我沒有精神錯亂，我知道我在做什麼？」

羅獵愣了一下，顏天心的幻覺已經不是第一次產生了，幾乎每次都是自己負責將她叫醒，在過去，顏天心從未有過像現在這般清醒過，她應該知道自己在做什麼？難道顏天心能夠看到他人所看不見的東西？又或者那位神秘的龍玉公主通過某種特殊的方式和她聯絡？

顏天心提起勇氣，毫無懼色地望著那女孩，從心底默默問道：「你為何陰魂不散地跟著我？」她不說話，別人自然聽不到她在說什麼。

那紅衣女孩緩緩抬起頭來。

顏天心本以為又要看到她那蒼白面孔上可怖的兩個血洞，然而此番浮現在自己面前的卻是一張精緻純真的面孔，雖然毫無血色，雖然尚未長成，可是明眸宛如秋水蕩漾，淺淺一笑已經流露出絕世風姿，她的樣子和冰棺中的龍玉公主幾乎一模一樣，她應當就是龍玉公主。

顏天心心中默念道：「你為何要找上我？」

龍玉公主冷冷望著她，俏臉上浮現出和她年齡極不相稱的怨毒表情，咬牙切齒道：「你們都要死！」忽然仰天笑了起來，笑得花枝亂顫，笑得如此瘋狂。顏天心只覺得有鋼針狠狠刺在自己的耳膜之上，一手掩住左耳，一手拔出了手槍瞄準龍玉公主就是一槍。

槍聲擊碎了幻夢，也將顏天心重新拉回到現實中。

羅獵並沒有打擾她，只是靜靜望著。

顏天心的胸膛因為激動而劇烈起伏著，過了一會兒方才平復下來，輕聲道：「我看到她了，所有一切都是她一手策劃。」

羅獵手腕上的探測儀突然震動了起來，低頭望去，卻見有數個藍色的光點向他們所在的位置彙聚，紅色的光點往往代表擁有體溫的生物，而藍色的光點往往為無生命物體的位移。

羅獵來不及考慮太多，大聲道：「撤！」室內原本躺著一動不動的屍體紛紛從地上爬起。

張長弓舉起霰彈槍將一名衝在最前方的殭屍一槍爆頭，羅獵和顏天心迅速退了出來，而此時從他們尚未來得及檢查的房間內湧出一群群的殭屍。羅獵心中非常奇怪，這些殭屍因何能夠騙過探測儀？居然可以做到全部一動不動？除非所有的殭屍剛才都處於假死狀態，在他們深入院落之後，方才被喚醒，形成包圍圈。

羅獵從身後抽出太刀，張長弓唇角顯出一絲無奈的笑意，羅獵雖然智慧出眾，可是在有些方面卻表現得極其執著，比如說槍械的使用，到現在他都沒有勇氣去拿起一把槍。

顏天心抽出雙槍，不到必要的時刻她也不會取出那把霰彈槍。

張長弓目光一掃，已經粗略估計出這群殭屍的數量，低聲道：「大概一百人左右。」

羅獵點了點頭道：「全都幹掉！」說話間，左手的手雷已經貼著地面向遠處滾去，滾入殭屍聚集的地方，那些殭屍反應遲鈍，直到手雷碰到一名殭屍的足部停了下來，他們方才低頭望去，蓬！手雷在此時爆炸，爆炸掀起的氣浪將周圍十多名殭屍砸得翻飛而起，處於爆炸核心的殭屍更是被炸得血肉模糊。

殭屍雖然麻木，可他們都沒有恐懼，同伴的死亡非但沒有讓他們感到害怕，血腥反倒觸發了他們的凶性，所有殭屍向垓心中的三人衝了上去。

張長弓以屈起的左臂為支撐，霰彈槍架在左臂之上，瞄準殭屍最為集中的地方接連發射，張長弓非但箭術超群，槍法也是一流水準，每次射擊都不落空，做到槍槍爆頭，顏天心雙槍同時射擊，命中率絲毫不次於張長弓。

不過這次卻和以往不同，按照他們此前的經驗，殭屍被爆頭之後就會進入真正的死亡狀態，而現在這群殭屍在腦部中彈之後仍然未曾倒地，繼續掙扎向他們撲來。

羅獵抽出太刀大步向前，一刀將前方那名殭屍攔腰斬斷，張長弓和顏天心慌忙瞄準了羅獵身邊的殭屍，以防殭屍對他群起而攻之，可是他們馬上就看到了極其詫異的一幕，那些殭屍竟似對羅獵極其敬畏，紛紛閃到了一旁。

羅獵內心也是頗感好奇，很快就意識到所有殭屍都對他充滿敬畏，它們攻擊的目標集中在張長弓和顏天心的身上，對於自己都選擇迴避。羅獵馬上就聯想到了那顆慧心石，如果說那顆慧心石集中了昊日大祭司生前的能量和智慧，那麼慧心石的內部能量被自己吸收之後，或許自己就在不知不覺中擁有了昊日大祭司的氣息。

有了這樣的發現，羅獵自然有恃無恐，他擎起長刀左劈右斬，所到之處無不披靡。

鐵娃和周文虎兩人原本準備進來接應，可來到門前就聽到羅獵的聲音道：「守住外面，不要進來！」

周文虎湊在破裂的房門處向裡面望去，卻見羅獵長刀揮舞，刀光霍霍宛如砍瓜切菜一般奮戰在殭屍群中，張長弓和顏天心在他的身邊輔佐，他們三人已經完全控制住了局面，難怪讓外面的人無需插手，周文虎心中暗自感歎，這些人無一不是膽色過人的英雄好漢，選擇和他們為敵絕不是明智的事情。眼看著那一個個失去理智的瘋狂殭屍，周文虎的內心忽然生出一股前所未有的使命感，人活著不可以只為了自己，他要盡力彌補自身的錯誤，他要幫助當地的百姓重新回到昔日平靜的生活中去。

陸威霖和阿諾不敢輕舉妄動，他們一刻都不敢放鬆監視著遠方的包圍圈，雨越下越大，圍困在周邊的隊伍始終沒有前進的跡象，看來對方是在等待著機會。

陸威霖抬頭望了望天空，低聲道：「天就要黑了。」

一旁的老于頭接連打了幾個噴嚏，淋了一天的雨，再加上這幾日疲於奔波，他這把老骨頭有些熬不住了。整個隊伍中狀況最差的要數瑪莎，她原本就受了內傷，淋雨後雪上加霜，又開始發了高燒。

阿諾摸了摸瑪莎的額頭，憂心忡忡道：「得儘快帶你去看醫生。」

瑪莎蒼白的面孔浮現出一絲淡淡的笑意：「不妨事……」接連咳嗽了幾聲又道：「你不用擔心我，真主會保佑我的。」

阿諾點了點頭，低聲道：「我會保護你！」

瑪莎雙眸一亮，臉上流露出一絲羞澀。

鐵娃興奮的聲音傳來：「全部幹掉了！羅叔叔他們把殭屍全都幹掉了。」

阿諾轉身望去，看到羅獵三人從老營盤內走了出來，結果已經知道，至於這場勝利的過程只能去想像了，不過所有人都清楚這場勝利應當來之不易。

羅獵讓生病的瑪莎和老于頭先轉移到裡面一間乾淨的房間內，其餘人則負責老營盤周邊的警戒，包圍圈已經形成，不到萬不得已他們不會選擇強行突圍。羅獵幾人商量了一下，就目前而言，他們已經被困在了包圍圈內，時間對他們來說已經不多，只要夜幕降臨，那些圍困在他們周圍的敵人就會發動進攻。

張長弓道：「時間拖得越久對咱們就越不利，距離天黑還有一段時間，咱們要不要趁著這個時候衝出去？」

周文虎道：「至少這輛卡車還能開，加上那挺馬克沁，咱們不是沒有突圍的機會。」

老于頭咳嗽了一聲道：「敵人的數量不少，正面突圍非常的危險，其實在老營盤的下面還有一條密道。」

眾人都是一愣，老于頭捲入這件事中就是因密道而起，說起來密道還是宋昌金所挖，顏拓疆帶著馬永卿為了逃離新滿營才找到了宋昌金，逼迫宋昌金帶著他們進入了密道，按照宋昌金原本的計畫，是要經由密道直接到達老營盤，不過因為在密道中遇到了殭屍，所以他們不得不臨時改變了路線。

羅獵和顏天心對此也有印象，他們和顏拓疆一行碰面的地方就是密道其中的一個出口。

老于頭道：「此前的那個出口已經被炸毀了，不過我聽宋老闆說過，主出口就在老營盤，只要咱們耐心找找，應當可以找到。」

羅獵想了想道：「大家還是做兩手準備，一部分人負責修築臨時工事，增強老營盤的防守，一部分人負責尋找可能存在的密道。」其實他心中明白，即便是找到了密道，選擇密道離開也非一帆風順，其中說不定隱藏著相當數量的殭屍。

眾人達成協議之後，各自分頭去執行任務，尋找密道的工作交給了羅獵和顏天心，羅獵擁有探測儀，利用探測儀並沒有花費太久的時間就已經找到了密道的入口，密道入口就在他們最初進入的房間內，只不過入口處發生了坍塌，想要進入密道，必須先將坍塌的土層挖開，根據羅獵的初步探測，坍塌的這段大概有六米左右，想要將之全部挖通至少需要三個小時。

羅獵將情況向眾人說明，他們找來挖掘的工具之後馬上開始進行工作，除了兩個病號，再分出陸威霖、顏天心、鐵娃負責警戒之外，其餘人輪番上陣，力求儘快將入口挖通。

挖掘進行的並不順利，剛剛開始不久就遇到了石塊，他們不得不擴展挖掘的範圍，這又讓挖掘的時間出現了拖延。當晚六點，天色就已經全黑，雨越下越大，陸威霖蹲在車頂一動不動地觀察著周圍敵人的動向，敵軍的陣營還是一動不動，陸威霖感到又冷又餓，自從離開天廟，他們就已經斷了糧。陸威霖心中暗忖，以自己的體質都尚且如此，其他人的狀況想必會更加糟糕。

一個挺拔的身影從風雨中朝汽車走了過來，陸威霖遠遠就認出是羅獵，等羅獵來到他的身邊，漠然道：「出來偷懶了？」

羅獵微笑道：「偷得浮生半日閑！」話雖如此，他可沒有一刻閑著，在陸威霖的身邊蹲下，從陸威霖那裡要來了望遠鏡，觀察了一下遠方，遠方的敵人仍然保持著最初的陣營，他們似乎被凝固了，一動不動。

陸威霖道：「從包圍圈形成之後就沒有移動過。」

羅獵讚了一句：「好耐性！」

陸威霖道：「地道挖穿了嗎？」

羅獵搖了搖頭，剛剛又遇到了一塊大石頭，種種跡象表明，這條地下通道是被人從裡面堵上的，這給他們的挖掘工作增添了許多的困難，現在已經沒有了最初的樂觀，估計用時要增加一倍，如果不順利的話可能要耗去一整夜。

陸威霖道：「早知如此應該多收集一些子彈。」其實他們帶來的機槍子彈已經不少，可是從目前的狀況來看，還是少了一些，就算他射光所有的子彈恐怕也無法將敵人全都消滅。

羅獵道：「阿諾已經開始佈雷，咱們目前的彈藥應當可以支持上一陣子。」

「多久？」陸威霖問過這個問題之後就沉默了下去，他也沒期望得到羅獵的回答。在這方面他才是專家，比起羅獵他能夠做出更精準的估計。一陣子？他們所有的彈藥加起來不會撐過兩個小時的戰鬥，這還是在節省使用的前提下，不過興許已經足夠了。陸威霖經歷過無數戰鬥，但是很少有戰鬥會持續不停地進行超過兩個小時以上。

然而一切還是要做好最壞的準備，趁著羅獵幫忙觀察敵情，陸威霖開始檢查自己的武器裝備，他是個謹慎而認真的人，認真得近乎古板，在蒼白山之前，他甚至認為自己這輩子很難交到朋友，這一切都在遇到羅獵之後改變。

陸威霖道：「為什麼要到這裡來？」

羅獵被他突然的發問弄得一愣，然後道：「我答應過顏掌櫃，要過來看看她。」

陸威霖意味深長道：「這一趟走得辛苦吧？就算是為了見喜歡的女人也沒必要折磨自己，扮可憐？博同情？」

羅獵禁不住笑了起來：「你越來越像一個長舌婦。」

陸威霖道：「心虛了！」

羅獵道：「我現在特想揍你一頓。」

陸威霖冷峻的臉上難得露出了一絲笑容：「我來找你之前，曾經去出席了穆三爺的葬禮。」

羅獵點了點頭，如果不是陸威霖提起，他幾乎就要將穆三壽的名字淡忘。

陸威霖道：「葬禮辦得風風光光，你知不知道穆三爺在黃浦的碼頭和人馬如今都落在誰的手裡？」

羅獵搖了搖頭，他對此興趣不大，無論誰當家都不重要，政治環境不變，註定要走穆三壽的老路。陸威霖道：「白雲飛！」

聽到這個名字，羅獵並沒有感到意外，輕聲道：「他槍殺德國領事的事情了結了？」

陸威霖道：「有錢能使鬼推磨，白雲飛原本就是個很有辦法的人，不過他現在已經改了名字換了身分。」

羅獵道：「他那種人才不會被埋沒。」

陸威霖顯然也認同羅獵的話，把檢查好的手槍插入鞘中，又道：「葉青虹也去了，她還問起你。」

羅獵的表情波瀾不驚，腦海中卻浮現出葉青虹美麗而猶豫的面孔，葉青虹曾經邀請過自己同去歐洲，卻被自己拒絕了，現在她應當已經回去了吧？圓明園事件之後，她的恩仇就算有了了斷，繼續留在這兵荒馬亂的地方已經沒有了任何的意義。想起陸威霖一直都是喜歡葉青虹的，羅獵低聲道：「你的良苦用心，她應該已經知道了。」

陸威霖的唇角浮現出一絲苦澀的笑意：「她喜歡的人是你！」說出這句話，

他頓時感到輕鬆了許多，陸威霖是個豁達的人，他雖然沉默寡言，可是拿得起放得下，他不否認自己對葉青虹的感情，陸威霖的高傲卻在葉青虹的面前受到了前所未有的挫敗，葉青虹從未對他產生過愛意，甚至對他連普通的朋友都算不上，兩人在一起的時候，葉青虹始終保持著高高在上的架勢。其實不止是對自己，對別人也是一樣，如果說有例外，這個例外就在自己的身邊，就是羅獵。

情人眼裡出西施，在陸威霖的眼中，葉青虹無疑是這個世界上最完美的形象，集智慧與美貌於一身，他想不通為何羅獵對葉青虹不假辭色，雖然顏天心的美貌和智慧同樣不次於葉青虹，可陸威霖仍然想不通羅獵為何對如此出色的葉青虹無動於衷。

羅獵用一聲輕描淡寫的「哦」，來回應了陸威霖的這句話。

陸威霖報以呵呵一笑，兩人目光相遇同時笑了起來，羅獵在他肩頭捶了一拳道：「你該不是來追殺我的吧？」

「聰明！」陸威霖笑得越發暢快起來。

羅獵雖然跟他說這話，卻並未有一刻放鬆對遠方的警戒，他忽然道：「來了！」

陸威霖舉目望去，卻見正西方向的隊伍開始緩慢行進，對方的陣型在進入射程之前就有所改變，以一字長蛇陣縱向列開，朝著老營盤方向挺進。

雨勢小了一些，羅獵依稀辨認出從正面前來的是一支甲胄鮮明的隊伍，天廟武士，天廟方面果然沒有放棄對他們的追蹤。

陸威霖架起機槍，冷哼了一聲道：「今天就讓他們嘗嘗槍子兒的味道。」

羅獵卻道：「又停下來了！」

嗷嗚！嗷嗚！嗷嗚！四面八方傳來淒厲的嚎叫，這叫聲來自於鬼獒，此前他們就遭遇了鬼獒的攻擊，領教過這怪物的厲害，看來對方很可能要先出動鬼獒軍團，以此來消耗他們的火力。

鬼獒的叫聲也將正在從事挖掘的同伴驚動，張長弓出來查看情況，鐵娃和顏天心那邊暫時並未看到異動。

鬼獒的叫聲此起彼伏，若無強大的心理素質，單單是聽到這叫聲就已經被弄得心驚肉跳。他們這群人早已見慣風浪，再加上有羅獵這個主心骨在，所有人都擁有著強大的信心，堅信這場仗縱然無法打贏，他們也能夠全身而退。

羅獵吩咐下去，除了周文虎和老于頭繼續挖掘之外，其他人全部進入一級戰備狀態。挖掘地道和前線抗敵擁有同樣重要的地位，早一刻挖通地道，他們就能早一刻撤離戰場。

這次的敵人擁有著良好的耐性，鬼獒持續叫了一個小時卻仍然沒有發動進攻，羅獵分析了對方存在的可能，一是跟他們打心理戰，利用鬼獒的叫聲來製造心理壓力，二是存在他們沒有準備充分的可能，或許還在等待強援的到來。

阿諾重新檢查了一下此前布下的雷陣，確信沒有大的疏漏，回到卡車旁向羅獵通報狀況。

羅獵道：「希望不需要引爆最好。」如果到了引爆炸藥的那一步，就證明敵軍已經攻到近前，他們很可能要面臨一場貼身肉搏戰，那種狀況下，他們很難做到全身而退。

阿諾道：「我還留了一些炸藥，只要咱們逃入通道，就能將通道的入口炸毀。」他說得雖然樂觀可內心並不這樣想，朝著端坐在機槍旁時刻嚴陣以待的陸威霖看了一眼道：「難道咱們就一直這樣等下去？」

張長弓道：「等下去也沒什麼不好，等的時間越久，咱們挖開通道的可能就越大，能不打還是不打！」他轉身進入院落之中，幫忙挖掘去了。

羅獵拿起望遠鏡，看到遠方黑壓壓的陣列之中似乎有一簇鮮豔的紅色在閃動，那紅色並非火焰，羅獵眨了眨眼，確信不是自己因視覺疲勞而產生的錯覺，條件所限，他就算將望遠鏡的倍數調到最大，仍然無法看清那紅色到底是什麼。

腦海中卻陡然浮現出一張蒼白的俏臉，他似乎看到龍玉公主正朝著自己露出陰惻惻的冷笑，羅獵慌忙守住本心，試圖驅散這突如其來鑽入腦海中的幻象，可是他並未成功，龍玉公主的面部輪廓在他的腦海中變得卻越來越清晰。

羅獵對自己的意志力非常自信，在吸取慧心石的能量之後，他已經能分辨出腦海中的影像究竟是來自於自己的想像，還是來自於外界的干擾，這次無疑來自於後者。

其實在顏天心多次產生幻象之後，羅獵就已經產生了警覺，這位始終沒有真正露面的神秘人擁有著強大的精神力量，甚至可以利用這種力量侵入他人的意識，羅獵和顏天心意志力都非常強大，羅獵先是在吳傑的引領下學會了調息吐納之術，而後又蒙父親授予智慧種子，剛剛又在天廟得到了慧心石，這種種機緣是常人無法企及的。

所以羅獵才能夠輕易挫敗藤野忠信的攝魂術，縱然如此，現在仍然有人可以將影像清晰傳達到他的腦域，可見對方的精神力何其強大。羅獵能夠感覺到對方也嘗試進入自己的腦域深處，羅獵來自本心的意識抵禦著對方的侵入。

龍玉公主稚嫩的俏臉充滿著和她實際年齡不符的仇恨，羅獵並不理解這種仇恨，從某種意義上來說，是自己釋放了她，如果不是自己湊巧進入了九幽秘境，興許龍玉公主依然被禹神碑鎮在那黑暗冰冷的地底深處。她非但不知道感恩，居然恩將仇報。其實羅獵明白，縱然自己沒有進入九幽秘境，秘境中的火山早晚還是要噴發，只是不知道火山爆發後熔岩會不會將龍玉公主的屍體熔化掉，其實世上的很多事註定要發生。

「你們都要死！」龍玉公主字字泣血道。

第十章

虎老雄風在

虎老雄風在，縱然顏拓疆未穿軍裝，
這一身老農的裝扮仍然掩不住他的霸道雄風，
只有在直面顏拓疆的時候，
馬永平才會感覺到自己永遠無法企及他的高度和地位，
自己雖然一度成為新滿營的主人，
可卻從未走入這些將士的內心。

羅獵推測出她對自己的仇恨很可能源自於那顆慧心石，按照宋昌金所說，慧心石是昊日大祭司轉生復活的關鍵，現在慧心石中的能量被自己吸收，也就是說昊日大祭司已經沒有了復生的機會，從龍玉公主生前親手設立轉生陣來看，她對這位師父的感情極深。如果龍玉公主能夠復活，那麼她重生後所要做的第一件事就是啟動百靈祭壇上的轉生陣，幫助昊日大祭司復活。

羅獵無所畏懼，他強大的內心產生了源源不斷的力量，這力量將龍玉公主的幻影一點點逼出他的腦域，龍玉公主俏臉的輪廓開始變得扭曲模糊，最終因無法承受羅獵強大的意志力而如鏡子般破碎，碎裂成千片萬片，又分裂成為沙塵，隨風而逝，消散於羅獵的腦海，丁點不剩。

羅獵忽然意識到他們的一舉一動全都在龍玉公主的監視下，他不知龍玉公主現在是否已經復生，內心中感到一種無形的壓力正在迫近。

被張長弓替換下來的老于頭來到了外面，向眾人彙報一個好消息，地道應當就快挖通了，估計一個小時後就能夠將最後的一段挖開。

眾人聽到這個消息，大都露出了欣慰的表情，如果敵方在一個小時內還沒有發動進攻，那麼他們就能夠不費一槍一彈離開這險惡之地。

羅獵卻沒有那麼樂觀，內心的危機感變得越來越迫切，他向眾人道：「大家準備，我想，他們的進攻就快開始了！」話音剛落，對方的全面進攻已經展開。

率先發動進攻的是西方的敵軍，負責打頭陣充當先鋒的是近百頭鬼獒，這些鬼獒行進的速度猶如閃電，轉瞬之間已經進入射程。

陸威霖早已子彈上膛，等待的就是這一刻，冷靜扣下扳機，馬克沁機槍宛如一頭猛獸般吼叫了起來，伴隨著火舌突出槍口，密集的彈雨向前方傾瀉而去，突突突的射擊聲中，子彈紛紛射入鬼獒群。

瞬間已經有十多隻鬼獒中彈倒下，彈雨卻未能嚇退牠們，凶悍的鬼獒爆發出一聲聲淒厲的嚎叫，牠們蛇形前進，盡可能躲避射擊，在槍林彈雨中穿行。

與此同時，老營盤的正北和正南方向各有兩隻隊伍開始向老營盤靠近。

顏天心透過步槍的瞄準鏡放大敵軍的陣列，這竟然是一支機動部隊，擁有三輛越野車，數十輛摩托車，隨著他們的不斷接近，從車上的徽標來看應當屬於新滿營的部隊。

顏天心的內心中充滿了詫異，阿諾和老于頭兩人過來支援，顏天心扣動扳機，子彈咻的一聲射了出去，在暗夜中劃出一道筆直亮麗的火線，正中站在越野車上的那名指揮官的頭顱，腦漿四濺，指揮官的屍體從越野車上栽落下去。

顏天心重新將子彈上膛，這次瞄準的是汽車輪胎，一槍命中，那輛汽車歪歪斜斜向左側撞去，將並排行駛的汽車直接撞翻。阿諾和老于頭兩人也開始瞄準遠處射擊，率先剷除的是汽車和摩托車，只有將這些機動車輛剪除，才能夠讓對方的整體進攻速度慢下來。

顏天心冷靜叮囑道：「瞄準摩托車的油箱射擊！」

說話間，又是一槍射出，子彈準確命中了一輛行進中的摩托車，彈頭正中油箱，摩托車爆炸開來，火光衝天，爆炸引起的衝擊波讓車上的三名駕乘者被掀上了夜空。

夜空也因此而變得明亮了起來，鐵娃守住的北面相對平靜，張長弓前來增援的時候，發現瑪莎已經到了，在房內休息了一會兒之後，她感覺好了一些，生死關頭，同伴們全都投入到戰鬥之中，她當然也要盡一份力。

看到張長弓到來，瑪莎道：「張大哥，你快去幫忙挖掘，這邊目前還沒有狀況。」所有人投入戰鬥之後，現在負責挖掘的只有周文虎一個，挖掘進度必然受到影響，張長弓拿起望遠鏡看了看遠方，看到遠方的敵人雖然開始移動，不過速度極其緩慢，應當是一群殭屍病毒的感染者。他向鐵娃道：「你幫忙挖掘，我在這裡守著。」

鐵娃點了點頭，轉身去了。

馬永平站在屋簷下呆呆看著外面的雨，這場雨已經下了大半天了，仍然沒有停歇的跡象，在他的記憶裡近幾年甘邊都沒有下過那麼大的雨，今天不知是怎麼了？或許是下雨的原因吧，今天的心情格外感到鬱悶，派出去的周文虎沒有消息，甚至連那群日本人也沒有回來。他之所以選擇和藤野忠信合作，是因為親眼見到了藤野忠信鬼神莫測的能力。

他對藤野忠信是有信心的，可是這種信心隨著時間的推移已經就要垮塌，馬永平不由得開始懷疑，興許藤野忠信本沒有那麼強大的能力。雨一直下，馬永平因這場雨而紛亂如麻，確切地說讓他心亂的不止是雨。這兩天他總會不由自主地想起馬永卿，想起自己和她的過去。他一直堅信，這世上的每一個人都渴望出人頭地，他奮鬥努力的初衷是為了過上更好的生活，是為了給自己心愛的女人安定而穩定的生活，可在他費盡辛苦終於實現了自己目標的時候，卻發現自己已經沒有可以共用這一切的人。

他曾經面臨抉擇，幾乎沒有太多的猶豫他就做出了抉擇，選擇權利而放棄了愛人，在顏拓疆帶馬永卿離開之後的這段時間裡，馬永平感覺內心空空的，他開始考慮自己因何要放棄，為何要做出這樣的選擇，現在他忽然明白，吸引自己的不僅僅是權利，還有一個誘因，是因為他意識到馬永卿的改變，她已經不再是昔日的那個她，她已經變心了。

心念及此，彷彿有人用刀狠狠捅在他的心頭，馬永平感到一陣隱痛，最為悲哀的是，他的這種痛只能自己感受，甚至連一個傾吐的對象都沒有。在他的內心深處沒來由感到一陣恐懼，這恐懼來自於孤獨。高處不勝寒，雖然他最後終於逼迫顏拓疆說出了秘密金庫的所在，解決了軍餉，避免了將士的嘩變，可是以後呢？這樣的太平景象能夠維持多久？為了清除城內的殭屍病毒感染者，他大開殺戒，已經引起了很多人的不滿。

雖然無人在他的面前提起，可是馬永平仍然能夠從百姓和將士們的目光中感覺到，**權力並不會讓一個人感到真正的快樂**。

副官冒雨來到馬永平的身邊，向馬永平通報道：「將軍，有一支部隊出現在西門附近！」

馬永平道：「有沒有查出是什麼來路？」

副官搖了搖頭道：「目前還不知道。」

馬永平道：「西門的修補進行得怎麼樣了？」

「已經全部竣工。」

馬永平道：「讓常懷新嚴加警戒，只要對方膽敢靠近，格殺勿論。」

副官道：「他就在外面，說是有緊急狀況通報。」

馬永平點了點頭道：「讓他進來，我去客廳等他。」

常懷新是馬永平信任的部下之一，他對常懷新不薄，新滿營東西南北，西門的防守最為重要，這也是馬永平在西門出事之後，馬上委任常懷新負責西門警戒的原因。

常懷新在客廳門前脫了斗蓬，冒雨而來身上仍然淋濕了多處。進入客廳首先立正向馬永平行禮，馬永平並未還禮，低聲道：「坐吧，這是在家裡，又不是在外面。」

常懷新將濕噠噠的帽子摘下，遞給了一旁的副官，來到馬永平旁邊的椅子上坐下。

馬永平讓人上了一杯茶，常懷新接過熱茶飲了一口道：「將軍，我來是特地向您稟報一些情況的。」

馬永平朝一旁的副官看了一眼道：「已經知道了，有沒有查清那人馬來自何方？」

常懷新道：「應當是紅石寨的人馬。」

馬永平不屑哼了一聲道：「不自量力，我沒找他們，他們卻主動找上門來了，這樣也好，省得我發兵去清剿，簡直是自尋死路。」

常懷新又道：「王陵那邊有消息了。」

馬永平哦了一聲，他極為關心這件事，畢竟周文虎帶走了他的精銳部隊，一千多名訓練有素的士兵如果出了問題就可惜了。

常懷新道：「他們都沒事，周文虎率領他們並未按照命令前往王陵，而是改變方向……」他故意沒有說完。

馬永平卻已經明白了他的意思，怒道：「你是說他們倒戈了？」

常懷新點了點頭。

馬永平拍案怒起：「周文虎那個王八蛋，我對他不薄，他竟然敢去投奔顏拓疆？」

常懷新道：「興許他一直都存著這個心思，只是沒有找到機會罷了。」

馬永平緩緩轉過頭來，雙目灼灼盯住常懷新道：「什麼意思？莫非你也……」

外面響起清脆的槍聲，馬永平的身軀因為這槍聲而顫抖。

常懷新道：「大帥沉迷女色，傷了很多人的心，可是當大家都明白大帥是被小人蠱惑，方才做出那些糊塗事的時候，多半都選擇了諒解。」

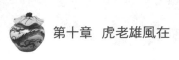

馬永平恨恨點了點頭道：「常懷新，別忘了你的家人還在我的手裡。」

常懷新微笑道：「沒有足夠的底氣，我怎敢跟你攤牌，你以為自己已經完全掌控了局勢，所以難免得意，偏巧城裡又出了這麼多的事情，我們若是不懂得把握機會，豈不是傻子？」就算沒有顏拓疆找上門來，常懷新這些老部下也準備伺機起義，他們所需要的只是機會。

馬永平的手緩緩向下落去，他相信自己拔槍的速度完全可以秒殺對手。

常懷新依然沒有動，勝券在握道：「換成我是你，就不會輕舉妄動。」一直站在一旁的副官舉起了手槍，從側面瞄準了馬永平，與此同時，外面的窗口處一個個烏洞洞的槍口對準了裡面，只要馬永平膽敢輕舉妄動，就會被亂槍射殺打成蜂窩。

馬永平呵呵笑了起來，他舉起了雙手，副官走過來下了他的槍。

馬永平大聲道：「顏拓疆，你在嗎？你這老東西，我小瞧了你。」一個頭戴斗笠身披蓑衣的身影從雨中走到了客廳的門口，再次走入自己的府邸，顏拓疆並沒有感到一絲一毫的欣慰和榮光，自小離家受盡苦難，歷經無數拚搏方才成為雄霸甘邊的一方梟雄，建立讓他曾經引以為傲的基業，可他的半生經營全都壞在了一個女人的手上，常懷新剛才的那番話不僅僅是說給馬永平聽的，更像是在提醒自己。

虎老雄風在，縱然顏拓疆未穿軍裝，這一身近乎老農的裝扮仍然掩不住他的霸道雄風，只有在直面顏拓疆的時候，馬永平才會感覺到自己或許永遠無法企及他的高度和地位，自己雖然一度成為新滿營的主人，可卻從未走入這些將士的內心。

顏拓疆望著馬永平的目光極其平靜，沒有仇恨也沒有鄙夷，他輕聲道：「看到我仍然活著，是不是感到失望？」

馬永平怒視顏拓疆：「成王敗寇，你殺了我就是！」

顏拓疆歎了口氣道：「殺了你？」他搖了搖頭，停頓了一下又道：「若是殺了你，我未來的兒子豈不是出生就沒有了舅舅？」

馬永平的內心如同被重錘擊中，他此時突然明白了馬永卿因何會背叛自己，她竟然懷有顏拓疆這老匹夫的骨肉。

看到馬永平痛苦的表情，顏拓疆終於感到一絲快慰，他仍然不能看淡恩仇。

馬永平卻忽然笑了起來，笑得眼淚都快流了出來，笑得顏拓疆都感到詫異，懷疑這小子莫不是因為害怕而發瘋？

馬永平當然不會發瘋，他能夠成功篡奪顏拓疆的權位就是明證，他充滿嘲諷地說道：「難道她至今都沒有告訴你，她不是我妹妹？我們之間根本就沒有任何的血緣關係，你老糊塗了？她嫁給你的時候已經不是完璧之身！」

顏拓疆臉上的笑容倏然消失，他從腰間猛地將匕首抽了出來，抵住了馬永平的咽喉，他甚至害怕馬永平繼續說下去。

馬永平不怕死，縱然刀鋒已經劃破了他頸部的肌膚，他仍然道：「那女人騙了你，我跟她之間從來就沒有中斷過，你這麼老，又怎能斷定她肚子裡的孩子一定姓顏？」

常懷新和一幫在場者都聽得目瞪口呆，如果能夠選擇，他們寧願不在現場，馬永平吐露的秘密實在太過驚人，他們都想到了一個讓人恐懼的可能，在他們知悉顏拓疆的秘密後，這位心狠手辣的老帥該不會在重新執掌大權後將他們滅口？

顏拓疆的確無法斷定，馬永平同樣不能斷定，清楚這胎兒父親的人或許只有馬永卿。

馬永平似乎重新找回了主動，他望著顏拓疆道：「你老了，又太好奇，非得想要得到結果，聽到這個事實你驚不驚喜？意不意外？」

顏拓疆臉上的怒氣漸漸消失，他居然很好地控制住了自己的情緒，點了點頭道：「的確有些意外，不過那孩子一定是我的，就算他不是我的，我也要將他當成自己的親生兒子一樣對待，你滿意了？」

馬永平愣住了，他沒想到顏拓疆竟然當著眾人的面做出這樣的回覆。

「你……」

顏拓疆道：「上天其實待我不薄。」聲音陡然變得嚴厲：「將他關起來，刺瞎他的雙眼，割掉他的舌頭和卵蛋，打斷他的雙手雙腳，我要讓他好好活著。」

機關槍的槍口已經發紅，卡車的周圍瀰散著刺鼻硝煙的味道，大半鬼獒已經在槍下喪命，不過仍然有十多隻衝過了火力封鎖，陸威霖改用步槍近距離射擊。

羅獵已經迎著鬼獒衝了上去，手中長刀揮舞，直接將前方的一頭鬼獒從中劈成兩半，他留意到一個奇怪的現象，這些鬼獒也無一向他發動攻擊，寧願選擇繞過他。

陸威霖從高處接連射殺鬼獒，一頭鬼獒原地跳起騰躍到卡車之上，試圖從背後撲向陸威霖，羅獵眼疾手快，射出一記飛刀，那鬼獒發出一聲慘呼，從空中墜落在了地上。

羅獵走過去又補上一刀，再將飛刀從鬼獒的身上抽出。

陸威霖道：「有槍不用，多此一舉。」其實他也瞭解羅獵的怪癖。

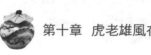

羅獵充耳不聞，目光投向遠方，看到西方的第二波攻擊開始啟動，這次前來的是甲冑鮮明的天廟騎士。

陸威霖道：「奇怪，那些鬼獒怎麼不攻擊你？」

羅獵道：「我也搞不清楚，可能是我的人品比你好。」

陸威霖忍不住笑了起來，他當然知道羅獵是在胡說八道，鬼獒可不挑人品，剛才在老營盤內羅獵斬殺那些殭屍的時候也出現了同樣的狀況，殭屍的攻擊目標都放在顏天心和張長弓的身上，對羅獵卻選擇無視，這就讓羅獵得以騰出手來大殺四方。

顏天心槍法極準，槍槍都不落空，老于頭和阿諾的槍法加起來都比不上她，兩人心中暗暗羨慕，阿諾心中暗忖，顏天心的槍法比起陸威霖毫不遜色。卻見顏天心端起步槍又是一槍射出，子彈呼嘯而出，扯出筆直的火線徑直射中了一輛摩托車的油箱，火光伴隨著爆炸燃起，這樣摧毀中心目標的戰術行之有效，只要射中摩托車的油箱，就會引發爆炸，爆炸輻射範圍內的敵人死傷頗重。

阿諾和老于頭雖然也射殺了不少敵人，卻達不到顏天心的精準程度，很難在這麼遠的距離下射中油箱。顏天心雖然效率很高，可是敵方兵力佔據絕對的優勢，單憑他們三人仍然無法阻止敵軍隊伍的推進。

老于頭湊在望遠鏡上望去，有些詫異道：「怎麼是他？」

顏天心道：「誰？」

老于頭道：「方平之！馬永平的親信。」

顏天心向遠處又開了一槍，冷冷道：「不管是誰，都已經喪失了本來的意識，現在的他們甚至不能稱之為人。」她將步槍丟下，從一旁拿起了衝鋒槍，瞄準遠方開始掃射。

阿諾看到敵軍已經推進到自己布下的第一層雷區，果斷引爆，在一聲驚天動地的爆炸中，數十名敵人被砸得人仰馬翻，一輛越野車被爆炸掀到了半空中，然後又倒著頭栽落下去，不急閃避的數名敵軍被砸在車下，頓時成為肉泥。

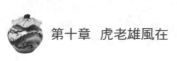

顏天心和老于頭趁著這次爆炸給對方造成混亂時不斷射擊，擴大敵方傷亡。張長弓守住的南側壓力最小，敵軍推進緩慢，到現在仍沒有進入他的射程。相比較而言，羅獵和陸威霖鎮守的西線壓力最大，在第一輪鬼獒攻擊過後，由天廟騎士組成的進攻隊伍也已經開始迅速推進。陸威霖在對方進入射程之後開動馬克沁機槍，密集的子彈又如蜂群般撲入敵人的陣營。

天廟騎士行進的速度雖然無法和鬼獒相比，但是推進速度也很快，人馬全都覆蓋著堅韌的盔甲，子彈射在盔甲上迸射出點點火星，天廟騎士的盔甲雖然能夠抵禦普通的槍支，可是在面對威力迅猛的馬克沁重機槍時卻無能為力，子彈射穿盔甲穿透了天廟騎士的身體，高速衝殺的天廟騎士一排排倒下。

然而陸威霖卻絲毫高興不起來，他明白這種優勢無法持續太久的時間，機槍子彈損耗很快，只剩下最後的一箱，面對潮水般湧來，前撲後繼的天廟騎士他有種無以為繼的感覺，單憑著這挺馬克沁機槍，他已經支持不了太久。

馬克沁機槍的迅猛火力並沒有將天廟騎士嚇退，冒著槍林彈雨，他們不斷向老營盤的方向挺近。羅獵已經幫忙換上了最後一箱機槍子彈，他和陸威霖交遞了一個眼神，彼此都明白，只要這箱子彈用完，他們就再也無法阻擋天廟騎士的進攻，即將面臨和對方金身相搏的局面。

羅獵的內心也不禁有些著急了，他轉身望去，看到張長弓高大的身影朝這邊快步跑來，一邊跑一邊驚喜道：「挖通了，挖通了！」

陸威霖道：「你們先撤，我再頂一會兒！」天廟騎士的推進速度很快，如果他現在放棄，恐怕不等所有人撤離，敵方就已經攻到近前。

羅獵讓張長弓先組織其他人撤退，自己要留下來配合陸威霖阻擋敵軍。

卡車前方的地面突然裂開，一個黑乎乎的東西從地底鑽了出來，這東西身軀龐大，因牠的破土而出，卡車竟然被整個掀了起來，向左側傾倒。

陸威霖尚未來得及將機槍槍口調轉，羅獵大吼道：「快跳！」

兩人慌忙從卡車上跳了下去，剛剛從卡車上跳下去，那黑色的東西就從地底現身，牠竟然以隻身之力將那輛卡車掀翻在地，羅獵和陸威霖跳下卡車，卻見卡車又從頭頂向兩人覆壓下來，兩人連滾帶爬，好不容易才逃出卡車覆蓋的範圍。卡車車廂砸落的地方距離他們的身體不到半米，車廂內的子彈殼散落了一地。

陸威霖還有大半箱機槍子彈沒來得及發射，再看那挺馬克沁機槍也已經被壓在車底，顯然無法使用了。

羅獵率先從地上爬起，一把將陸威霖拽了起來。

那隻破土而出的怪物已經爬上了卡車的底部，從外形來看這是一隻通體烏黑的甲蟲，宛如坦克般大小。羅獵和陸威霖同時發出一聲驚呼，這麼大個的甲蟲他們還是頭一次見到，不過兩人都是見多識廣，反應速度一流，第一時間就做出了反應，陸威霖掏出手槍瞄準甲蟲連續射擊。羅獵則抽出一柄飛刀向甲蟲射去，他的直覺告訴自己，尋常的飛刀無法射穿這甲蟲堅硬的外殼，所以直接祭出地玄晶鍛造的飛刀。

面對這麼大的目標，槍法如神的陸威霖自然不可能錯過，子彈例無虛發，全都射擊在巨型甲蟲的身上，子彈撞擊在甲蟲漆黑堅硬的外殼之上，發出類似於撞在金屬甲板上的聲音，叮噹之聲不絕於耳，花生米大小的彈頭對這甲蟲根本造不成任何的傷害。

羅獵射出的這一刀也沒能刺入甲蟲的身體，刀尖撞擊在甲蟲外殼上之後馬上就掉落在地上。

不過讓他們欣喜的是，甲蟲居然主動向後退去，陸威霖以為那甲蟲被子彈嚇怕，正準備衝上去乘勝追擊之際，卻聽羅獵大叫道：「快走！」陸威霖方才知道不妙，顧不上搞清狀況，轉身跟著羅獵就跑。

身後傾覆在地的卡車竟然翻轉起來，卻是被那甲蟲用堅硬的頭顱頂住，猛地掀起，卡車接連翻轉，朝兩人擠壓而來。向來冷靜的陸威霖也不禁大叫起來：「我靠，什麼怪物？」

兩人使出吃奶的力氣，奔到老營盤的外牆前方，同時躍起，從土牆的缺口魚躍撲入院落之中。那翻轉變形的卡車在甲蟲的推動下狠狠撞擊在土牆之上，大片的土牆被撞得坍塌倒地，一時間煙塵四起。

張長弓正在組織眾人向地洞中撤退，也被這驚天動地的動靜吸引了注意力，塵土激揚中，一個宛如黑色坦克的巨蟲爬上了那被折騰得完全變形的卡車，龐大身軀壓得那卡車發出吱吱嘎嘎的聲響。

張長弓大吼道：「快走！」舉起手中的霰彈槍瞄準甲蟲的頭顱，蓬地射出了一槍，霰彈槍在近距離的殺傷力和火力範圍要強於常規武器，這一槍打得那甲蟲腦袋歪了一下，不過仍然沒能對甲蟲造成致命傷害，張長弓接連射出兩槍。

趕來支援的顏天心大聲道：「退，快退！」

羅獵和陸威霖兩人相互扶持著向張長弓跑去，顏天心舉槍瞄準了那輛卡車，卡車被巨型甲蟲壓在身下，底盤朝上，剛好卡車的油箱暴露在外，顏天心鎖定油箱的位置，扣動扳機。子彈射中了卡車油箱，油箱頓時爆炸，卡車內的燃油引發了驚天動地的爆炸，側向衝來的氣浪將羅獵幾人全都推倒在地，顏天心因為正面朝向氣浪，直接遭遇了爆炸的衝擊波，她後仰摔倒在了地上，手槍也扔到了一邊，眼前金星亂冒，整個世界變得天旋地轉。

那巨型甲蟲被爆炸引發的巨浪掀翻在地，六條小腿在空中不停蹬踏，這次的爆炸讓牠遭遇重創，一時間已經無力從地上爬起。

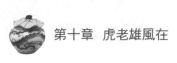

羅獵跑過去將顏天心從地上攙起，大吼道：「快撤！快撤！」

張長弓拉著頭腦暈乎乎的陸威霖從地上爬起，兩人向地洞奔去。

一名天廟騎士縱馬從燃燒的車架上一躍而過，挺起手中長矛，照著羅獵的後心扎去。羅獵身體一偏，矛尖從他的身側穿過，他用左臂順勢夾住長矛，身體回轉，右臂迴旋射出一記飛刀，那飛刀以驚人的速度穿越層層細雨，正中天廟騎士的頸部，蘊含全力的刀鋒刺破天廟騎士頸部的護甲，深入到他的肉體之中，光芒從盔甲的裂口透入，天廟騎士的肉體頓時燃燒了起來，他的身體從馬背上栽落，羅獵將長矛奪了過來，此時又有兩名天廟騎士衝入老營盤，將他和顏天心與張長弓等人隔離起來。

張長弓舉槍衝向前方，試圖幹掉阻攔在他們中間的天廟騎士，將兩位同伴解救回來，可此時越來越多的天廟騎士已經從四處缺損的院牆騰躍進來。

羅獵和顏天心腳下的地面突然拱起，又一隻巨型甲蟲從地底拱了出來，羅獵和顏天心所在的位置正是這甲蟲的背部，顏天心尚在頭暈目眩之中，立足不穩尖叫一聲從甲蟲的背部滑落，羅獵一把將她抱住，借著滑落的勢頭，雙膝微屈，猛然向前騰躍而起，穩穩落在那匹無主駿馬的背上。

巨型甲蟲已經從地面完全現身出來，宛如一座小山包般將張長弓等人和羅獵顏天心隔離在兩邊，羅獵大吼道：「快走！阿諾！炸了老營盤！」他抓住轡繩用力一抖，催動胯下駿馬往老營盤的正南方奔去，那邊目前還沒有天廟騎士，還有一個缺口。

張長弓不再猶豫，如果他們堅持繼續留下，恐怕所有人都要喪命於此，在這個團隊之中他擁有著僅次於羅獵的威信，羅獵不在場的時候，他的話擁有絕對的權威，張長弓大吼道：「撤！」

陸威霖目睹羅獵帶著顏天心縱馬越走越遠，顯然他們是要放棄進入地道，遠離老營盤。雙目發紅恨不能衝上去和他們同生共死並肩戰鬥，可理智卻告訴他必須要做出抉擇，趁著羅獵和顏天心吸引敵方的時候，他們所有人迅速撤退進入了地道中，按照羅獵的吩咐，阿諾觸發了佈置在老營盤周圍的所有炸藥，一時間老營盤火光衝天，地動山搖，所剩無幾的建築在這場爆炸中變成了廢墟。

黑暗中張長弓打開了手電筒，他簡單清點了一下人數，除了羅獵和顏天心沒有來得及逃入地道之外，其餘人一個不少，而且好在都沒有受傷。張長弓向阿諾下達了第一個命令，就是將他們後方的地道炸毀，避免敵人從後面追擊上來。

阿諾道：「只是這樣一來，羅獵他們就再也不可能從這裡逃生了。」

張長弓道：「他們不會選擇這條路了。」說完他就大踏步向前方走去。

其實這個道理所有人都明白，羅獵和顏天心選擇了一條生死未卜的道路，應當說並非是他們的選擇，剛才的情況下也由不得他們做出選擇。陸威霖道：「按照張大哥的話做吧，我看到羅獵和顏天心騎馬向南逃走了。」他本想說羅獵向來福大命大，可話到唇邊又咽了回去，今時不同往日，羅獵和顏天心前有敵人，後有追兵，更何況還有兩隻身體強橫無比的巨大甲蟲在後方追逐。

鐵娃道：「羅叔叔一定有辦法逃出來。」他的話讓所有人的心中同時燃起了希望，是啊，羅獵最大的長處就是將不可能變成可能，在他們看來無路可逃的局面，換成羅獵哪一次不是逃出生天？

張長弓想到的卻是顏天心那把威力巨大的鐳射槍，只要那把槍在，他們逃生就應當有希望，張長弓停下腳步，轉身看了看仍然沒有跟上來的同伴們，大聲道：「走吧，有時間還是多擔心擔心自己，這地道裡面也未必太平！」

顏拓疆站在滿目瘡痍的廢墟之上，如果不是親眼所見，他真的很難相信這就是昔日新滿營最繁華最富庶的南陽大街，這條大街集合著甘邊最大的商號，居住著新滿營最富有的人家，最好的酒樓，最有風情的妓寨，而現在已經全都化為了一抔焦土。

細雨和灰燼混雜在一起，形成烏黑的一道道水流，在昔日乾裂的黃土地上蜿蜒行進，猶如一條條猙獰扭曲的毒蛇，顏拓疆的內心似乎正被這一條條的毒蛇吞噬著。眼看自己創造的輝煌變成了這副模樣，這種心痛的滋味外人很難瞭解。

常懷新舉起一把油布傘來到顏拓疆身邊，為他遮住頭頂的雨絲，顏拓疆擺了擺手，示意沒那個必要，用力吸了一口氣，努力將肺腑中的怨氣壓榨出去，而後才用低沉的聲音道：「有沒有統計，咱們目前折了多少人？」

常懷新道：「死亡及失蹤的士兵共有五千人，城內的百姓大概有……」說到這裡他停頓了一下。

顏拓疆轉過身去，深邃的雙目中閃過有如冷電般的光芒。

常懷新沒來由打了個激靈，這才道：「老百姓死亡接近萬人。」

顏拓疆怒道：「怎麼會那麼多？」

常懷新暗暗歎了口氣，老百姓沒有直接參與戰鬥，按理說本不該死亡這麼多，可是為了控制殭屍病毒的傳播，馬永平不得不採用極端的做法，炮擊南陽大街，將整個南陽大街夷為平地，這其中包括將大街內所有的住戶和行人殺掉，一個不留，對於疑似感染者也採取果斷的清除措施，這才是導致老百姓大量死亡的根本原因。

常懷新和許多將士一樣對此不滿，並感到痛心，可是如果馬永平當初沒有採用雷厲風行的極端手段，現在的新滿營或許已經成為了殭屍的天下。

顏拓疆的悲哀並不僅僅因為新滿營所經歷的這場屠殺和已經遭到的破壞，只要有時間一切都可以重來，而他雖然回到了新滿營，成功控制住了馬永平，可是他卻發現曾經失去的可能永遠失去了，他已經沒有了雄心壯志，一旦失去了雄心壯志，就失去了信心和希望。顏拓疆的這次回歸本想證明一些事，可他卻意外地發現自己已經老了，真真正正的老了。

馬永平被俘時說出的那句話猶如一根毒刺般深深刺入了他的內心，顏拓疆發現在和馬永平的爭鬥中自己仍未獲勝，因為馬永平的關係，他終將帶著疑心和遺憾活下去，他不知能夠支持到什麼時候？也不知道能否得到答案。

顏拓疆忽然道：「我改主意了。」

常懷新被他突然蹦出的一句話弄得有些糊塗，恭敬道：「還請大帥明示。」

顏拓疆道：「殺了馬永平，我想為後代積點德。」

馬永平被剝去了衣衫，赤身裸體地銬在了地牢內，這地牢就是他曾經關押顏拓疆的地方，馬永平感覺命運跟自己開了一個天大的玩笑，讓自己的人生這麼快就登上了巔峰，而時間又如此短暫，轉瞬之間又從巔峰滑入低谷，馬永平意識到自己今生今世可能再也沒有了翻身的機會。

負責對他行刑的是他的副官，人情冷暖，馬永平對此早已領悟徹底，他望著那副官道：「若是顧念舊情，給我一個痛快！」希望這副官還念著自己昔日對他的好處，先一刀刺死自己然後再做出挖眼割舌的事情，事後向顏拓疆稟報，就說自己承受不住折磨而死。

副官的唇角露出一絲冷笑，馬永平從他的笑容中已經讀懂，他是絕不會為自己冒險的，於是馬永平不再說話，閉上了雙目。副官拔出了尖刀先抵在馬永平的咽喉處，然後沿著他的肌膚一點點向下，刀鋒劃過馬永平小腹的時候，因為冰冷刀尖的刺激，馬永平白皙的皮膚上應激生出大片的雞皮疙瘩，他意識到屈辱的人生即將從現在開始了。

副官微微抬起了尖刀，正準備下刀的時候，卻聽到嗤的一聲，這是利刃穿過肉體的聲音，馬永平下意識地睜開了雙眼，卻看到兩名士兵無頭的屍體先後栽倒在地。副官充滿惶恐地望著胸口，在他的胸口處，一截帶著鮮血的雪亮刀鋒透出，刀鋒從副官的身體抽離了出去，一隻大手從後方伸出，極其粗暴地將副官的屍體推到了一邊，副官的屍體撲倒在地，手中的尖刀噹啷一聲掉落在地上。

馬永平的眼前出現了一個黑衣蒙面的忍者，那忍者將如同一泓秋水般明亮的太刀插入背後的刀鞘，然後揭開了蒙在臉上的黑布，在生死關頭救了馬永平的人，竟然是藤野忠信。

馬永平錯愕地望著藤野忠信，他實在想不通藤野忠信營救自己的原因，畢竟目前自己已經失去了一切，再沒有任何的利用價值。

藤野忠信看透了他的心思，冷笑道：「是不是很奇怪我因何要救你？」

馬永平反問道：「我還有什麼可利用的價值？」

藤野忠信將一個藥箱放在馬永平的腳下，然後道：「你只需將這些東西投入新滿營軍營的水源中，士兵飲用之後就會變成嗜血成性的殭屍。」

馬永平瞪大雙眼，他甚至懷疑此前感染的殭屍病毒就是藤野忠信一手造成。

藤野忠信道：「這種病毒和此前的完全不同，那些士兵感染後會擁有更強的力量，更快的速度，他們曾經擁有的技能非但不會減弱，而且會進一步增強。」

馬永平知道這世上絕沒有天上掉餡餅的好事，藤野忠信必有所圖。

馬永平道：「你是要我一手將病毒散播出去嗎？」

藤野忠信點了點頭道：「我是個有信仰的人，有些事我不會去做。」

馬永平暗罵這日本鬼子自欺欺人，明知是壞事不親手去做，難道假手於他人就不違背信仰了？強盜邏輯，日本人全都是強盜邏輯。

藤野忠信微笑道：「你在罵我？你不願意？」

馬永平內心一凜，自己的心思竟然瞞不過藤野忠信，想起藤野忠信強大的精神控制力，他的內心不禁為之一顫，雖然他從骨子裡看不起藤野忠信的作為，可是有一點他不得不承認，藤野忠信是他脫困的唯一希望。馬永平點了點頭道：「好，我去做，只是軍營防守嚴密，對水源的保護尤其是重中之重，我現在這個樣子只怕是有心無力。」

藤野忠信道：「你太弱了，所以才會功虧一簣！」他伸出了左手，左手中握著一支針筒，玻璃針筒內有十毫升淡藍色的液體。

馬永平駭然道：「什麼？」

藤野忠信道：「這裡面的液體可以強化你的身體，讓你在短時間內變成一個真正的強者，而且你還能夠指揮你一手造就的殭屍軍團。」

馬永平不是傻子，一個能夠指揮殭屍軍團的人豈不就是殭屍，他惶恐地望著藤野忠信：「沒必要，我可以為你做好這件事。」

藤野忠信道：「西方的傳說中，一個人想要求助於魔鬼撒旦，獲得惡魔之力，就必須要簽訂契約，也就是你們中國人常說投名狀，沒有投名狀，我憑什麼相信你？」

馬永平吞了口唾沫，他顫聲道：「你要把我變成一個怪物？」

藤野忠信毫不留情道：「你早就是一個怪物！」

馬永平感覺藤野忠信的話比刀更加刺人，直戳心窩，不錯，自己早就是一個怪物，和死相比，變成怪物又有什麼可怕？

藤野忠信揚起針筒道：「路，你自己選，我從不強迫他人！」

馬永平道：「我還會記得自己是誰嗎？」

藤野忠信道：「慢慢就會不記得了！」

馬永平呵呵笑了起來，他的笑聲中充滿了苦澀：「如果我真的變得強大，能夠指揮一支嗜血的殭屍軍團，我會第一個殺了你！」

藤野忠信微笑道：「孫悟空再厲害也跳不出如來佛的掌心，你是我製造的。」一揚起針筒刺入了馬永平的頸部，藍色的液體緩緩注入到馬永平的血脈之中，他低聲道：「從現在起，我叫你藍魔！記住你答應我的事，還有保護好這只藥箱，丟了它就意味著丟掉了你的性命。」

藤野忠信為馬永平注射之後就選擇離開，甚至沒有替他鬆綁，馬永平以為藤野忠信忘記了自己。他大叫道：「別走，你別走！」一種冰冷徹骨的感覺在血脈中遊走，馬永平感覺到自己的周身被冰封了起來，他本想呼喊藤野忠信，可是他的喉頭瞬間已經被凍僵，整個人發不出任何的聲息。

讓馬永平恐懼的是，外面傳來了凌亂的腳步聲，四名荷槍實彈的士兵衝入地牢，他們馬上就發現了地上三具同伴的屍體，四人抬起頭來槍口瞄準了馬永平。

馬永平感到上天對自己實在是太殘忍了，剛才藤野忠信的出現讓他以為自己有了獲救的希望，自己明明已經答應了藤野忠信的所有要求，而他也給自己注射了那奇怪的藍色液體，難道藤野忠信突然又改變了主意？馬永平懊悔到了極點，他後悔自己不該跟藤野忠信討價還價，現在唯一的希望也已經被自己斷送了。

其中一名士兵忽然道：「逃了，人逃到哪裡去了？」

馬永平心中一怔，看到那四名士兵的目光已經轉向了別的地方，他們圍繞著周圍查看，自己明明被捆在這裡，為何他們會視而不見？馬永平低下頭去，內心卻大吃一驚，他的身體竟消失了，馬永平的心跳驟然加速，感到了自己的心跳，他才稍稍放下心來，自己仍然活著，否則又怎能感覺到自己的心跳？剛才冰凍徹骨的麻痹感很快就消失了，小腹深處生出一股奇怪的熱流，隨著這股熱流的湧動，他感覺體內正有一種奇異的力量在復甦。

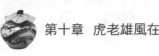

一名士兵留意到了那只放在馬永平腳下的藥箱，端槍走了過來：「這是什麼？」

馬永平低頭望去，當他看到那只藥箱，腦海中頓時回憶起藤野忠信剛才的話，如果丟掉藥箱，就意味著丟掉了自己的性命。

率先發現藥箱的士兵已經伸手將藥箱拿起，掂量了一下份量，又將藥箱放下，藥箱並沒有上鎖，他準備打開看看裡面到底是什麼。

馬永平心中不由得有些著急，如果讓這士兵將藥箱破壞，那麼自己恐怕再無機會，雙手不由自主用上了力量，背後銬住他雙手的手銬竟被他鏘的一聲掙斷。

手銬的斷裂聲驚動了那名士兵，他詫異地抬起頭來，其實他們剛才如果稍稍細心一些就會發現手銬和腳鐐虛浮在空中，可是因為他們的粗心，也因為地牢內黑暗的環境，竟然忽略，而有些忽略註定是致命的。

馬永平也沒有想到自己竟然可以徒手扭斷手銬，他發現士兵驚覺之後意識到自己很可能暴露，抬腳向那士兵踢去，他也是一時心急，竟忘記了自己的雙腳還被腳鐐銬著，正是這踢出的一腳方才讓馬永平真正意識到自己變得何其強大，腳鐐應聲而斷，馬永平的右腳踢在那士兵的臉上，那士兵的頭顱急劇後仰，頸椎因承受不住強大的力量而後仰折斷。

其餘三名士兵聽到這裡的動靜，慌忙端槍走了過來，他們只看到地上死去的同伴，並沒有看到任何敵人的身影，恐懼在他們的內心中蔓延。

已經隱形的馬永平躡手躡腳來到一名士兵的身後，雙手抓住他的腦袋閃電般擰動，喀嚓一聲，乾脆俐落地扭斷了那士兵的脖子，剩下的兩名士兵慌忙轉過身來，馬永平已經搶下了那士兵的手槍，在那兩名士兵的視野中看到一柄漂浮在空中的手槍，烏洞洞的槍口瞄準了他們，呯！呯！接連兩聲槍響，子彈先後貫穿了兩人的頭顱。

馬永平望著倒在地上的屍體，他唇角泛起一絲殘酷的笑意，揚起右手，看到那柄飄在空中仍然冒著青煙的手槍，他搖了搖頭，從心底發出一聲感慨：「感覺好極了，我的人生從沒有這樣美好過。」目光落在不遠處的藥箱之上，他緩緩走了過去，拎起了藥箱，正準備從地牢中離開，腦海中卻想起了藤野忠信冷酷的聲音：「我可以讓你變強，一樣可以輕鬆結束你的生命，成鬼成魔都在你的一念之間。」

馬永平的身軀凝固在原地，剛剛產生的美妙感覺突然離他而去。

藤野忠信冷酷的聲音仍在繼續：「你的力量會不斷增強，你無需衣服，別人看不到你，只有你才能看得到別人，這種感覺是不是很美妙？」

馬永平點了點頭。

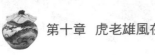

藤野忠信卻似乎將他的一舉一動看得清清楚楚：「記住，馬永平已經死了，這個世上只有藍魔！」

顏天心清醒了過來，她被羅獵抱在懷中，這樣的姿勢並不方便射擊後面的敵人，於是她轉過身來，和羅獵變成了面對面，一雙修長的美腿纏在羅獵的腰間，左手攬住羅獵的身軀，右手抽出鐳射槍，瞄準了身後對他們步步緊逼的天廟騎士接連射擊，鐳射槍簡直就是專克天廟騎士的神器，紅色光束輕易就穿透了天廟騎士的甲冑，這些天廟騎士的肌膚一旦接觸到雷射光束，馬上就燃燒了起來。

羅獵原本是落荒而逃，在這樣群敵環伺的狀況下內心壓力極大，可是一想到他們擁有鐳射槍，美人在懷，又以如此曖昧的姿勢跟自己親密相依，並肩作戰，頓時感覺到這血腥的戰場也沒那麼殘酷，反而有種說不出的浪漫。

可羅獵的旖旎感受並沒有持續太久的時間，胯下的坐騎奔跑的速度越來越慢，突然他們腳下的土地向上凸起，卻是一隻巨大的甲蟲從地底破土而出。坐騎受驚前蹄高高揚起，羅獵緊緊扯住馬韁以免他們兩人被甩落下來。

可噩運還在繼續，那甲蟲揚起前爪，噗的一聲就插入了駿馬的腹部，羅獵看到那甲蟲揚起前爪的時候已經知道不妙，抱住顏天心，慌忙從馬背上滾落下去，甲蟲的前爪從馬的前胸穿到了後背，馬身外披的甲冑根本阻擋不了甲蟲的利爪。

羅獵抱著顏天心落地之後，馬上向一旁滾落出去，隨手向甲蟲腹下扔出了一顆手雷，手雷在甲蟲的身下爆炸，甲蟲巨大的身軀晃動了一下，不過手雷爆炸的威力還不足以將牠強橫的身體掀翻，也沒有給牠造成過多的傷害，甲蟲揚起前爪，將馬的屍體摔了出去。

顏天心率先從泥濘的地面上爬了起來，單腿跪地，雙手舉起鐳射槍對準甲蟲發射，紅色的鐳射光束擊中了甲蟲，在甲蟲的外甲留下了一個燒灼的小洞，卻未能將之灼穿，這傷痕激怒了甲蟲，牠的六條小腿飛快地蹬動地面，宛如一輛加足油門的坦克般向顏天心衝了上去，顏天心連續射出兩槍，雖然能夠對甲蟲造成傷害，卻遠遠不足以致命。

羅獵看到甲蟲速度奇快瞬間已經來到近前，顏天心逃離已經來不及了，緊急時刻羅獵不顧一切地向那甲蟲衝了上去，猛地大吼了一聲。

甲蟲揚起宛如長刀般銳利的兩條前爪對準了羅獵的腦門，可揚起後卻沒有落下，明顯牠的目標並非是羅獵，顏天心看到羅獵捨生忘死地為自己阻擋甲蟲，心中又是感動又是害怕，生怕那甲蟲狂性大發對羅獵痛下殺手，可是看到眼前狀況，心中已經明白，羅獵這次又賭贏了，這蜂擁而至的敵人不是為了殺死羅獵而來，而是為了將他活捉。

羅獵看到甲蟲的動作猛然停滯，心中大喜過望，看來自己猜得不錯，所有的這些敵人和怪物都因為慧心石而投鼠忌器，他們不敢對自己下殺手。羅獵大吼一聲：「天心快走！」他居然揚起拳頭照著巨型甲蟲的小腦袋就是一拳，羅獵的這一拳自然不可能給甲蟲造成任何的傷害，可這一拳卻把甲蟲給打懵了，牠搞不清這弱小的人類為何如此大膽，蚍蜉撼樹，竟然敢對自己的腦袋來了一拳。

羅獵近距離注視著甲蟲的眼睛，他竟然能夠感受到甲蟲的憤怒，憤怒中又充滿了無奈，羅獵盯住甲蟲的眼睛，在他的腦域中一個強大的意識正在形成，在過去他從未想過要用自己的精神力去控制除了人類以外的生物，而這次羅獵卻突發奇想，在眼前的困境之中想要逃生，唯有利用這強悍的生物。

羅獵產生這樣的想法歸根結底卻是受到了龍玉公主的啟示，此前龍玉公主曾經試圖侵入他的腦域，羅獵在意識到龍玉公主的企圖之後，利用強大的意志力在自己的腦域中形成了一道無形壁壘，他們之間的對峙猶如隔著玻璃窗，彼此之間都能夠看到對方，卻可以防止被對方傷及。

而這些蜂擁而至的怪物明顯都在迴避自己，羅獵認為導致這種狀況有兩種可能，一是這些變異生物對慧心石心存忌憚，二是龍玉公主通過某種不為人知的方式對牠們下了命令，讓牠們不可傷害自己，務必活捉。

龍玉公主既然能夠控制這些怪物，自己或許也可以，畢竟慧心石的能量已經被自己吸收，而那顆慧心石凝聚了昊日大祭司畢生的修為，或許其中還貯存了他的記憶。昊日大祭司是龍玉公主的師父，按照常理而論他的能力應當強於後者。

在羅獵清晰感受到甲蟲的情緒之後，他開始產生了信心，通過自己的雙眼將腦域中強大的無形威壓傳遞給這巨大的甲蟲。

甲蟲和羅獵對視著，兩隻觸角宛如雙劍般豎立在頭頂。羅獵和甲蟲對峙的同時，周圍天廟騎士持續不斷地向這邊圍攏靠近，顏天心舉起鐳射槍將試圖靠近的天廟騎士逐一擊落。然而任何的能量都不可能源源不絕，鐳射槍也是如此，從鐳射槍的能量指示可以看出能量即將耗盡，需要緩存補充。

顏天心用眼角的餘光緊張地掃了羅獵一眼，發現羅獵和甲蟲彼此相對，雙方都是一動不動，甲蟲豎立在頭頂的觸角突然軟塌塌垂了下去，羅獵伸出右手緩緩落在甲蟲的頭顱之上。

甲蟲龐大的身軀顫抖了一下，卻並未做出任何過激的反應，羅獵感受到牠堅硬而冰冷的頭顱外甲，他的體溫透過掌心的肌膚傳達到甲蟲的外殼上，羅獵閉上雙目，他的意識成功侵入了甲蟲的腦域，彷彿看到在甲蟲腦域中深藏著一個迷惘的靈魂，羅獵盡可能地將自身的善意傳達給牠，並給牠安慰。

顏天心的鐳射槍已經無法成功發出鐳射光束，她不得不收起了鐳射槍，抽出雙槍，瞄準一名揮刀從來的天廟武士，連續射擊，一連三槍射擊在同一部位方才將對方堅硬的鎧甲射穿，那天廟騎士藏在盔甲內的身體熊熊燃燒起來。

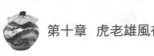

雖然擊倒了一名天廟騎士，更多的天廟騎士向這邊發起了衝擊，顏天心暗叫不妙，僅憑她手中的武器根本沒可能阻擋對方的這次攻擊。

羅獵此時伸出手去將顏天心拉到身邊，用身體護住顏天心，此時那隻宛如坦克般巨大的甲蟲頭頂的觸角猛地挺立起來，從牠的口中噗地噴出了一道烈焰，烈焰熊熊，有若一條張牙舞爪的火龍撲向進攻的天廟騎士，將幾名天廟騎士全都覆蓋在火焰之重。

羅獵果斷向顏天心道：「上！」他將顏天心推向巨型甲蟲的後背，自己隨後跳起，踩著甲蟲的腳爪，爬到了甲蟲的背上。

那甲蟲在羅獵意識的牽動下轉過身來，鋒利的前爪宛如砍刀般橫削而過，將兩名不急閃避的天廟騎士攔腰砍斷。顏天心怎麼都不會想到事情會在瀕臨絕境的時候峰迴路轉，羅獵從來都沒有讓她失望過，只是她怎麼都不會料到羅獵竟然能夠在短時間內馴服這隻殺傷力巨大的甲蟲，讓牠不但臨陣倒戈幫助己方，而且甚至甘願成為了他們的坐騎。

巨型甲蟲撒開六條短腿，短腿只是相對於牠自身的比例而言，其實每條腿的長度都要超過三米，六條腿同時運作，很快就進入了奔跑狀態，牠奔跑的速度絕不次於一輛全速行進的汽車，很快就將天廟騎士甩在身後。

然而並不意味著他們可以就此突圍，甲蟲奔襲的方向正是那緩緩移動的殭屍群，他們移動的速度雖然緩慢，可是人數眾多，顏天心不安地檢查了一下鐳射槍，能量回復的速度很慢。

羅獵安慰她道：「不用緊張，咱們應當可以順利突圍。」

老于頭放慢了腳步，提醒眾人，這裡就是他們從新滿營逃出時遭遇殭屍的地方，當時如果不是吳傑出現，老于頭只怕已經也成了殭屍隊伍中的一員。滴水之恩湧泉相報，老于頭後來的堅持就是秉持著要回報吳傑的想法。

陸威霖和張長弓檢查了一下周圍，地面上有不少被燒得焦黑的屍體，那些殭屍已經進入了真正的死亡狀態，不可能復活了。

張長弓問道：「這條路是不是一直通往新滿營內？」

老于頭點了點頭道：「神仙居，我們就是從那裡逃出來的。」

陸威霖道：「宋昌金那老狐狸居然挖了一條這麼長的地道。」

張長弓道：「你們當初逃出來的另外一個出口在哪裡？」

老于頭指了指右側的方向，然後搖了搖頭道：「出不去的，那條通道在我們離去之時已經炸掉了。」從張長弓的問話中，他意識到張長弓仍然沒有放棄營救羅獵和顏天心的想法，只是現實卻不允許他們回頭。

陸威霖道：「我實在想像不出，羅獵這次要怎麼逃出來。」

阿諾背著瑪莎走在最後，瑪莎仍在高燒中，阿諾道：「吉人自有天相，羅獵不但有本事，而且運氣出奇的好，咱們雖然做不到，可是他一定能夠做到。」口中安慰著眾人，可內心中卻不禁為老友擔心，要知道羅獵這次面對的並不是一個強敵，而是一群，成百上千的怪物。他和顏天心雖然武功出眾，但畢竟寡不敵眾。如果兩人當真遭遇了不測，身為朋友，他們將抱憾終生。

每個人的內心都處在懊悔和自責之中，然而現在不管想什麼都已於事無補。

張長弓忽然伸出雙臂，示意眾人停止前進，遠方隱約傳來腳步聲。

張長弓抽出長弓，彎弓搭箭，陸威霖悄悄舉起了手槍，所有人都屏住呼吸，凝神以待，過了約莫一分鐘的時間，那腳步聲變得越來越清晰，卻見三道身影蹣跚走來，陸威霖突然打開手電筒，雪亮的光束照向目標。

那三人青面獠牙，目光呆滯，步履蹣跚，顯然是殭屍病毒的感染者，被手電筒光束照射之後，他們同時停下了腳步，片刻的遲疑之後，又同時衝了上來。

張長弓咻的一箭射出，鏃尖射中正中那名殭屍的額頭，直貫而入，那殭屍遭遇如此重擊直挺挺倒了下去。

陸威霖的手槍也在同時發射，絢爛的兩朵槍火盛開，隨著槍聲響起，其餘兩名殭屍的腦袋迸射開來。

兩人射殺殭屍之後並沒有馬上行進，陸威霖利用手電筒照了照前方，低聲道：「應該沒有了。」

張長弓點了點頭，示意陸威霖掩護自己，他向前方走去，來到三具殭屍的屍體前看到他們身上都穿著軍服。周文虎從番號辨認出這些人全都屬於新滿營的部隊，應該是方平之的手下，由此證明方平之帶出去的隊伍已經全軍覆沒，聯想起自己此前的遭遇，心中不禁泛起一股淒涼的滋味。

老于頭道：「地道裡的殭屍應當不止這些。」

張長弓道：「咱們已經沒有了其他的選擇，只能走下去。」這是他們唯一的通路，也只有選擇這條道路才有和羅獵最快會合的可能，畢竟羅獵知道這條地道的另一端通往何方，如果他和顏天心能夠安然脫險，一定會想方設法前往那裡跟大家會合。

請續看《替天行盜》卷十一 變色龍

替天行盜 卷10 生死之間

作者：石章魚
發行人：陳曉林
出版所：風雲時代出版股份有限公司
地址：10576台北市民生東路五段178號7樓之3
電話：(02) 2756-0949
傳真：(02) 2765-3799
執行主編：劉宇青
美術設計：許惠芳
行銷企劃：林安莉
業務總監：張瑋鳳

初版日期：2021年11月
版權授權：閱文集團
ISBN ：978-986-5589-49-3
風雲書網：http://www.eastbooks.com.tw
官方部落格：http://eastbooks.pixnet.net/blog
Facebook：http://www.facebook.com/h7560949
E-mail：h7560949@ms15.hinet.net
劃撥帳號：12043291
戶名：風雲時代出版股份有限公司

風雲發行所：33373桃園市龜山區公西村2鄰復興街304巷96號
電話：(03) 318-1378
傳真：(03) 318-1378
法律顧問：永然法律事務所 李永然律師
北辰著作權事務所 蕭雄淋律師

行政院新聞局局版台業字第3595號 營利事業統一編號22759935

定價：290元

國家圖書館出版品預行編目資料

替天行盜 ／石章魚 著. -- 臺北市：風雲時代出版股份有限公司，2021.07- 冊；公分

ISBN 978-986-5589-49-3（第10冊；平裝）

857.7 110003703